ZAC & MIA

A.J. BETTS

Tradução:
Sylvio Monteiro Deutsch

Novo Conceito

Esta é uma obra de ficção. Nomes, personagens, lugares e acontecimentos descritos são produto da imaginação do autor. Qualquer semelhança com nomes, datas e acontecimentos reais é mera coincidência.

1ª Impressão — 2015
Impressão e Acabamento Intergraf 140715

Produção editorial:
Equipe Novo Conceito

Dados Internacionais de Catalogação na Publicação (CIP)
(Câmara Brasileira do Livro, SP, Brasil)

Betts, A. J.
Zac e Mia / A. J. Betts ; tradução Sylvio Monteiro Deutsch. -- Ribeirão Preto, SP : Novo Conceito Editora, 2015.

Título original: Zac and Mia.
ISBN 978-85-8163-774-7

1. Ficção australiana I. Título.

15-04699 CDD-823

Índice para catálogo sistemático:
1. Ficção : Literatura australiana 823

Novo Conceito
Rua Dr. Hugo Fortes, 1885
Parque Industrial Lagoinha
14095-260 – Ribeirão Preto – SP
www.grupoeditorialnovoconceito.com.br

Para os Zacs e Mias. Os de verdade.

Parte um

ZAC

1
ZAC

Um novato chega ao quarto ao lado. Desse lado da parede escuto o arrastar de pés, inseguros sobre onde ficar. Escuto Nina dando as instruções de chegada com aquele jeito animado de aeromoça, como se este "voo" fosse seguir tranquilo, sem a necessidade de puxar a alavanca da saída de emergência. Apenas relaxe e aproveite o benefício. Nina tem aquele tipo de voz que faz a gente acreditar.

Ela diria: "Este controle remoto é para sua cama. Está vendo? Você pode inclinar aqui, ou reclinar com este botão. Está vendo? Agora tente você".

Dez meses atrás, Nina explicou essas coisas para mim. Era uma terça-feira. Arrancado de uma aula de matemática no segundo período, fui enfiado no carro com minha mãe e uma bolsa com uma troca de roupa etc. Na viagem de cinco horas até Perth, minha mãe usou palavras como "precauções" e "teste-padrão". Mas eu já sabia, claro. Fazia tempo que eu estava cansado e doente. Eu sabia.

Ainda estava usando meu uniforme quando Nina me levou para o Quarto 6 e me mostrou como usar o controle remoto da cama, o controle remoto da televisão e o telefone interno. Com um rápido movimento, ela demonstrou como marcar os quadros no cartão azul do cardápio: café da manhã, lanche da manhã, almoço, chá da tarde, jantar. Fiquei feliz por minha mãe estar prestando atenção, porque eu só conseguia pensar no peso da minha mochila da escola e na redação de inglês que eu tinha de entregar no dia seguinte, aquela para a qual eu já tinha pedido uma extensão de prazo. Mas me lembro do prendedor de cabelo que Nina usava. Era uma joaninha com seis pintinhas afundadas. É engraçado como o cérebro faz coisas assim. Seu mundo todo está sendo chacoalhado e jogado, e o melhor que você consegue fazer é focar-se em alguma coisa pequena e inesperada. A joaninha parecia deslocada, mas, como um pedaço de lixo no oceano, era alguma coisa, ao menos, a que se agarrar.

Agora posso recitar de cor as instruções de boas-vindas da enfermeira. "Se você sentir frio, tem cobertores aqui", Nina estaria dizendo. Fiquei imaginando qual prendedor de cabelo ela estaria usando hoje.

— Então — diz minha mãe, da forma mais casual que consegue. — Um recém-chegado.

E eu sei que ela adorou e odiou isso. Adorou porque era alguém novo para conhecer e cumprimentar. Odiou porque não se devia desejar isso a ninguém.

— Quando foi a última vez que chegou alguém? — Minha mãe relembrou os nomes. — Mário, próstata; Sarah, intestino; Prav, bexiga; o cólon do Carl; Annabelle... o que ela tinha mesmo?

Todos eles eram idosos acima dos sessenta, bem entranhados em seus ciclos. Não havia nada de novo ou de estimulante em nenhum deles.

Uma enfermeira passa depressa diante da janela redonda da minha porta. Nina. Havia algo amarelo no cabelo dela. Podia ser uma galinha. Imaginei se ela ia até a seção infantil das lojas para comprar aqueles prendedores. No mundo real, seria estranho uma mulher de vinte e oito anos usar no cabelo prendedores com animais de plástico, não é? Aqui, porém, esse tipo de coisa faz sentido.

Minha vista circular do corredor volta ao normal: uma parede branca e dois terços da placa que diz *VISITANTES, SE ESTIVEREM COM RESFRIADO OU TOSSE, NÃO SE APROXIMEM, POR FAVOR.*

Minha mãe usa o controle remoto para tirar o som da televisão e move-se na cadeira. Tentando captar indícios auditivos vitais, ela vira a cabeça para que seu ouvido bom fique mais próximo à parede. Quando coloca a mão por trás da orelha, reparo que há mais cabelos grisalhos do que antes.

— Mãe...

— Shhh. — Ela se inclina um pouco.

A essa altura, a sequência-padrão é a seguinte: o companheiro do novo paciente faz comentários sobre a vista, a cama e o tamanho do quarto. O paciente concorda. Vasculha os canais da televisão e passa por seis deles antes de desligá-la. É comum haver uma risada nervosa por causa da pilha cinza de urinóis descartáveis e "comadres", causada pela crença ingênua de que o paciente nunca vai ficar fraco o bastante, nem desesperado o suficiente, para usá-los.

E então há um período de silêncio seguido por seus olhares que vão de uma parede branca — com seus plugues e rótulos e buracos para coisas que eles ainda nem podem imaginar — para outra. Eles observam as paredes, de norte a sul, de leste a oeste, antes de ficarem abatidos ao perceber que isso se tornou real, que o tratamento vai começar no dia seguinte, e essa cama vai se tornar o lar deles por vários dias, com essas pessoas indo e voltando em ciclos bem planejados pelos muitos meses ou anos que forem necessários para vencer aquela coisa, e não *há* alavanca de Saída de Emergência. Então o companheiro vai dizer: "Ah, não é tão ruim. Ah, olha, dá para ver a cidade daqui. Olha".

Algum tempo depois, após desfazer a mala e experimentar o café da cafeteria pela primeira vez, o novato inevitavelmente rasteja para a cama com duas revistas e a certeza de que isso, no fim das contas, não é um voo, mas um cruzeiro, e o quarto deles é uma cabine debaixo d'água, onde a terra é apenas algo com que sonhar.

E quem está no Quarto 2 não está seguindo a sequência-padrão de ação. Ouve-se o choque de uma mala contra o chão e isso é tudo. Nenhum zíper aberto. Não há barulho de cabides no armário nem de produtos de higiene pessoal sendo colocados na gaveta de cima. Pior, não há nenhuma troca de palavras para amenizar a tensão do momento.

Minha mãe vira-se para mim: eu devia ir dizer oi.

— Só porque você está perdendo — digo, tentando ganhar algum tempo para o novo paciente. Mamãe está atrás por apenas cinco pontos e não há dúvidas de que nós dois estamos em uma rodada ruim. Minha melhor palavra foi PROLETÁRIO, o que causou algum debate. A dela foi MELANCÓLICO, o que é bastante triste.

Minha mãe faz a palavra BOTA e acrescenta seis pontos ao seu total.

— Nina não falou que tinha alguém novo.

Ela diz isso sem ironia, como se esperasse que lhe contassem sobre as idas e vindas dos pacientes na Ala 7G. Mamãe está aqui há tanto tempo que se esqueceu de que seu lugar é outro.

— É cedo demais.

— Só um chá...

Minha mãe: o Comitê Extraoficial de Recepção da ala oncológica. Fornecedora de chás calmantes e carregadora de bolinhos da cafeteria com porções individuais de geleia de ameixa. A autoindicada conselheira das famílias dos pacientes.

— Termine o jogo — digo a ela.

— Mas e se eles estiverem sozinhos? Como o como-é-mesmo-o-nome? Lembra dele?

— Talvez eles *queiram* ficar sozinhos. — Isso não é normal? Querer às vezes ficar sozinho?

— Psiu!

Então também ouço. A princípio não consigo compreender as palavras, há uma parede recoberta com gesso entre nós, que imagino ter uns seis centímetros, mas consigo escutar os sons.

— Duas mulheres — anuncia minha mãe, seus olhos castanhos arregalados. Sua boca retorce enquanto ela escuta os "esses" e "tês" que cospem e chiam. — Uma é mais velha que a outra.

— Pare de espionar — digo para ela, mas não dá para evitar. As vozes estão ficando mais altas, palavras sendo disparadas como projéteis: "Não faça isso! Já chega! Pare!".

— O que *é* que está acontecendo lá? — pergunta mamãe, e ofereço a ela meu copo vazio para ser encostado na parede, à moda dos espiões.

— Não seja espertinho — diz ela, e, então: — Isso não funciona de verdade, não é?

Não é que minha família não brigue. Houve tempos, anos atrás, em que mamãe e Bec não paravam de brigar. Ficavam na ponta dos pés, ferozes como Rottweilers. Papai e Evan saíam de casa, escapando para o olival, onde as vozes furiosas não podiam acompanhá-los, no entanto eu costumava ficar na varanda, inseguro em deixar as duas sozinhas.

As brigas perderam a intensidade assim que Bec completou dezoito anos. Ajudou o fato de ela ter se mudado para a casa velha ao lado, a que antes era usada pelos trabalhadores. Agora está com vinte e dois anos e grávida, e ela e mamãe são chegadas. As duas continuam sendo cabeças-duras, mas aprenderam a rir uma da outra.

Não há risadas no Quarto 2 — as vozes parecem perigosas. Ouvem-se palavrões, então uma porta é fechada. Ela não bate porque todas as portas têm molas, e fecham com um *uuuch* controlado, insatisfatório. Em seguida há passos apressados no corredor. Vejo a cabeça de uma mulher passar pela minha janela. Ela é baixa e mal dá para ver sua cabeça. Usa óculos de armação marrom e um pente de casco de tartaruga prende a maior parte de seu cabelo cor de areia. A mão direita dela está na nuca.

Ao meu lado, minha mãe parece um suricato. Sua atenção salta da porta para a parede e então para mim. Depois de vinte dias no Quarto 1, ela se esqueceu de que lá fora, no mundo, as pessoas ficam bravas, que a paciência é curta, como na escola, onde os caras ficam bravos quando alguém fura a fila da cantina. Ela se esqueceu de egos e raiva.

Mamãe se prepara para entrar em ação: seguir aquela mulher e oferecer um chá, bolinhos passados e um ombro amigo.

— Mãe.

— Sim?

— Deixe as boas-vindas para amanhã.

— Você acha mesmo?

O que eu acho é que as duas vão precisar de bem mais que os conselhos da minha mãe. Vão precisar de álcool, provavelmente. Ou talvez de cinco miligramas de Diazepam.

Monto a palavra INTROMETIDO, batendo com os quadradinhos no tabuleiro, mas mamãe não engole a isca.

— Por que alguém discutiria desse jeito? Em uma ala de câncer? Com certeza elas não...

Uma voz surge através da parede, num tom alto, como se saísse de um megafone:

— Mas... o... quê...?

Então um ritmo começa a soar, fazendo nós dois pularmos. As letras da minha mãe caem no chão.

Música, ou algo do tipo, está invadindo meu quarto em uma altura até então desconhecida na Ala 7G. A nova garota deve ter trazido seu próprio som e o colocou na prateleira que fica em cima da cama, de frente para a parede, e aumentou o volume até o máximo. Alguma cantora berra através da parede revestida de gesso. A novata não sabe que aquela é a *nossa* parede?

Mamãe está de quatro, rastejando embaixo da minha cama para recuperar as sete letras, enquanto o quarto pulsa com um eletropop no estilo *agarrar o traseiro* e *querer demais*. Já ouvi aquela música, talvez um ou dois anos atrás.

— Quem está cantando? — pergunta minha mãe.

— Como é que *eu* vou saber? — É uma voz chorosa e um atentado aos meus sentidos.

— Aqui está parecendo uma casa noturna — sugere ela.

— E quando é que você foi a uma casa noturna?

Mamãe levanta uma sobrancelha e desembrulha uma bala de menta. Para ser justo, eu também nunca fui a uma casa noturna, então nenhum de nós é qualificado para fazer comparações. O nível do barulho nem deve ser alto, mas é um choque para duas pessoas que passaram tanto tempo em um quarto silencioso e controlado e com vizinhos conservadores.

— É a Cher? Eu gostava da Cher...

Eu não conheço direito essas cantoras com um nome só. Rihanna? Beyoncé? Pink? Uma letra repleta de dor abre caminho pela parede.

Então descubro. Essa recém-chegada ficou gagá. A garota tem câncer *e* mau gosto?

— Ou é a Madonna?

— Você ainda está jogando? — indago, cruzando a palavra BOTA com MAÇANETA. A música está falando sobre cavalgar um *disco stick*[1]. Sério?

Mamãe finalmente coloca a bala na boca.

— Deve ser alguém jovem — comenta ela suavemente. Os jovens a incomodam mais que os velhos. — Que vergonha. — Então ela se vira para mim e se lembra de que, sim, eu também sou jovem. Olha para as letras que estão em sua mão como que tentando compor com elas uma palavra que fizesse sentido.

Eu sei no que ela está pensando. Caramba, eu passei a conhecê-la bem demais.

— Devem ser alto-falantes bons, não é?

— O quê?

— Devíamos ter trazido seus alto-falantes de casa, não é? Ou comprado alguns. Posso comprar amanhã.

— Vá roubar os dela.

— Ela está incomodada.

— Essa música está destruindo minha contagem de glóbulos brancos. Só estou em parte brincando.

A música termina, mas não há justiça, porque começa novamente. A *mesma música.* Sério, a maldita Lady Gaga? Nesse volume?

— Agora é sua vez. — Mamãe coloca cuidadosamente QUADRO no... tabuleiro. Então pega mais quatro letras do saquinho como se estivesse tudo normal e não estivéssemos sofrendo um abuso auditivo.

— A música está *repetindo* — digo, sem necessidade. — Você pode pedir para ela parar?

— Zac, ela é nova.

---

1. Gíria para pênis, muito usada por Lady Gaga. (N.T.)

— Nós todos fomos novos uma vez. Não é desculpa para... *isso*. Tem que haver uma lei. Um código de ética dos pacientes.

— Na verdade, eu não me importo. — Mamãe assente com a cabeça para provar. E cantarola.

Olho para as letras T F J P Q R S em meu colo. Não tenho nem uma vogal.

Eu desisto. Não consigo pensar; não quero pensar. Já me cansei dessa música, que toca agora pela terceira vez seguida. Tento me sufocar com um travesseiro.

— Você quer um chá? — pergunta minha mãe.

Eu não quero chá — eu *nunca* quero chá —, mas assinto para poder ficar sozinho por alguns minutos, ou uma hora, se ela for atrás da acompanhante da novata e praticar a Terapia de Emergência com Bolinhos na sala de espera.

Escuto o barulho de água corrente enquanto mamãe segue cuidadosamente as instruções sobre lavar as mãos.

— Não vou demorar.

— Vá! — digo. — Salve-se.

Quando ela sai e a porta fecha, solto o travesseiro. Deixo as letras do jogo de palavras cruzadas na caixa e reclino a cama para a horizontal. Finalmente tenho tempo livre da minha mãe e ele é arruinado por *isso*. A música começa de novo, pela quarta vez.

Como é possível que o Quarto 1 seja um santuário tão eficiente contra os germes do mundo externo, e tão patético quando me protege dos perigos de uma música de merda?

Não consigo ouvir a garota — não ouço nada além da música —, mas imagino que está na cama, murmurando a letra, enquanto faço o possível para ignorar a melodia.

O Quarto 2 é basicamente igual ao meu. Eu sei; já fiquei lá. É o mesmo guarda-roupa, a mesma suíte, a mesma pintura e as mesmas persianas. É tudo igual, mas como uma imagem espelhada. Olhando de cima, as cabeceiras das camas parecem encostar uma na outra, separadas apenas pelos seis centímetros da largura dessa parede.

Se ela estiver deitada na cama agora, estamos com nossas cabeças praticamente encostadas.

Mais adiante no corredor há outros seis quartos individuais, depois oito com duas camas. Já estive em cada um deles. Quando recebi o diagnóstico em fevereiro, passei a fazer visitas constantes durante seis meses, passando por ciclos de indução, consolidação, intensificação e manutenção. Ao final de cada ciclo de quimioterapia, mamãe dirigia os 500 quilômetros de volta para casa, onde eu descansava, recuperava as forças e ia para a escola um ou dois dias, apesar de o pessoal da minha turma estar se preparando para exames que eu não faria. Daí voltávamos como um ioiô para Perth e nos instalávamos em qualquer quarto disponível e nos preparávamos para o próximo baque.

Nós dois esperávamos que a quimio desse certo. Mas não deu.

— Se não funciona, troque — disse a dra. Aneta quando houve a reincidência. Em uma agenda, ela realçou com amarelo fluorescente o bloco que ia de 18 de novembro a 22 de dezembro. *Zac Meier,* escreveu. *Transplante de Medula. Quarto 1.* Os primeiros oito ou nove dias seriam para mais quimio, ela explicou, uma preparação para o transplante no "Dia 0". O restante da estada seria para um rígido isolamento, para a cura e o transplante serem seguros.

— Cinco semanas no mesmo quarto? — Merda, até prisioneiros em regime de segurança máxima têm mais liberdade.

Ela colocou a tampa de volta na caneta.

— Pelo menos você vai estar fora daqui antes do Natal.

Antes da leucemia, eu tinha problemas para permanecer em uma sala por duas horas, quanto mais um dia inteiro. Tudo de interessante acontecia do lado de fora: futebol, críquete, a praia e a fazenda. Até mesmo na escola, eu sempre sentava perto da janela para poder ver o que estava perdendo lá fora.

— O Quarto 1 tem a melhor vista — esclareceu a dra. Aneta, como se isso melhorasse as coisas. Como se eu tivesse uma escolha.

A música acaba e seguro a respiração. Por um momento, escuto apenas os sons habituais: a rotação e o pingar do meu soro; o zumbido do meu frigobar.

Fico imaginando se a novata está contando os quadrados no teto pela primeira vez. São 84, eu poderia dizer para ela. Oitenta e quatro, exatamente como no meu quarto. Ou talvez ela já esteja contando de novo na direção oposta, só para ter certeza.

Dezoito terríveis vezes? Metotrexato[2] não é nada de mais — *isso* está me matando.

As enfermeiras ainda estão na reunião semanal, então não tem ninguém para me salvar desse ciclo interminável de merda. Quem escuta a mesma música dezoito vezes? Agora são dezenove. Essa menina é maluca? Está experimentando uma nova forma de terapia, tentando fazer as células cancerosas dela se autodestruírem espontaneamente? Existe alguma *Cura Milagrosa da Lady Gaga para o Câncer* da qual nunca ouvi falar?

Pacientes idosos nunca fazem esse tipo de coisa. Eles têm respeito. Certo, o Bill pode ligar o rádio alto demais na hora das corridas de cachorros, porém o volume só chega ao nível de levemente incômodo, não no limite. E tem a Martha, com aquela risada aguda que parece machucar, mas só depois de bastante chá de rooibo[3].

Não é como se eu pudesse saltar dessa cama, sair pela porta e encontrar um armário de vassouras silencioso onde me esconder. Graças ao Protocolo de Transplante de Medula Óssea, não posso sair deste cômodo de quatro por cinco metros. Já se passaram vinte dias, faltam mais quinze. Tempo demais para ser mantido refém das compulsões obsessivas da menina ao lado. Tudo o que posso fazer é colocar o tra-

2. Substância utilizada no tratamento de câncer e de doenças autoimunes. (N.E.)

3. Rooibo *(aspalatus linearis)* é uma planta originária da África do Sul usada para fazer um chá que é naturalmente doce e tem sabor de amêndoa. (N.T.)

vesseiro sobre a cabeça e torcer para ela ter linfoma de Hodgkin, com um ciclo de uma vez por mês. Não posso contemplar a possibilidade de ela ser uma LMA (Leucemia Mieloide Aguda) ou uma LLA (Leucemia Linfoblástica Aguda). Se ela for fazer um TMO (Transplante de Medula Óssea), eu estou perdido.

A música começa novamente, chegando a vinte vezes, um número que eu havia decidido que seria meu limite. Tenho de fazer alguma coisa antes que meus ouvidos comecem a sangrar.

Um grito não vai interferir na maratona Lady Gaga dela. De que outra forma posso me comunicar através de uma parede de seis centímetros?

Levanto-me da cama e reparo que minhas mãos estão fechadas em punhos. Então uso uma delas.

Bato na parede. Educadamente a princípio, como se fosse um visitante chegando à casa de alguém. Bato, esperando que a mensagem seja compreendida.

Não. Parece que não é o caso.

Bato de novo, em sequências de três, agora insistente como um carteiro. *Toc toc toc.* Espera. *Toc toc toc.*

A música chega ao refrão que passei a odiar tanto. Pior, eu agora sei a letra de cor.

Bato mais forte, como um irmão que ficou trancado para fora. Meu punho acompanha o ritmo da música, e bato com tanta força que ela deve estar escutando em estéreo. A parede do lado dela sem dúvida está balançando com o impacto.

A música para — sucesso! — e eu também paro, notando a facilidade com que a pele dos nós dos meus dedos foi arrancada. Esfrego a mão e percebo que estou sorrindo.

Talvez seja porque esse é o primeiro contato que faço com qualquer um desde que vim para este quarto. Enfermeiras, médicos e minha mãe não contam. A novata é jovem, alguém da minha idade. Meu coração bate acelerado por causa do esforço. Estou tonto. O quarto pulsa. *Chiado. Gotejo. Zumbido.*

Então, *tap,* a parede responde para mim. *Tap.*

A batida não é irritada como a música tinha sido ou as palavras gritadas antes. A batida é próxima. Ela deve estar perto agora, intrigada, um ouvido curioso encostado na parede, como se estivesse escutando em busca de um contato alienígena.

Ajoelho.

Toc, respondo para a parede, mais baixo dessa vez.

Tap.

O som da parede parece oco. Será que é mesmo?

Toc.

Tap.

Toc.

Tap tap? No silêncio, a batida é crua. Penso se não é uma pergunta.

Toc.

No intervalo entre as batidas não há nada além da rotação da minha máquina de soro intravenoso e a ansiedade pela próxima pista. Meus músculos do quadríceps doem enquanto espero. Meus pés ficam frios por causa do contato com o linóleo.

Tap?

Toc.

Está claro que nenhum de nós sabe código Morse, mas ainda assim algo está sendo dito. Imagino o que ela está tentando me perguntar.

Toc. Silêncio. *Toc.*

E imagino o que estou dizendo.

E é isso.

Chiado. Zumbido. Gotejo. Zumbido. Chiado.

De joelhos, próximo à parede, estou envergonhado. Não devia ter reclamado da música no primeiro dia dela aqui. Há muitas coisas que não sei.

Ela não bate mais e eu também não.

Só fico ali ajoelhado, imaginando que ela está fazendo o mesmo, a seis centímetros de distância.

2
ZAC

Sei que botões de descarga duplos são bons porque são amigos da natureza e tudo o mais, mas, às vezes, são confusos. Aperto meia descarga ou descarga inteira? De vez em quando preciso de um botão intermediário.

Fico pensando nisso por tempo demais. Novamente.

Lavo as mãos, me divertindo com meu reflexo no espelho. Minha cabeça está pelada, com calombos e assimétrica, contudo minhas sobrancelhas estão mais espessas do que antes. Pareço estar me transformando num daqueles sujeitos estranhos do *Guess Who*[4].

Saio do banheiro e volto para o quarto, onde mamãe abriu a persiana e colocou a cadeira cor-de-rosa reclinável na posição para sentar-se. À luz da manhã, o cabelo dela, do jeito que fica quando acorda, parece um ninho de pássaros com galhinhos grisalhos.

— Bem, como estava? — ela pergunta.

— O quê?

— Você sabe...

Quantas vezes alguém com dezessete anos pode discutir sobre seu cocô? Com a mãe? Cheguei ao meu limite faz dezoito dias. Pelo

---

4. Jogo para duas pessoas em que ambas têm 24 peças com imagens de personagens e seus nomes. (N.T.)

menos ela não diz "você teve movimentos intestinais?", como as enfermeiras fazem.

— Como estava *o seu*, mãe*?*

— Só estou perguntando.

— Quer que eu tire uma foto da próxima vez? — Faço uma manobra para passar por ela com o suporte do soro. Ela bate gentilmente em mim com um travesseiro.

— Quer que eu faça um livro de registros?

— *Um livro de merda.* — Mamãe fica impressionada com sua escolha de palavras.

Documentar meus movimentos intestinais — o tal diário que Patrick me deu seria *excelente* para isso. Patrick achou que seria bom que eu *expressasse minha jornada emocional* ou algo do tipo. Em vez disso, posso usá-lo como um *Registro de Cocô,* relatando frequência e consistência. Poderia fazer um código de cores para cada página, desenhando grandes gráficos marrons com anotações.

— Que tal: "nove de dezembro. Doze dias após o transplante. Semidiarreia. Escolhi a meia descarga".

— Não acho que o diário seja para isso.

— Nada de cocô e vômito?

— É para os seus *sentimentos.* — Por ter criado dois garotos e Bec, mamãe sabe que não deve usar a palavra com "s" a sério.

— "Nove de dezembro. Eu me *sinto*... mais leve."

Ela sorri.

— Está vendo, assim é melhor.

Não preciso escrever sobre porcaria. De nenhum tipo.

Aprendi a usar o banheiro com três anos de idade. Eu não era um prodígio, claro, mas um estudante sólido. Daí em diante, ir ao banheiro era algo a se fazer com privacidade, atrás de uma porta trancada, longe das perguntas de uma mãe. O trabalho da mamãe era monitorar outras coisas, como o tipo de comida que entrava pela minha boca. E ela fez isso. Ela fez um bom trabalho.

E então isso. Nos meus piores dias, mamãe não estava apenas perguntando a respeito do que eu produzia. Ela testemunhava. Eu dizia para ela deixar as comadres, o que ela fazia, mas costumava ficar no quarto enquanto as enfermeiras me limpavam ou davam banho, mesmo que fingisse estar fazendo palavras cruzadas. Eu virei um bebê novamente, mas com testosterona e pelos púbicos e enfermeiras me esfregando em turnos. Às vezes eu estava tão fora de mim que nem conseguia ficar encabulado.

Antes que eles pudessem me dar uma nova medula no "Dia 0", tiveram de me levar para perto da morte. Cinco dias com quatro drogas para quimio, daí três dias de irradiação em todo o corpo. Era como se um caminhão tivesse me atropelado. E depois tivesse engatado a ré, virado de lado e caído em cima de mim. Não havia o que fazer senão ficar imóvel embaixo dele. Respirar era um esforço difícil. Controlar o esfíncter estava além da minha capacidade.

Posso lidar com essas coisas agora. Depois do transplante, meus sintomas se resumiram a vômitos ocasionais, úlceras na boca e cocôs duvidosos. Para ser honesto, passar algum tempo no banheiro tornou-se meu passatempo predileto. Por uns dez minutos ninguém fica me espiando ou me examinando. Posso só ficar lá sentado pensando nas coisas. Não é bem resolver o problema da pobreza no mundo, mas é uma conquista. É progresso.

Mamãe fecha a revista *Woman's Day* dela e olha surpresa para mim.

— Você andou espremendo essa espinha?

— Não toquei nela.

Ela tem essa paranoia de que posso desencadear uma explosão gigantesca de pus e sangue poderosa demais para ser detida pelas minhas míseras plaquetas, e que termine com uma transfusão de emergência, o que poderia não salvar minha vida. Morte por espinha? *Esse* seria um jeito estúpido de morrer. Eu não correria o risco.

É justo que eu tenha leucemia *e* espinhas? Se meu cabelo nascer ruivo, vou ficar bravo de verdade. Meu irmão Evan tem o cabelo alaranjado, mas ele o pinta em segredo. Ele acha que ninguém percebe.

— O que você quer fazer hoje? — pergunta mamãe.

— Base jump?

— Podemos jogar "CUD".

Minha mãe me faz rir alto, intencionalmente ou não.

— *COD* — eu a corrijo. — Call of Duty. Mas não, isso não. — Ela só fica andando e daí grita quando é morta, usando xingamentos expressivos como "Pp...orcaria" e "Mee...rcado". Mamãe não leva jeito para combate armado.

— Então o que você quer fazer?

— Respirar. Comer. Dormir. E tudo de novo.

Ela me cutuca.

— Vamos lá, Zac, você não quer ficar *entediado.*

Minha mãe: Coordenadora de Atividades, Comitê de Boas-Vindas Extraoficial, Detetive de Diarreia e Polícia da Felicidade. Ela salta de um papel para o outro, tampando buracos, trocando instrumentos, espetando, *fazendo.*

Sinto as antenas dela se agitando, procurando indícios de melancolia. Nós dois sabemos que há um esquadrão inteiro de reforço à disposição: Patrick, o psicólogo; as arteterapeutas, mentores para adolescentes, Prozac, e, em caso de desespero, médicos-palhaços do hospital infantil que podem ser chamados.

— Precisamos usar a palavra com "s"?

— Saco, não.

Ela ri.

— Então me ajude a fazer as palavras cruzadas do jornal de hoje. Ahh, olhe, precisamos de trinta palavras para chegarmos a "gênio".

A palavra com "s" me incomoda, mas o que me preocupa são os sentimentos da minha mãe, não os meus.

— Mãe, vá para casa.

— Zac...

— Você não precisa ficar. Não precisa mais. Eu estou melhorando.

É verdade. Os dias Menos 9 a Menos 1 foram um inferno. O Dia 0 foi um anticlímax. Os Dias de 1 a 3 eu não lembro, 4 a 8 foram asquerosos, 9 a 11 foram desconfortáveis, e, agora, doze dias depois do transplante, estou começando a me sentir humano de novo. Posso lidar com isso.

— Eu sei — afirmou ela, de forma previsível, virando uma página do jornal. — Mas eu gosto daqui.

Isso é mentira e nós dois sabemos. Mamãe não é o tipo de mulher que gosta de ficar fechada entre quatro paredes. Pelo que me lembro, ela sempre usava um chapéu de palha e tinha um brilho de suor. Mamãe tem os olhos amendoados e sardas causadas pelo sol. Ela é toda verde e marrom e laranja. Tem uma tesoura de podar nas mãos. Mamãe carrega terra e abóboras. Ela prefere colher peras ou fertilizar as oliveiras a ficar fechada neste quarto com a poltrona cor-de-rosa reclinável. Mais que tudo, ela é a alma gêmea do meu pai, apesar de não ir para casa quando lhe peço para ir. Nem quando imploro.

Meu quarto tem duas janelas. Tem a pequena e redonda na porta que dá para o corredor e a grande e retangular com vista para a entrada do hospital, o estacionamento e o subúrbio localizado nos arredores. É perto dessa janela que ela fica sentada na maior parte dos dias, como uma flor seguindo o sol.

— Diga três coisas das quais você gosta no hospital. Além das palavras cruzadas e da fofoca.

— Eu gostava da companhia do meu filho... gostava.

— Mãe, vai para casa.

Depois do meu primeiro diagnóstico, a família toda veio para Perth em cada rodada de quimio. Mamãe, papai, Bec e Evan ficavam em um quarto de hotel a três quadras daqui, me visitando todas as manhãs com jogos e revistas e mais conversas do que eu conseguia acompanhar. Papai parecia maior e falava mais alto que de hábito. Fazia piadas com Bec, como se os dois tivessem formado uma dupla de comediantes de última hora. Mamãe balançava a cabeça fingindo desaprovar, enquanto Evan ficava no canto, olhando os soros e as enfermeiras com desconfiança.

— Hospitais me deixam enjoado — disse ele uma vez. — O cheiro...

Eu não o culpei. Aqui também não é o lugar dele. Pelo menos ele era honesto quanto a isso.

Então, a cada vez que eles iam embora no começo da noite, eu ficava na janela retangular e observava minha pequena família caminhar até o hotel. Papai segurava a mão da mamãe. Sete andares abaixo, eles pareciam mais tristes do que deviam estar, especialmente meu pai. Para ser honesto, as visitas faziam com que eu me sentisse pior, e dessa vez fiz mamãe prometer que os manteria longe daqui. Felizmente, o *Protocolo de Transplante de Medula Óssea* proíbe mais de um visitante oficial por vez, e assim mamãe se autonomeou. O único problema é que ela não vai embora nunca.

— Eles não precisam de mim lá em casa. Bec está com tudo sob controle. As podas foram feitas, então está sossegado para os rapazes.

— Mas o papai...

— Ele pode cuidar de si mesmo.

— Você sabe do que estou falando.

— Sou sua mãe — ela me fez lembrar como se tivesse feito um voto de amar e de cuidar, de proteger e de irritar, na saúde e na doença (principalmente na doença), enquanto nós dois permanecêssemos vivos.

E, com uma concentração militar, ela começa as palavras cruzadas do jornal. Mamãe faz isso como se algo importante estivesse em jogo, como se nosso sucesso nas palavras cruzadas significasse o sucesso no meu tratamento. Ao longo do dia, enquanto Nina, Patrick, Simone, Suzanne e Linda entravam e saíam do quarto para trazer e levar várias coisas, palavras obscuras eram acrescentadas até chegarmos a trinta. Mamãe fica nas nuvens e escreve no calendário embaixo do dia nove de dezembro: "Gênio!"

E é por isso que concordo em fazer as palavras cruzadas, e jogar Scrabble e "CUD" e fazer qualquer outra atividade que ela sugira. Faço isso para ver a confiança com que ela escreve. Gênio. Outro sucesso; outro dia que se passou.

É durante o noticiário das seis que me dou conta de que estou sendo observado.

Alguém no corredor está olhando pela minha janela redonda. Ela é jovem, talvez dezesseis ou dezessete anos, com olhos grandes, delineador escuro e bastante cabelo castanho que chega provavelmente abaixo dos ombros dela, mais baixo do que posso ver.

Só que ela não é uma enfermeira. É alguém como eu e sinto os olhos dela se fixarem nos meus.

Não consigo sair. Ela é linda.

Então pisco e ela some.

Estranho. Ela não parecia uma garota que adora pop. Não que tenha tocado Lady Gaga de novo. Desde que ela desligou a música dois dias atrás, tudo que ouvi vindo do Quarto 2 foram ocasionais discussões — a mãe, eu acho, e a garota — seguidas pelo previsível barulho da porta. Não houve qualquer indício de música ou televisão nem mais nada.

É minha culpa? Por que bati na parede?

Mamãe e eu assistimos às notícias, contudo, agora, não é o mundo exterior que me interessa.

3
ZAC

Status: Preciso de novas músicas aqui. Sugestões??

— Preciso de novas músicas — digo para minha mãe depois de quatro rodadas de Mario Kart e uma torturante meia hora de *Ready, Steady, Cook.* Com minhas papilas gustativas ferradas por causa da quimio, perdi qualquer interesse pela comida, então acompanhar os assim chamados chefs-celebridades dizendo maravilhas sobre o coração da alcachofra não tem nenhum apelo. Mas mamãe acha que tem a obrigação de assistir aos episódios. — Já sei a playlist do meu iPod de cor.

— Quer que eu vá até a loja?

Perfeito: mandar minha mãe para uma missão de aquisição de CDs vai me render pelo menos uma hora sozinho.

— Só se você tiver tempo...

Mamãe procura a bolsa e passa brilho nos lábios. Lava as mãos novamente e observa o rosto no espelho.

— O que eu compro?

— Pergunte na loja. Diga que é para alguém com dezessete anos. *Homem.*

Ela balança a cabeça.

— De jeito nenhum. Anote alguns títulos.

Graças ao Facebook, eu subitamente tenho uma lista de sessenta e sete álbuns recomendados. Minha única mensagem com a pergunta gerou um bombardeio de sugestões, muitas delas bem açucaradas.

Skrillex! Fique melhor, Zac

Vou mandar os últimos do Rubens e do Of Monsters and Men. Tenho orgulho de você, irmão. Amor, Bec

---

Macklemore & Ryan Lewis. *Can't hold us* ;-) vá com calma Helga

---

O câncer é um ímã de amigos no Facebook. De acordo com minha página, estou mais popular do que nunca. No passado, as pessoas rezavam umas pelas outras, agora elas *Curtem* e clicam em *Comentar* como se estivessem atrás de um recorde mundial. Não estou reclamando, mas como é que posso escolher alguns álbuns entre sessenta e sete?

— Me faça uma surpresa — digo para minha mãe. — Se forem ruins, você pode ir trocar amanhã.

Que ideia genial. Posso fazer mamãe ficar indo e voltando do hospital para a loja até o fim da minha internação, conseguindo horas valiosas de liberdade e dando a ela algum exercício muito necessário. Por fim, meu quimio-cérebro está começando a clarear. Espero que ela nunca descubra o iTunes.

Mamãe enxuga as mãos com um papel-toalha.

— Nós *poderíamos* nos virar com mais sorvete...

E, com um aceno, ela sai.

Supermega-aleluia.

Chiado. Zumbido. Gotejo.

Afasto o lençol e piso no linóleo.

É o quarto dia de internação da garota. Pelo que ouvi dizer — e pelo que não ouvi —, ela ainda está sozinha. A mãe a visita pela manhã, mas nunca fica muito tempo. Ela não passa as noites aqui como faz minha mãe.

Esta manhã ouvi o bater de cabides no guarda-roupa da garota. Depois de quatro dias, ela finalmente está desfazendo as malas. Parecia uma rendição.

Ela deve estar com um cateter, logo abaixo da clavícula. Ainda deve estar flutuando e entorpecida por causa da cirurgia. As enfermeiras já devem ter colocado a agulha e ela não sentiu nada. Ainda não está nauseada por causa da quimio. Dependendo das drogas que está ingerindo, pode ser que nunca fique enjoada. Ela só vai ficar mais três dias, depois vai para casa por cinco dias, antes do próximo ciclo. Foi isso o que Nina contou para mamãe. A garota tem osteossarcoma.

Sexo: Feminino

Idade: 17

Localização: parte inferior da perna

Estágio: localizado

Merda, se eu fosse ela, não ficaria emburrado. As estatísticas dela são maravilhosas. Será que ela ainda não olhou no Google? Ela não sabe a sorte que tem?

"Pare com isso", eu quero dizer. "Você logo vai estar em casa. Ouça sua porcaria de música e conte os dias."

A música que ela está escutando agora é mais hip-hop que girly-pop. Puxo meu suporte de soro para mais perto, pois quero tentar entender a letra. Com um ouvido encostado na parede, fico olhando para a janela redonda, não querendo dar a ninguém uma ideia errada. Enfermeiras passam indiferentes, assim como um garoto de chapéu. Ele é mais novo que o visitante típico. Está carregando um balão com hélio com um pequeno ursinho branco.

Ouço-o entrar no Quarto 2. Ele caminha até o lado da janela da cama dela, eu acho. Não consigo entender todas as palavras dele. São menos frequentes que as da garota, cuja voz soa mais suave do que nunca, borbulhante como um refrigerante. Fico imaginando o que ele está dizendo para que isso aconteça.

— Que nojo, tire isso! — ri ela, e imagino que ele está fazendo o que todo idiota já fez antes dele: usar uma comadre de papelão como chapéu. É tão óbvio, não posso acreditar que ela caiu nessa.

Ele recita as opções do cardápio do cartão azul e ajuda a garota a marcar suas escolhas. Ouço-o descrever uma festa que ela perdeu, e como Shay e Chloe perguntaram sobre ela.

— Não conte para elas...

— Não contei.

— Bom. Vou sair logo daqui.

— O que é isso? — A voz dele está mais próxima da nossa parede. Imagino que ele está tocando o inchaço abaixo da clavícula dela.

— É um cateter.

— Que louco. Isso dói?

— Não. Sim.

— Vai deixar uma cicatriz?

Um século se passa antes de ela responder. Escuto cada soluço e cada longa pausa entre eles.

— Ei... Ei. Você disse que vai estar bem logo, não é?

— Sim.

— Então não chore.

Ele vai embora logo depois. Quando passa pela minha porta, sua sobrancelha está franzida de uma forma que me faz lembrar do meu irmão Evan, ansiando por estar em outro lugar.

"Chiado. Zumbido. Gotejo", diz meu quarto.

O Quarto 2 não diz nada. O silêncio dela é mais triste que nunca e me atrai para o cômodo.

Eu me ajoelho e bato na nossa parede. De que outra forma poderia falar com ela?

Bato três vezes. Meus nós dos dedos dizem: "Vamos, coloque alguma música. Coloque para repetir, se quiser. Eu consigo aguentar".

Mas eu fico sem resposta.

— O que você está fazendo, Zac? — Nina está ao meu lado.

— Eu derrubei um... cotonete.

— E qual é o som de um cotonete? — O prendedor no cabelo da Nina é um gambá. Ou talvez um quokka[5]. Ele também parece estar dando um sorriso forçado.

Quando levanto, bato a cabeça na bomba do soro.

— Trouxe seus remédios. — Ela balança o vidrinho. — Mas talvez você precise de algo mais... forte?

Estou exaltado quando digo:

— Vá dizer para a novata colocar Lady Gaga pra tocar.

— Por quê?

— Porque não sei código Morse e minha mensagem se perdeu na tradução.

Nina me olha com atenção.

— Eu nunca achei que você gostasse da Gaga.

— Sei que não é um pedido comum — explico, dando um sorriso que inexplicavelmente funciona com ela. — Só desta vez. Por mim?

Espio o diário ao lado da minha cama, abro-o e arranco uma página em branco. E escrevo:

Põe Lady Gaga.

EU INSISTO!

(De verdade!)

Fico pensando se as letras maiúsculas não são um exagero. Ou os pontos de exclamação. Considero a possibilidade de desenhar uma carinha sorridente para remover qualquer traço de sarcasmo.

— Por que você não baixa Lady Gaga no iTunes?

— Eu não quero ouvir Lady Gaga — sussurro, apontando para a parede. — Quero que *ela* ouça.

Nina dobra a folha cuidadosamente.

— Como quiser, Zac. Tome os remédios, ok?

Nina coloca o bilhete no bolso e lava as mãos pelos trinta segundos compulsórios. Que parecem mais sessenta.

— Onde está sua mãe?

---

5. Mamífero australiano que lembra um esquilo, cujo tamanho aproximado é igual ao de um gato. (N.T.)

— Foi comprar músicas para mim.

— Lady Gaga?

Eu bufo.

— De jeito nenhum.

— Então você está bem? Ficando sozinho?

— Com certeza. — Assinto e ela sai, nós dois sorrindo.

Mamãe estava roncando muito, como sempre faz por volta das três da manhã. Numa dessas noites eu vou gravar os roncos como prova. Ela garante que não ronca — que ela mal dorme —, mas eu sei da verdade. Quando ela fica mais barulhenta é quando eu fico mais desperto.

Não é culpa dela: é a praga das três da manhã. Acordo com a bexiga estourando, vou ao banheiro pela terceira vez na noite e aí não consigo voltar a dormir.

Às três é a pior hora. É escuro demais, brilhante demais, tarde demais, cedo demais. É quando vêm as perguntas, revoando como moscas, me atingindo uma por uma até eu ficar com a cabeça cheia delas.

Eu sou um mineiro? Viciado em fazer compras pela televisão na madrugada? Esquiador de longa distância? Músico? Malabarista?

São 3:04 da manhã e estou me perguntando quem sou eu.

A medula é alemã — os médicos só puderam me dizer isso. Faz quatorze dias que tenho uma medula óssea alemã e, apesar de ainda não estar ansiando por pretzels nem cerveja nem bermudas de couro, isso não quer dizer que eu não tenha mudado de outras formas. Alex e Matt me apelidaram de "Helga" e a alcunha pegou. Agora todo o time de futebol acha engraçadíssimo que uma parte de mim possa ser padeiro de pretzels, entornador de cerveja, Fräulein da Bavária com tranças sacolejantes e fartos *die Brust* ("seios" em alemão).

Mas isso é verdade? Eu poderia ser mesmo?

Tento me imaginar sendo outra pessoa.

Sei que parece um thriller de baixo orçamento — *Quando a Medula Ataca!* —, mas, se minha medula foi removida dos meus ossos e substituída pela de outra pessoa, isso não devia mudar quem eu sou? Não é na medula que minhas células nascem para então seguirem para minha corrente sanguínea e para todo meu corpo? Então, se o local de nascimento das minhas células agora provém de outro ser humano, isso não devia mudar tudo?

Disseram que sou agora 99,9% outra pessoa. E disseram que isso é bom, mas como posso ter certeza disso? Não há nada neste quarto com que eu possa me testar. E se eu agora for chutar uma bola de futebol com a habilidade de uma mocinha alemã bebedora de cerveja? E se eu tiver me esquecido de como se dirige uma caminhonete ou de andar num quadriciclo? E se meu corpo não se lembrar de como correr? E se essas coisas não ficarem guardadas na minha cabeça ou nos meus músculos, mas em um ponto mais profundo, na medula óssea? E se... e se isso for apenas perda de tempo e a leucemia voltar outra vez?

Às 3:07 ligo o iPad, diminuo o brilho e abro caminho pelo labirinto de blogs e fóruns, livre dos olhares curiosos da minha mãe. Roncando na poltrona ao meu lado, ela não conhece meu pequeno segredo.

Em 0.23 segundos, o Google me diz que há 742 milhões de sites sobre câncer. Quase 8 milhões são sobre leucemia; 6 milhões sobre leucemia mieloide. Se eu buscar "índice de sobrevivência ao câncer", vou encontrar 18 milhões de sites me oferecendo números, estatísticas e porcentagens. Não preciso ler nenhum deles: eu sei a maioria dessas estatísticas de cor.

No YouTube, a palavra "câncer" leva a 4,6 milhões de vídeos. Destes, 20 mil são de pacientes de transplante de medula que como eu foram colocados em isolamento. Alguns estão conectados agora. Podem ser 3:10 em Perth, mas são 7:10 em Auckland, 15:10 em Washington e 20:10 em Dublin. O mundo está girando e milhares de pessoas estão acordadas, atualizando suas postagens nos sites que marquei para seguir. Passei a conhecer melhor essas pessoas que meus amigos. Posso entender melhor as emoções delas do que as minhas. E, de alguma forma, eu me sinto um intruso. No entanto assisto aos vídeos que eles postam com fones de ouvido. Acompanho o tratamento deles, os efeitos colaterais, os sucessos. E vou anotando os fracassos.

Daí ouço a descarga do banheiro do quarto ao lado.

A novata e eu finalmente temos alguma coisa em comum.

4
ZAC

Quatorze dias após o transplante e é oficial. Estou horrível.

Eu sabia que meu rosto havia inchado — os esteroides fazem isso com a gente —, mas não tinha imaginado o quanto. Ou Nina tinha trocado o espelho do meu banheiro por um da Casa dos Horrores, ou minha cabeça fora substituída por um cereal matinal gigante.

Por que ninguém me contou? Por que ficaram ignorando a deformidade óbvia que é minha cabeça? Há apenas dois dias, a dra. Aneta disse que eu era atraente, e presumi que ela não estivesse se referindo ao meu magnetismo pessoal. Nina esteve conversando comigo também e tirou uma foto minha com o celular da minha mãe. Mamãe a enviou para minha irmã, Bec, que a postou no meu Facebook, causando um bombardeio de duzentos elogios, incluindo mensagens particulares de Clare Hill e Sienna Chapman. Sienna disse que queria “bater um papo” quando eu voltasse para casa, e Sienna não usaria essas palavras de forma leviana. Ela estava mesmo impressionada ou cega de vontade de ser caridosa? Aconteceu em *A Bela e a Fera,* não foi?

Na minha opinião, o único comentário preciso veio de Evan. “Linda foto, cara de saco. Combina com você.” Panaca.

De acordo com o espelho do banheiro, eu não tenho pescoço. Será possível que meu doador alemão seja, de fato, Augustus Gloop? Ou será que todo o sorvete que tenho tomado foi parar no meu queixo?

Os médicos dizem que é bom ganhar peso depois de um transplante, que ajuda na luta, ou algo assim. Bom, isso com certeza não ajuda o ego, especialmente quando a nova garota fica olhando pela minha janela.

Como é justo que ela fique andando livremente pela ala, com seu cabelo brilhante esvoaçando, bochechas perfeitas e queixo singular, enquanto observa pelas janelas os outros pacientes para julgá-los e julgar suas cabeças lisas e inchadas, quando estou preso aqui e me entopem de sorvete e de mentiras, fazendo de mim um completo gordo idiota?

É o que explica por que ela não respondeu à minha nota escrita. Por que alguém como ela iria se dar ao trabalho de se comunicar com um Jabba, o Hutt, careca como eu? Ainda mais agora que me pegou jogando Detetive com minha mãe.

Sei que não devia me importar com o que ela pensa, afinal isso é temporário, mas e se ela pensar que sou eu, o *verdadeiro* eu?

— Mãe!

— O que foi?

Aponto para meu rosto e ergo as sobrancelhas. Pelo menos eu acho que é isso que estou fazendo.

— De que cereal matinal eu faço você se lembrar?

— Pare de ficar se olhando e volte para a cama. Você tem que adivinhar se foi o castiçal ou a corda.

— Não.

— Foi o castiçal. — Minha mãe fecha o tabuleiro e se espreguiça. — Já está na hora do chá da tarde?

Nós dois notamos ao mesmo tempo: um pedaço de papel no chão. Olho para ele e então para a porta, que não é aberta há horas.

Mamãe vai até lá, pega o papel e o cheira, como se seu nariz fosse treinado para detectar traços de contaminação.

— É da Nina? Espero que esteja limpo. — Ela desdobra o papel e mostra o CD que está dentro.

Corro para tirá-lo dela. O movimento súbito me deixa tonto; a surpresa me deixa em pânico. O papel está em branco. Por que ela não escreveu nada?

Viro o CD e leio *Lady Gaga para Qto 1* rabiscado com caneta azul. Ao me dar conta, fico enjoado: a novata não só tem pena de mim por estar inchado por causa dos esteroides, como também acha que gosto dessas músicas pop para garotas. Só falta ela me mandar CDs do Justin Bieber.

Ah, merda, será que ela acha que sou gay? Não que haja algum problema nisso...

— Coloque no laptop. — Mamãe tira a tampa do sorvete. — Vamos escutar.

Será que meu rosto inchado é capaz de ruborizar com a humilhação? Será que minha contagem de glóbulos vermelhos está alta o bastante para eu poder me dar a tal luxo?

Penso em bater na parede para resolver isso: "Eu sou cem por cento hétero, ando de quadriciclo e sou lateral direito!".

Contudo, isso exigiria muito mais que batidas na parede e eu não quero que ela confunda com: "Obrigado! Muito obrigado! Adoro a Gaga mais que tudo! Viva Gaga!".

Ela acreditaria mesmo que está satisfazendo minhas necessidades sonoras e emocionais? Ou existe a mínima chance de ela estar me zoando?

A expressão de deleite que minha mamãe faz ao me ver pegando o meu diário é logo destruída quando arranco uma página violentamente. Ela tenta me acalmar com uma colherada de sorvete cor-de-rosa.

— Vamos. É o seu favorito.

Na verdade, não é.

Eu escrevo:

Querida paciente do Quarto 2.

Agradeço seu presente tão gentil.

Nota: estou sendo <u>*sarcástico*</u>*! Você não pode escutar minha voz, mas, acredite, ela está cheia de sarcasmo. Tente ler isso alto com a voz do Homer Simpson e você vai escutar...*

Quando leio o que escrevi, vejo que não é nem um pouco sarcástico. É infantil. E um tanto maluco. Por isso amasso a folha e pego outra.

Querida vizinha.

Não. Religioso demais.

~~Querida~~

Para a garota do Quarto 2.

Recebi seu CD. Obrigado. Não é o tipo de música que eu gosto. Mas obrigado. Vá em frente, escute o que você gosta.

Mas não deixe no repetir, por favor, do jeito que você fez no primeiro dia. Nem tão alto, quer dizer, num volume razoável. Somos vizinhos e a parede não é muito grossa. Seis ou sete centímetros é minha estimativa. Talvez em certos horários. Poderíamos estabelecer algumas regras... que tal?

A essa altura, mamãe está no meio da taça de sorvete napolitano enquanto assiste a *Ready, Steady, Cook.*

Dou batidinhas com a caneta em uma folha de papel em branco. Não me lembro da última vez que escrevi uma carta para alguém, especialmente para alguém que não conheço. Como dizer o que quero dizer sem parecer um nazista ou maluco?

Olho para o papel em branco e expiro. O que é que estou tentando dizer?

Oi. Obrigado pelo CD. Você não precisava fazer isso. Não era o que eu tinha em mente... mas obrigado. Vou acrescentar à minha coleção.

Havia muito espaço em branco olhando para mim. O que dizer para uma novata que não está lidando bem com a coisa?

Tem uma lajota no seu teto com uma estrelinha que brilha no escuro. Já reparou? Minha irmã Bec colocou várias delas aí faz alguns meses. Quando saí, o responsável pela ala me obrigou a tirar todas, mas deixei uma. Ela ainda está aí? Você está em um quarto bom. Eles dizem que o meu é o melhor, mas dá para ver mais do campo de futebol aí do seu quarto.

Do Garoto Bolha do Quarto 1.

PS: Pequeno uso de sarcasmo anteriormente, caso você esteja imaginando.

PPS: A maioria dos programas de televisão deixa a quimio pior, principalmente se envolve cozinhar, cantar, dançar ou Two and a Half Men. Seinfeld *é a melhor sitcom para náusea.*

PPPS: Não peça o frango schnitzel na terça-feira.

Recoloco a tampa na caneta e aperto o botão para chamar Nina, que, depois de entrar e lavar as mãos, vai direto até meu soro, que continua pingando. Ela olha para mim e franze a testa com um ar desconfiado, fazendo sua presilha de borboleta balançar. Entrego para ela, antes que mamãe note, o papel dobrado onde escrevi *Para o Quarto 2.*

— Mesmo? Então é isso que sou para você agora?

— O que você não faria para o cara mais atraente da ala? — digo, esperando estar no mesmo nível dela. Nina não retruca, então aponto para meu rosto inchado. — Quer dizer, eu sou mesmo? Mesmo assim?

— Sim, Zac, você ainda é o melhor de todos. Mais alguma coisa?

— Se eu fosse um cereal matinal, qual eu seria?

— Em personalidade ou aparência? — Ela não perde a menor chance.

— Tanto faz.

— Ultimamente? Quase um Fruit Loop[6].

Ela não está muito errada. Estou preso neste quarto faz vinte e quatro dias e estou ficando desesperado por companhia. Não estou

6. Cereal matinal de pequenas rosquinhas coloridas. *Loop* também é uma gíria que quer dizer louco, maluco. (N.T.)

falando da minha mãe, ou da enfermeira ou do psicólogo e de fisioterapeutas ou de qualquer outra pessoa que seja paga para estar aqui. Preciso interagir com pessoas da minha idade, em tempo real. Não basta ter amigos on-line que aparecem com rajadas de pontos de exclamação, símbolos de positivo e rostos sorridentes. Preciso de algo que me faça lembrar do mundo real, sem censura ou cautela.

Preciso de um amigo.

— Cereal matinal? — diz mamãe, horas depois, após fazer a cama cor-de-rosa dela, apagar as luzes e se enfiar debaixo das cobertas. — Você é um cereal estranho, Zac.

Ela está certa. Ainda faltam onze dias.

Ouvi dizer a respeito de como as alas infantis de oncologia são legais, com salões grandes, quartos com as cores do arco-íris, palhaços tocando ukulele[7] e salas de jogos com baterias e jukeboxes. E o melhor de tudo é que eles são bombardeados com visitas dos jogadores do West Coast Eagles e de estrelas de novelas que levam presentes autografados.

Como fui diagnosticado aos 17 anos, perdi essa chance e fui parar em um hospital para adultos com paredes brancas e um pequeno cubo que serve de televisão. Na minha primeira noite, fiquei na cama e assisti a um documentário sobre a construção do novo veículo robótico da Nasa, o Curiosity. Foi difícil ficar concentrado no meio de tantos barulhos e sons desconhecidos ali na ala, e meu medo incessante.

Quando veio a remissão, o lançamento do Curiosity estava nas manchetes. Na noite anterior ao meu transplante, mamãe e eu assistimos à filmagem do Atlas V voando pela atmosfera, levando sua enorme carga robótica. Mesmo depois de desligarmos a televisão, fiquei pensando naquele robô vagando pelo espaço. Dentro dele havia instrumentos científicos preparados para perfurar e examinar a superfície de Marte, e procurar os blocos constituintes da vida. Se os

7. Instrumento musical muito parecido com o cavaquinho, mas com afinação diferente. (N.T.)

cientistas podem lançar um robô para um lugar localizado a 560 milhões de quilômetros de distância, pensei naquela hora, com certeza são capazes de consertar algo tão pequeno quanto células sanguíneas rebeldes em um corpo.

É fácil escapar pelas tangentes aqui — não há mais nada a fazer. Fiquei tão entediado que até as idiossincrasias das enfermeiras parecem interessantes. Veronica, por exemplo, tem mãos grandes, que são surpreendentemente ágeis quando ela troca os lençóis da minha cama. Sentado na poltrona cor-de-rosa, admiro a coreografia eficiente dela. As dobras nos cantos do lençol que ela faz são as melhores.

— Então, como está indo sua manhã? — pergunto a ela.

— Não tão mal. E a sua?

— O padrão. Você já esteve no Quarto Dois? — Mamãe está usando o chuveiro dos visitantes mais adiante no corredor, então tenho de aproveitar a ausência dela.

Veronica faz que sim com a cabeça.

— A garota disse alguma coisa?

Veronica prende o lençol na cama e faz que não. Está acostumada a lidar com pacientes da mesma idade que ela ou mais velhos que, em sua maioria, ficam falando durante horas sobre a temperatura e/ou qualidade das refeições do hospital, não sobre a menina do quarto ao lado. É incomum eles terem dois adolescentes na ala de oncologia para adultos, especialmente em quartos vizinhos.

— Ela te deu alguma mensagem?

— O que você quer dizer com "mensagem"?

O rosto da mamãe aparece na minha janela. Ela vai começar a rotina de lavar as mãos, o que me dá exatos trinta segundos.

— Ela entregou algum bilhete? Sobre música... ou *Seinfeld* ou frango schnitzel?

Veronica faz questão de mostrar a palma de suas mãos grandes e vazias.

— As únicas palavras que aquela menina disse eu não vou repetir. Seu intestino funcionou?

Fecho os olhos.

— Sim. E eu urinei. Três vezes durante a noite, uma nesta manhã.

A caneta de Veronica faz anotações rápidas na minha ficha. Um homem não pode ter segredos? Ela verifica minha temperatura.

— Meninas assim me fazem lembrar do porquê só tive garotos — comenta Veronica, como se fosse uma escolha inteligente da parte dela. — Ela é tão... *mal-humorada.* Não come o café da manhã. Não come nada. Não preenche o cartão azul. Não abre as cortinas. E a forma como fala com a mãe...

Minha própria mãe entra pela porta com sua toalha e artigos de banho.

— Bom dia, Veronica. Ele fez cocô.

— Obrigado, mãe. Ela sabe.

Todo mundo já sabe.

— Está vendo só, os garotos, eles são educados — continua Veronica. — Garotos tratam a mãe com respeito.

Levanto-me da poltrona e arrasto meu suporte de soro até a cama e tento me acomodar entre as cobertas muito apertadas.

Assim começa o Dia 25: vinte e cinco neste quarto, quinze pós-transplante.

— Quer jogar *COD,* mãe?

— Só se você quiser morrer! — Ela percebe tarde demais o que disse.

Eu sorrio e balanço a cabeça. Sem chance.

No meio dos tiros e com a mamãe ressurgindo pela quinquagésima vez, ouço alguma outra coisa. Algo que não faz parte do *Call of Duty.*

São gritos de pessoas de verdade. Duas delas.

Abaixo o volume.

— Quem é que você está espionando agora? — questiona minha mãe.

— Xiiu.

Escuto a mãe.

— Por que você está fazendo isso comigo?

É o *comigo* que soa mais alto. Os acompanhantes deveriam dizer coisas como "Você vai ficar bem" ou "Quando terminar essa rodada de quimio, nós vamos ao Dreamworld" ou "Vamos rezar muito e Deus vai nos ajudar a superar isso". Eles não transformam a situação em um melodrama sobre si mesmos.

— Você devia ter ouvido mais. Ficado na linha...

— Então fui *eu que* causei isso? Porque eu ia a festas?

— Você não precisava ir. Você é mais esperta que isso... Aquele certificado de esteticista...

— Você não sabe de nada. É um diploma...

— É uma piada.

— Sai fora da minha vida.

— Vá se foder. — Ela diz isso tão alto que a ala inteira deve ter ouvido. — Você está com inveja.

Não sei como a garota consegue retrucar, mas ela retruca, de novo e de novo.

A gerente da ala pede para a mãe sair e eu a vejo passar, seu cabelo preso para trás com aquele pente de casco de tartaruga, uma das mãos enxugando lágrimas.

Mas a briga ainda não acabou. Escuto a novata se dirigindo a Nina.

— Vá embora.

— Preciso colocar as novas bolsas de soro — explica Nina. — Os seus acabaram.

— Não! — grita a menina com mais energia do que eu poderia reunir. — *Chega!* Me deixe *sozinha!*

Várias enfermeiras passam apressadas no corredor e logo ouço os sapatos de Patrick quando ele entra no Quarto 2 e fecha a porta. Eu o imagino parado ali, as mãos fechadas, perguntando delicadamente sobre os "sentimentos" dela. Ela briga com ele também.

Tudo só acaba mais tarde, com a dra. Aneta e com certeza alguma coisa como Valium.

— Certo, injete isso em mim — diz a garota nova. — Me dê um monte.

Agora há um silêncio que se infiltra pela nossa parede. Seis centímetros não são muito sólidos afinal de contas.

Há tanta coisa que ela ainda não compreende: que fica melhor; que não é culpa dos médicos. "Não lute", eu quero dizer. "Não puxe a alavanca da Saída de Emergência. Tome as pílulas e aproveite o passeio como der."

Eu queria poder dizer isso a ela.

Eu queria poder dizer a ela quanta sorte tem.

De volta à cama depois da terceira mijada da noite, vejo uma estrela no chão. É como se ela tivesse encontrado o caminho até aqui, se espremendo por baixo da porta e deslizando pelo linóleo liso.

Ela ainda brilha um pouco. Eu a pego e deixo que me conduza de volta para a cama.

Quando contei à garota a respeito da estrela no teto do quarto dela, eu não queria que ela a devolvesse para mim. Por que é que ela continua não entendendo minhas mensagens?

Espero não a ter deixado mais triste.

Ouço a descarga dela. Três da manhã.

Imagino como é ficar em um quarto deste tamanho sem ter que dividi-lo com alguém.

Não pego o iPad esta noite. Não estou no clima para atualizações sobre vencedores e perdedores. Em vez disso, fico olhando a estrela enquanto ela perde o brilho. Fico observando-a até desaparecer completamente, e mesmo assim ainda sinto o formato dela na palma da mão.

Cabeça contra cabeça, estamos deitados.

Pelo menos, penso, ela não está brigando comigo.

5
ZAC

Por volta da hora do almoço, convenço mamãe de que estou desesperado por um milk-shake de hortelã da cafeteria — uma forma garantida de fazer com que ela saia do meu quarto. Preciso bater na parede e dizer à garota que pegue de volta a estrela. Ela não devia ter me devolvido.

Bato na parede, mas é uma voz masculina que responde. A menina já se foi.

Cam e eu nos encontramos na sala comum em abril. Ele estava aqui para se submeter a radiação e nossos ciclos estavam juntos, por isso jogávamos sinuca por várias horas, apesar de eu achar que ele não jogava tudo o que sabia. Saído da cirurgia, a cicatriz na testa dele era um "C" saltado, violento. "C de Cam. Para o caso de você esquecer." Poderia ser "C" para aquela outra palavra, a que não pode ser dita. O tumor do Cam era do tamanho de uma bola de golfe e ele carregava uma no bolso para propósitos explicativos. Achava que as dores de cabeça eram causadas por ter caído da prancha muitas vezes nos recifes da praia Trigg.

— Eu tive... como é que se diz? — Ele fala através da parede. — Uma reincidência. Como foi com você.

Não é justo que estas duas palavras sejam tão próximas: reincidência, remissão. Elas deviam ficar em cantos opostos do dicionário.

O cabelo dele cresceu cacheado de novo, ele contou.

— Mas agora que a porcaria cresceu eu tenho que tomar radiação de novo. — Ele é eletricista, Cam me faz lembrar, então pode aguentar isso.

Ele se gaba de ter surfado todos os dias desde que terminou o tratamento pela primeira vez. Na semana passada, ele zombou de um tubarão-tigre com dois metros.

— O que ele poderia me fazer? — indaga ele através da parede, rindo. Eu quase posso ouvir o mar na voz dele.

Nina vai ao quarto do Cam mais do que vem ao meu. A diferença de idade entre eles não é grande, eu sei. Escuto-os conversando e a animação na voz dela. Quando vem ao meu quarto, ainda há um sorriso em seus lábios, um sorriso diferente daquele que ela normalmente dá para mim. As bochechas dela estão da cor do prendedor de joaninha. Fico observando-a trocar os fluidos do meu soro e reiniciar o monitor, imaginando como ela pode se deixar atrair quando sabe o que eu sei: a chance de vinte e cinco por cento dele agora virou dez. Até uma chance de dez por cento é um cálculo generoso.

Droga, eu não quero fazer isso. Não quero pensar nos números, porém é o que acontece aqui.

Na escola, as chances eram diretas:

Se um dado é jogado, qual é a probabilidade de sair um 3?
1:6
Se dois dados são jogados, qual é a probabilidade de saírem dois 3?
1:36

Eu gostava de matemática. Eu gostava de saber onde estava. Mas agora?

Se um homem de 32 anos tem um tumor cerebral removido, e então depois de oito meses o câncer retorna, quais são as chances de sobrevivência?
1:11

Converta o resultado para porcentagem.
9,09%

Não há como escapar da matemática aqui. Os médicos ficam falando nas proporções de células brancas e neutrófilos. As enfermeiras verificam minha temperatura e peso, calculando miligramas de Metotrexato, Prednisona, Ciclofosfamida. Fazem gráficos do meu progresso, elogiando minha melhora por incrementos, como se eu de alguma forma fosse responsável pelo crescimento dos gráficos. Mais que os dos velhos com intestinos preguiçosos, o meu gráfico é digno de empolgação e otimismo. Sou o melhor aluno deles.

Ao contrário do Cam. Merda de Google. Em alguns sites, as chances dele são de 1:10; em outros, 1:14. Quando ele bate na minha parede e diz "Garoto-Zac, ligue no canal 4. É o *The Goodies*! Oba, oba!", fico imaginando se ele acessa os mesmos sites que eu.

Sei como manter esses dados só para mim, longe de mamãe e de Patrick e do Facebook e de qualquer pessoa que fosse ficar preocupada. Eu os coloco de lado e me concentro no que está na minha frente: Nina.

— Cam quer te dar umas aulas quando vocês saírem — explica ela, lavando as mãos.

— De matemática?

— De surfe, seu bobo.

— Eu? O Rice Bubble humano? Pelo menos vou flutuar.

— Cam disse que vai levar você na Trigg depois do Natal. Ele tem uma prancha de quase três metros que vai ser perfeita para você. Ele pediu o número do seu celular.

Eu certamente vou ser a isca para o tubarão. Mesmo assim, rasgo uma página e escrevo o número. O sujeito anda por aí com um C gigante na cabeça, e agora com focos nos pulmões, e ainda assim desafia o oceano. Não posso dizer não para ele.

Ou me procure no Facebook: Zac Meier (o segundo que aparecer, já que você pode não me reconhecer!).

Mamãe entrega meu bilhete para Cam e fica lá conversando com ele. Sem ter quem o acompanhe — já que o cachorro e o colega de apartamento não contam —, Cam enxerga minha mãe como uma substituta, que leva chás e biscoitos gigantes para ele. No mundo real, eles não teriam nada em comum — mamãe é uma fazendeira do sul; Cam é um eletricista surfista com uma caminhonete Falcon —, mas, aqui na ala, as regras habituais parecem não importar muito.

Nina coloca um termômetro no meu ouvido.

— Este lado da ala é melhor, você não acha? — Falo da forma mais casual que consigo com o termômetro enfiado na minha cabeça.

— É?

— É mais claro ou algo do tipo. Tem um Feng Shui melhor. É bom para pacientes... mais jovens. Como o Cam. E até... mais *jovens* que isso.

— Mesmo?

— Faz sentido — continuo — que os mais jovens como Cam ou... quem quer que seja sejam colocados deste lado... no futuro. Sabe, sempre que um hipotético, próximo jovem, for internado.

— Tão hipotético quanto a jovem Mia, você quer dizer? — Nina olha para o relógio e anota números na minha ficha.

Mia. O nome combina com ela.

— Ela está bem?

Nina prende a caneta na prancheta. Seja lá qual for a verdade, sei que ela não vai mentir para mim.

— Ela vai ficar bem, Zac. Não se preocupe com ela.

Disso eu já sei. Procurei no Google.

Entre todos nós, aquela menina é quem tem as melhores chances.

Dois dias depois, Patrick aparece dizendo que tem boas notícias.

— Estou curado?

— Hum... bem, não. Quero dizer, você vai estar curado, Zac, em cinco anos... oficialmente...

— Você me arrumou um encontro com a Emma Watson?

O rosto dele demonstra o alívio.

— Pode ser. Digo, eu não li as letrinhas pequenas. Estamos indicando você para o Prêmio Make-A-Wish.

Ouvi falar desse prêmio que é dedicado a pessoas com menos de 18 anos e que sofrem de doenças que ameaçam suas vidas. Vi fotos de garotos em voos de helicóptero ou na Disneylândia abraçando o Mickey e a Minnie. A questão é que eles estão na pré-adolescência — as crianças, não os ratos gigantes — e eu estou tendo problemas para me visualizar como candidato ao prêmio.

— Por quê?

— Porque você é um lutador e tanto, Zac.

— Como o Anthony Mundine?

— Bem, pode ser. — Patrick senta-se de lado na beirada da minha cama e esfrega as mãos na calça de veludo. — Não, não muito. É porque você nunca reclama. Você está sempre... de bem com tudo. — Posso ver o que ele está pensando: "Ao contrário daquela garota...".

— Entendi. Mais como o Hulk Hogan então.

— Zac! — Mamãe aponta uma vareta de alcaçuz para mim. Ela falou comigo sobre tirar vantagem da boa vontade de Patrick. Como os outros que trabalham aqui, ele está acostumado a usar psicologia com assuntos de adultos, tais como falência e infertilidade e a injustiça da vida e blá-blá-blá.

— Talvez mais como um soldado em uma guerra — sugere Patrick.

— Então este quarto é como o Afeganistão e minha leucemia é o Talibã?

— Se quiser pensar assim...

— Uma metáfora. Obrigado. Posso usar isso na aula de inglês?

— Claro. Certo então — diz ele, levantando-se. — Reflita sobre o que você quer. Emma Watson, é? A Hermione do *Harry Potter*? Por que não? Todos nós podemos sonhar...

— Seja bonzinho — pede minha mãe depois que Patrick lavou as mãos, acenou e saiu.

— Você é que tem que ser boazinha, ou vou pedir que façam sua inscrição na Jenny Craig[8].

A verdade é que não quero ir à Disneylândia nem dirigir um F-1 com Michael Schumacher. Quando eu finalmente sair deste quarto, a última coisa que vou querer é ter essa atenção dirigida a mim. Tudo o que desejo é ficar sob o imenso céu azul, trabalhar na fazenda com papai e Evan e jogar futebol com o pessoal. Até ajudar Bec com os animais. Só quero estar lá fora novamente, que é onde eu deveria estar.

Além do mais, não mereço nenhum prêmio. Não sou um lutador e provavelmente nunca vou ser muito corajoso. Não dei uma de Ned Kelly e salvei um garoto que estava se afogando nem velejei ao redor do mundo como aquela garota no barco cor-de-rosa. Jogar Xbox três horas todos os dias não faz de mim um herói. Fiquei deitado na cama por vinte e sete dias consecutivos e consegui recuperar o controle dos meus intestinos. Consegui perder cem por cento do cabelo, e minha cabeça de alguma forma dobrou de tamanho. E depois de dezessete dias com uma medula óssea nova, pelo que mostram os testes, eu finalmente passei a produzir alguns glóbulos brancos. Nada disso é revolucionário.

Assisti a documentários sobre prisioneiros de guerra que sobreviveram durante anos mascando poeira de carvão e colocando larvas para comer infecções em seus ferimentos. *Isso* mereceria uma viagem à Disneylândia. Aqui tenho frigobar, televisão e Xbox, ar-condicionado com temperatura constante de 21 graus, refeições quentes e três lanches todos os dias e alguém que arruma minha cama.

Eu não reclamo do tratamento porque qual é o sentido disso? Da forma como vejo, isso é só um instante. A média de vida de um homem australiano é de 79 anos, ou 948 meses. Essa estada no hospital mais a primeira rodada de quimio e as visitas de acompanhamento dão no total nove meses. Isso é apenas 1,05 por cento do total da minha vida passado com agulhas e produtos químicos, o que, colocando em perspectiva, é menos que uma das lajotas entre as oitenta e quatro do teto.

8. Empresa que ajuda mulheres de vários lugares do mundo a perder peso. (N.T.)

Então, resumindo, isso não é nada. E definitivamente não merece um Prêmio Make-A-Wish. Se alguém merece esse prêmio, é o Cam, só que com 32 anos ele é velho demais para concorrer.

Nina também merece um prêmio. Ela sabe quais são as probabilidades e ainda assim se apaixona por ele.

— E por que a Emma Watson? — questiona mamãe mais tarde. Até minha mãe é mais corajosa que eu. Ela *escolheu* passar por isso.

De todos, eu sou o menos corajoso. Nunca me alistei para essa guerra. A leucemia me convocou, essa filha da puta.

6
ZAC

O Facebook me avisa que tenho dois novos convites de amizade. Com 679 amigos, eu realmente não preciso de mais. Antes de ficar doente, meu total era de uns 450, e já era forçado: colegas da escola, ex-colegas da escola e o pessoal dos times de futebol e de críquete. Agora, porém, tenho "amigos" de todos os lugares: parentes distantes, pacientes do hospital e suas famílias, membros das várias redes sobre câncer na adolescência nas quais fui coagido a entrar, que enchem minha página com piadas, citações quase espirituais e acrônimos que nem sempre consigo traduzir.

— A comunicação on-line é essencial — afirmou Patrick — para a sobrevivência no isolamento em nossa Área de Isolamento. — Mas tenho a sensação de que meus "amigos" se beneficiam disso mais que eu.

A coisa mais interessante no Facebook foi rejeitar os insistentes pedidos de amizade da minha mãe.

— Você está comigo em todas as horas do dia, mãe. Por que é que precisamos do Facebook também?

— Eu só quero ver o que você anda fazendo.

— Você já está vendo o que ando fazendo. Você vê tudo. Em tempo real.

— Mas eu só tenho quatorze amigos — retruca ela como se eu fosse ceder por compaixão.

— Então você tem que sair mais. Vá conversar com amigos de verdade ou visite a tia Trish. Ela mora aqui perto. Melhor ainda, vá para *casa.*

— Eu vou quando você for, daqui a sete dias — lembra ela, como se eu tivesse me esquecido. Até parece.

Recuso a solicitação de amizade de mamãe de novo, então vejo a segunda.

Estava esperando que fosse do Cam.

Solicitação de amizade: Mia Phillips

Nenhum amigo em comum.

É um nome que não reconheço, com um rosto que acho que já vi. Olho para a foto para ter certeza. Ela está usando uma blusinha decotada e uma corrente com meio coração prateado. Os braços estão apoiados nos ombros de outras garotas. Será ela?

Olho para minha janela redonda. Ela não está ali, claro. Há apenas a parede branca e dois terços do cartaz sobre higiene, agora enquadrado por enfeites verdes e vermelhos. Mas é o rosto da novata na tela; tem de ser. A menina que bate na parede.

O pedido de amizade dela me pegou desprevenido, de verdade.

Meu dedo fica parado em cima do "Confirma Amizade", mas estou confuso. Como é que ela sabe quem eu sou?

— Mãe? O Cam foi para casa?

— Não. Eles o transferiram para o Quarto Seis.

— Quando?

— Enquanto você estava dormindo.

Diminuo o volume e minha voz baixa uma oitava.

— Então quem está no Quarto Dois?

Mamãe dá de ombros como se não fosse da sua conta e, subitamente, oferece um marshmallow. Ela sabe exatamente quem está no Quarto 2.

A tela me dá duas opções:

Confirmar   Excluir

— Ela só devia voltar na terça-feira. Não foi o que a Nina disse?

— Eu pensei que ela estava em um ciclo de cinco dias em tratamento e cinco dias em casa.

— Não lembro. Qual é a palavra de sete letras para "mocassim"?

Não preciso de mais um amigo no Facebook, especialmente de uma que me manda CDs esquisitos e tira estrelas adesivas que brilham no escuro sem nenhum motivo. Uma garota que entende errado todas as minhas mensagens. Que briga tanto.

Mas ela está sozinha, afinal de contas...

Meu dedo é mais rápido que meu cérebro e toca a tela.

Confirmar

Eu me preparo, porém não ocorre nenhum tremor sísmico nem nenhum alarme começa a tocar. Isso não mudou nada. Ela apenas se tornou agora mais um amigo de mentirinha no meu perfil.

Então *tap*.

Seria a faxineira no quarto ao lado? Ou uma garota batendo na parede?

Tap.

Percebo minha mãe olhando feio para a parede.

— Foi você? — pergunta ela, e faço que não com a cabeça.

— Talvez haja um camundongo.

Tap, a parede insiste. *Tap, tap*.

Mas que droga! No espaço de duas horas, a garota mudou para o quarto ao lado, me adicionou como amigo no Facebook *e ainda* fica batendo na parede? Isso está acontecendo em velocidade de dobra[9].

Corro para a página dela para ver a vida de Mia exposta em comentários e fotos e emoticons.

Entornar n fds Mia. Vc vai?

Por que você não foi ao Georgie? Foi a melhor noite. De todas. NA VIDA!

Vejo a última mensagem dela postada há três semanas:

De saco cheio com essa droga de tornozelo

O comentário seguinte ia bem fora do alvo:

9. Na franquia *Star Trek*, a velocidade de dobra é uma forma de propulsão maior que a velocidade da luz. (N.E.)

Dançou demais!!!?

Você não tomou antibiótico ou algo assim?

Mamma mia vc n tem coord ;)

Desço a página procurando mais.

Vejo posts mais antigos sobre sapatos e vestidos para o jantar dançante do 11º ano um mês atrás. Tem uma foto de mãos estendidas com dez tons diferentes de esmalte, seguida por comentários sem graça dos 1.152 amigos dela. Sério? Quem conhece tanta gente assim?

Mas não vejo a palavra com "C". Nem mesmo uma "quimio".

Entornar? Não faz sentido. Será que ela mentiu mesmo para todo mundo dizendo que estava só com a perna machucada? A novata pode ter boas chances, mas ainda assim é câncer, e isso é uma droga. E vai ser uma droga durante séculos.

Tap.

Os amigos dela postaram porcarias sobre as férias de verão e liquidações antes do Natal, sem saberem que Mia entrou e saiu do hospital, sentindo-se como uma morta. Por que ela não contou para os amigos?

Desço mais a página e vejo a vida dela em reverso, passando por mais duas reclamações sobre o tornozelo dolorido, depois de volta ao de sempre, as habituais reclamações sobre a escola, convites para ir à praia, a Karrinyup, fotos dela no Big Day Out e em Summadayze. Vejo a vida dela no Facebook exposta em um jorro lindo e colorido, mas ainda assim não há nada sobre ela.

Então meu iPad faz um inesperado *blop* e, no canto direito da tela, a janela de chat me diz que "Mia está digitando...".

Blop.

Mia: É VOCÊ?

Merda! Ela pode sentir que eu estou na página dela? Ela acha que estou espionando? Mas foi *ela* quem *me* convidou!

Cinco minutos atrás eu estava assistindo ao segundo dia do amistoso contra o Sri Lanka, e agora estou sendo atacado por tensas batidas na parede e perguntas da garota do quarto ao lado. Mia. Preciso fazê-la ir mais devagar, ou então eu devo me acelerar. E por que o VOCÊ em maiúsculas?

Tap.

— Zac? — a voz da mamãe está irritada. — Foi você?

Caramba! A quem respondo primeiro? À parede ou à pergunta do Facebook? Ou à minha mãe? E o que devo dizer?

Outro *blop.*

Mia: Ei!

Vc ta aí? Zac Meier?

O cursor pisca furiosamente embaixo da pergunta, mas sou um coelho diante dos faróis dela.

Tap!

Dessa vez a batida foi bem mais forte. Ela faz exigências em estéreo.

Merda. Digito:

Zac: Sou ela

Contudo meus dedos deslizam sobre a tela do iPad e pressiono o Enter rápido demais. Há uma pausa longa o suficiente para eu poder lamentar meu erro. Longa o bastante para que haja confusão no quarto ao lado.

Mia: Vc é menina?

Zac: Não

Opto por uma mensagem curta. Rápido é melhor. Essa tela de toque é um campo minado.

Zac: Sou eu

Um homem

Acrescento, para deixar tudo claro, apesar de perder alguns segundos pensando se devia dizer “rapaz” ou “homem”. Claro que ela sabe que sou homem! Ela me viu pela janela redonda pelo menos quatro vezes. Seria possível que minha proximidade constante com mulheres — minha mãe, o pessoal basicamente feminino do hospital e quem sabe até minha medula óssea — tenha comprometido seriamente meus cromossomos Y? Mais perguntas são disparadas.

Mia: Qm eh vc?
Vc tá no quarto ao lado?

Zac: Sim. Qto 1. Seu vizinho. Zac
Homem.

Digo novamente para dar ênfase.

Mia: Mas a foto do seu perfil é uma garota...

Merda. Ela está certa. Eu tinha me esquecido da Garota da Festa da Cerveja com longas tranças loiras e um decote generoso.

Zac: Não sou eu. foi uma piada

Como explicar em poucas palavras sobre o apelido "Helga" e o doador alemão desconhecido?

Zac: Longa história... eu sou parte Helga... talvez...

Mia: ?

Zac: !

O que mais eu posso dizer?

O cursor pisca para mim sem acreditar. Preciso provar que sou eu, então estendo a mão e bato na parede. O som parece diferente de antes.

Mamãe está me observando. Ela olha meu pulso. Eu tinha me esquecido de que ela está aqui.

Mia: vc colocou seu num na minha gaveta?

Zac: n na sua. Do Cam. Me gamo.

Por que isso tem de ser tão difícil? Cam deve ter esquecido meu bilhete. Que belo trabalho das faxineiras.

Zac: Engano. Engano!!!!

A repetição e os pontos de exclamação parecem expressar aborrecimento, como se eu lamentasse amargamente ter aceitado o pedido de amizade dela, o que é mesmo verdade, mas só porque estou fazendo de mim mesmo um completo idiota.

Ela não digita nada e imagino que ela também esteja arrependida. Por que se preocupar em ser amigo de alguém que não se pode encontrar? Alguém que tem a minha aparência e digita tão mal?

Respiro fundo e começo de novo. Preciso consertar isso.

Zac: N puso bilhete no seu quarto.
Estou preso aki.

Bilhete p outra pessoa. Cam. Ele está no quarto 6 agora.

Mas engano ok.

Ok?

Ela responde à minha pergunta com outra pergunta.

Mia: vc ta preso?

O cursor pisca curiosamente. Como digito isso? Minha fraqueza ao longo do 11º ano, e eu achando que estava apenas jogando futebol demais. As manchas roxas e o cansaço e gripes. Daí os exames e diagnósticos e esses seis meses de quimio, então vida — vida! — e aí reincidência, seguida pela busca por um doador de Medula Óssea para Transplante e a Irradiação Total dos Ossos, e a quarentena até a medula alemã pegar enquanto eu reconstruo meu sistema imunológico para que meus neutrófilos fiquem prontos para o mundo. E até lá eu fico preso aqui, preso aqui para o transplante dar certo e curar e esperar e ficar animado com as menores coisas, como uma batida na parede e, por fim, alguém da minha idade com quem conversar.

Zac: Apenas preso. mais 7 dias. n eh tao ruim... :-/

Fico olhando para o espaço em branco por bastante tempo. Eu falei demais? Eu deixei a impressão de que estava pedindo piedade?

Sinto que ela está escorregando para longe, os olhos ficando vidrados, querendo retornar para a página do Facebook dela repleta de amigos saudáveis e populares do mundo real com seus bronzeados, óculos escuros grandes demais e pingentes com formato de coração. Poderiam ser modelos nas revistas. Quero dizer para ela que eu também sou uma dessas pessoas... bem, mais ou menos... apesar de, no momento, eu parecer um Rice Bubble. Mas é isto o que digo:

Zac: Vc pode tocar sua música se quiser. eu odeio gaga mas

Mia: Eu tbm.

Zac: ?

Mia: foi um presente.

e bom repelente de mãe.

Zac: ?

Mia: garantido.

Zac: n funcionou com a minha

vc pode tocar o q kiser. seu quarto.

Não houve resposta, então eu continuo de forma estúpida.

Zac: Tenha calma. n fiq tris

Esse iPad devia ter um botão de retorno para impedir que eu bancasse o idiota.

Zac: te

Completo, mas não sei bem por que digitei isso, como se eu fosse da Polícia da Tristeza. Ela pode sentir o que bem quiser.

Aparentemente, o que ela deseja é ficar sozinha. A bolinha verde dela no chat desaparece e fico sentindo que disse todas as coisas erradas, que falei só o que não devia.

Não fique triste? Por que não há um acompanhante — como a mãe dela, ou aquele cara de chapéu que a visitou naquele dia — para dizer essas coisas idiotas em vez de eu dizer? Ela precisa de alguém ao lado dela para dizer que vai ficar tudo bem, que não vai demorar muito; que aos 17 ela tem 77 anos de vida pela frente, de acordo com as estatísticas atuais, e isto aqui é só um instante, uma pausa da vida real dela, menor que um quadradinho do teto.

Escuto o corpo dela se levantando da cama no quarto ao lado e, em seguida, a descarga. Se ela está vomitando, espero que seja por causa da Cisplatina, e não por minha causa.

Fico na página dela no Facebook o bastante para saber que ela vai para o 12º ano no próximo ano; que ela vem fazendo aulas um dia por semana para conquistar um Diploma em Terapia da Beleza. Que ela adora os filmes do Tim Burton, Ryan Reynolds, Flume e os M&M's de amendoim. Que ela odeia banana. E que está em um relacionamento, é o que diz, com Rhys Granger.

Desligo o iPad. Podemos ser "amigos", mas não somos amigos e, além do óbvio, temos muito pouco em comum. Seria esquisito ficar ali olhando a página dela por mais tempo.

— Uma palavra de seis letras que quer dizer ostracismo? — pergunta minha mãe.

Só que as palavras estão me faltando.

7
ZAC

Status: mais 5 dias. Morrendo de tédio. Alguma sugestão?

Mamãe arrumou um projeto para si mesma: aprender a tricotar com um daqueles livros *Tricô para Leigos*. Aos quarenta e nove, e prestes a ser avó, ela decidiu que está na hora de aprender. Sua primeira tentativa é um cachecol para o bebê da Bec que ainda não nasceu. Ela faz cliques e claques usando a lã de um pacote higienicamente selado para impedir que germes entrem em nosso casulo. Arremate 32, 24 ponto. Parece mais aeróbica. Mamãe bem que podia fazer um pouco de aeróbica.

Também preciso de um projeto. Algo que me permita passar por esta última semana como ela está fazendo com o tricô, passando mais rápido e com ganho de confiança. Em vez disso, o tempo parece um monte de massinha de modelar em minhas mãos inúteis e inchadas. Mais cinco longos dias.

Não que mamãe não tenha se oferecido para me ensinar — ela até comprou mais agulhas de tricô na esperança de que pudéssemos tricotar juntos —, mas eu ameacei usar uma delas para furar meu olho. Prefiro ver as reprises de *Glee* a tricotar. Além do mais, preciso prestar mais atenção na minha imagem.

— Preciso de um chapéu — digo para ela.

— Preciso terminar o cachecol antes.

E desde quando bebês usam cachecóis?

— Não de tricô. Comprado. Um boné ou algo assim, do tipo que o Ryan Reynolds usaria. Você pode arrumar um chapéu para mim?

— Por que você precisaria de um chapéu aqui dentro?

— Não é para me proteger do sol. É mais para... proteger meu ego. Minha cabeça está pálida demais.

Mamãe ergue o olhar.

— Quem é Ryan Reynolds? E o que há de errado com sua cabeça?

— Eu sou uma lâmpada humana. Quero um chapéu. Um chapéu legal. Masculino. Um chapéu chapéu.

— Está bem, Dr. Seuss.

— Mas não quero da loja do hospital. De algum lugar... mais legal. Você pode fazer isso?

— O quê? Agora? Depois de trinta dias você decide que quer um chapéu agora?

— É, é isso mesmo.

Mamãe dá um suspiro exagerado enquanto termina uma carreira, então coloca as agulhas e a lã no colo.

— Você é engraçado. Isso tem alguma coisa a ver com o cachecol? É porque estou fazendo um cachecol para o bebê primeiro?

— Um homem não pode ter um chapéu?

— Você precisa falar com o Patrick?

— Eu *preciso...* — repito, exasperado — de um chapéu. E de uma mãe que não faça tantas perguntas.

— Nervosinho — ela murmura, colocando a bolsa no ombro. — Vou aproveitar para comprar sorvete. Desenhe esse chapéu masculino.

Arranco uma página do diário negligenciado e desenho algo parecido, porém não muito parecido, com o chapéu que o namorado da Mia estava usando quando veio aqui na semana passada.

Ele está usando o chapéu de novo hoje quando passa pela minha janela redonda e cruza com minha mãe no corredor. Imagino se ela nota esse sujeito, com olhar fixo e um buquê de cravos.

Estão falando muito baixo, por isso não consigo ouvir. Mia está falando, pelo menos, e isso é mais do que tudo que ela fez nos últimos dois dias. Eu queria dizer a ela que fica melhor, que isso vai passar. Espero que Rhys esteja falando essas coisas para ela agora. Espero que ele esteja sendo o acompanhante que a mãe dela não consegue ser.

Já são vinte e quatro comentários na minha postagem pedindo sugestões para um projeto. Há sugestões previsíveis de pessoas que mal conheço — *faça um álbum de recortes do seu diário; escreva uma carta para si mesmo para ler daqui a um ano; borde um monograma em uma meia para o Natal* —, e também ideias de amigos: *construa uma Torre Eiffel com agulhas usadas (Alex); venda sua medula óssea velha no eBay (Matt); convença as enfermeiras a estrelar um filme pornô (Evan).* A ideia menos ofensiva vem de Rick, outro fã da Emma Watson: *assistir a todos os filmes do Harry Potter.* Fácil.

Mia não comentou e eu não esperava que o fizesse. Fico atualizando a página dela de novo e de novo, esperando que ela escreva alguma coisa sobre o hospital, a porcaria do tornozelo dela ou mesmo sobre o estranho garoto-Helga do quarto ao lado. No entanto, a página dela permanece estranhamente alegre e meus olhos doem de olhar para ela. A postagem de Mia de ontem à noite diz:

> Ainda está frio aqui no sul. Alguém conseguiu ingresso para o Future Music Fest?

Leio os amigos dela falando das bandas que participarão. Ninguém pergunta sobre o tornozelo dela.

Eles não percebem o quanto estão enganados sobre a vida dela? Sobre o quanto Mia está doente e triste? Aposto que o único que sabe está com ela agora, e ele não fica muito tempo. Escuto a porta abrir e fechar, e vejo Rhys no corredor, de mãos vazias. Um minuto depois, eu o vejo pela minha janela retangular quando sai da entrada principal, sete andares abaixo. Ele entra em um carro estacionado na área de permanência de cinco minutos. Daí vai embora, deixando para trás o hospital e suas doenças e a menina de 17 anos que está chorando baixinho no quarto ao lado.

É mais doloroso que qualquer música pop.

Se eu pudesse me levantar e ir até lá, eu iria. Pelo menos eu acho que iria.

Eu iria e me sentaria na cama de Mia. Esfregaria suas costas. Colocaria o braço em torno dela, acho, se ela quisesse isso, do jeito como minha mãe fazia comigo.

Mas eu estou preso neste quarto, preocupado com os sons tristes que mais ninguém pode ouvir.

Quando volta da loja, mamãe me dá um gorro que parece uma daquelas capas tricotadas para chaleiras. E com orelhas.

— O que é isso?

— O homem da loja disse que está na moda. Ele disse que Burt Reynolds usaria um desses.

— Quem?

Ela revira os olhos.

— O ator. Você sabe, *Agarra-me se puderes*.

Ela está falando sério?

— Foi ideia sua — esclarece ela.

Fico tentado a vomitar no gorro, mas mamãe o enfia na minha cabeça. Então recua e me olha como se eu fosse um grafite que ela está tentando decifrar.

— Aquele caubói gay daquele filme da montanha não usa um desses?

— Não é bem esse o visual que estou procurando, mãe.

— Bem, você precisa melhorar o seu desenho. — Ela amassa meu desenho de um chapéu e o joga no cesto de lixo. — Por que você não faz isso? Eu poderia arrumar umas frutas... e você desenha uma natureza-morta. Posso comprar um daqueles livros *Desenho para Leigos*.

Mamãe está testando minha paciência mais que nunca. Não era tão ruim com a quimio: dava para ficarmos cinco dias juntos, sabendo que logo estaríamos de volta a nossa casa para cinco dias em nosso canto. Um mês juntos, porém, é de enlouquecer. Estamos a um passo da histeria.

— Sabe aquela novata? — digo, esperando matar dois coelhos com uma cajadada.

— Acho que ela não é mais novata a esta altura — me corrige mamãe.

— A garota que antes era conhecida como novata. Mia.

— Mia?

— Ela está no quarto ao lado. Você pode ir dizer oi? Leve o jogo de palavras cruzadas com você.

Mamãe torce o nariz para a ideia.

— Pelo menos as palavras cruzadas do jornal — acrescento.

— Ela não parece ser... do tipo que faz palavras cruzadas.

Amigável, é o que ela quer dizer. Do tipo que adora chá e bolinhos como a maioria dos pacientes e seus acompanhantes. *A garota é mal--humorada,* é o que ela quer dizer, adolescente e brava, igual a Bec quando era adolescente.

— Talvez amanhã — diz mamãe. — Sabe, acho que esse boné combina com você.

— Me passa uma dessas agulhas de tricô.

Em vez da agulha de tricô, ela me entrega uma taça de sorvete. Eu como tudo, apesar de estar mais doce do que deveria. Pelo menos é algo para fazer.

Escuto minhas músicas novas com o fone e escolho quais delas gravaria em um CD para Mia, se eu tivesse coragem.

Mais cinco dias.

Não dou a descarga e volto para a cama na ponta dos pés.

Ligo o iPad e passo pelos blogs de pacientes ao redor do mundo. Sempre me impressiona como as pessoas confessam seus medos para uma audiência global e invisível. Como postam fotos de si mesmas carecas ou poemas repletos de dor em versos rimados. Ou fazem promessas para deuses de uma ou outra religião. Elas são corajosas ou só estão entediadas? Leio até as preces delas. Faz com que me sinta menos sozinho, às três da manhã, saber que não sou o único isolado.

Acompanho o progresso dos com e dos sem esperança, dos vencedores e dos perdedores. E, cada vez que leio sobre a morte de alguém por leucemia, me dá uma sensação sombria de alívio. Eu nunca admitiria isso a ninguém — e me sinto um cretino —, mas a derrota deles me ajuda a acreditar que, de alguma maneira cósmica, minhas chances de sobrevivência aumentam. Alguém marcou um ponto no placar. Isso quer dizer que estou mais seguro, não?

Não conheço essas pessoas e não quero que elas morram, mas elas fazem minhas chances parecerem melhores. Tenho de acreditar na matemática. Minha mãe está roncando ao meu lado pela trigésima segunda noite seguida e, apesar de ela conseguir me deixar muito irritado, não posso desapontá-la. Ela precisa que eu vença essa doença.

Leio os blogs dos pais de crianças pequenas demais para digitar sozinhas. Leio cartas desesperadas em fóruns de pessoas que descobriram tarde demais e não têm nenhuma chance de quimio ou de transplante. Sinto outra vez que tenho sorte. Daí me sinto culpado.

Em seguida, eu a vejo na parte de baixo da tela. Ela não é nada além de um ponto verde olhando para mim: um planeta que brilha no escuro. Como se estivesse me observando.

Não sou o único que não está dormindo.

O ponto verde significa sinal aberto. Devo ir adiante?

Mas ela escreve primeiro.

Mia: Helga?

Zac: é zac

Mia: Vc ta acordado?

Zac: O q vc acha?

Mia: Vdd.

N consigo dormir.

Zac: É a praga das 3 da manhã.

Mia: praga? Que droga vc ta tomando?

Zac: só isolamento. Basta p enlouquecer.

Mia: Helga estou me sentindo muito mal.

Zac: É assim mesmo. A quimio faz isso.

É Zac... aliás

Vai melhorar.

Acrescento. E então:

Zac: Vc vai melhorar.

Espero que não pareça uma promessa vazia.

Mia: claro.

Zac: com certeza.

Mia: E vc?

Como um dardo, a pergunta dela me atinge. Ela tem boa mira.

Zac: Já estou quase bom. A medula nova da Helga.

Mia: vc parece doente de vdd.

Minha cabeça afunda mais no travesseiro. Ela está certa. Pelo menos honesta o suficiente para dizer isso.

Zac: quimio. Esteroides. Falta de sol.

Mia: então vc n vai morrer?

A palavra com "m" salta da tela. Todas as outras pessoas a evitam.

Zac: não.

Mia: Bom.

O que digo em resposta? *Obrigado?*

Zac: O transplante da medula nova deu certo.

Estamos todos ficando melhor.

Mia: O q acontece com o facebook de uma pessoa que morre?

Zac: Não sei...

Mia: Para onde vão os perfis de pessoas mortas?

Zac: Vc vai ter que perguntar ao Zuckerberg.

Mia: Quem?

Zac: O deus do facebook.

Mia: Para onde vão as outras coisas delas?
Como os celulares e todas as músicas nos ipods?

Imagino montanhas de celulares. Músicas esquecidas na nuvem.

Zac: Pq?

Mia: TÔ DE SACO CHEIO. Como vc AGUENTA este lugar?

Zac: n tenho opção. Dormir ajuda. Seinfeld.
Modern Family.

Mia: Eles colocaram um tubo no meu nariz e isso acabou comigo.

Zac: vc n ta comendo?

Mia: tudo parece defumado.
chocolate parece cera :(

Zac: Tente os sanduíches de pão torrado com queijo e molho de tomate. É um clássico da quimio.
Mas espere o queijo esfriar.

Mia: vc n tá entediado?

Zac: completamente. 32 dias no mesmo quarto.

Mia: ?!!!

Zac: Tô fechado neste quarto desde 18 de novembro.
Mas já tá terminando. Vc tbm. 2 ciclos já foram.

Mia: faltam mais 3 :-(

Zac: só 5?? Vc tem sorte.

Mia: Sorte????

Zac: Muita sorte. Vc n sabe?

Ela tem de saber, não é? Que mulheres com a idade dela com osteossarcoma têm uma chance de sobrevivência de oitenta por cento, contudo a dela é superior a noventa por cento por causa da localização. Se o câncer todo foi eliminado e o tumor removido, a probabilidade sobe para noventa e cinco por cento. Ela não percebe como noventa e cinco por cento de chance é bom? Em vez disso, digito:

Zac: Vc é a mais sortuda da ala.

Mia: Sorte = ganhar na loteria.

Zac: Então vc devia jogar na loteria.

Mia: Vc é um cara engraçado.

Zac: é o que todos dizem.

Mia: Não engraçado ha ha, mas engraçado hummm... :-*
Ok com sono. Obrigada.

Zac: as ordens.

Mia: até logo Helga.

Zac: Zac!

Ouço uma batida na parede que pode ter sido acidental.

Desligo o iPad e o quarto vai ficando escuro, mas não tem chance de eu conseguir dormir. Nossa conversa fica girando na minha mente como uma música que não para de repetir. Não é uma música perfeita, no entanto é bem melhor que as do estilo da Lady Gaga.

Mia é divertida, de um jeito *ha ha.*

Fico na cama pensando em tudo o que digitei, e nas coisas que vou digitar amanhã às três horas, momento em que as regras são suspensas.

8
ZAC

Estou com tanta febre agora.

Mais de trinta e nove graus e meio. Que terrível para meu gráfico perfeito.

As faxineiras jogam fora tudo da mamãe: potes de sorvete, óculos de leitura e palavras cruzadas. Até o calendário vai parar em um saco de perigo biológico para ser jogado em uma lixeira industrial em algum lugar. Meu quarto foi esvaziado, esfregado e esterilizado.

Mamãe também foi removida. A dra. Aneta ordenou que ela levasse o resfriado de origem desconhecida para casa consigo. Papai ligou para dizer que estava vindo, porém eu o convenci a não vir. O quarto é pequeno demais para ele. Bec também se ofereceu, mas odeio a ideia de ela pegar alguma doença enquanto está grávida. Além do mais, de que adiantaria? Não é como se eu pudesse fazer companhia para ninguém.

Minhas plaquetas caíram para 12, os neutrófilos para 0,4 e a hemoglobina para 8. Minha contagem total de glóbulos brancos deu 0,8 e estou doente demais para me importar com isso. Estou largado na poltrona cor-de-rosa enquanto Veronica arruma a minha cama. Meus lençóis estão encharcados do suor da noite passada. De novo.

É só um resfriado. Uma porcaria de resfriado estúpido que não estou em condições de enfrentar sozinho. O tubo do meu Broviac vai até duas bolsas de antibióticos. Eu uso papagaios para urinar. O pessoal da limpeza os leva embora.

Mantenho a persiana fechada, por isso não sei se é dia ou noite. É tudo igual. Sonhos psicodélicos pairam entre a vigília e o sono, e dão a volta em si mesmos. Só faltavam mais quatro dias. Há quanto tempo foi isso?

Eu tinha me esquecido desse cobertor de cansaço e de como ele nos deixa desanimados. Tinha me esquecido dos suores e dos tremores e dessa coisa sem fim. As enfermeiras se oferecem para jogar *Call of Duty,* contudo não consigo. Não estou interessado em televisão nem em internet.

Isso é bom, Nina insiste, mantendo a mão no meu ombro.

— É melhor que seus glóbulos brancos tenham essa caída enquanto você está aqui dentro, e não lá fora.

Vamos, Helga. Mostre que tem coragem e lute.

Mais tarde, quando não consigo dormir, arrasto o iPad até mim e o ligo. O brilho ofusca minha visão. Mal passou das três da manhã.

Meu perfil do Facebook está repleto de mensagens de melhoras. *É só um resfriado,* quero informar a todos. *Não se estressem.* Mas não tenho energia.

Mia: Helga?

Vejo o nome dela subir no chat. Não tinha percebido que ela estava ali.

Zac: Zac

Mia: Vc tá bem?

Não preciso mentir para ela. A coisa é o que é. Ela só quer a verdade.

Zac: n muito.

Mia: vc disse que ia estar em casa hj.

Zac: peguei um resfriado. Me arrebentou.

Mia: :-(

Zac: os remédios estão começando a funcionar.
como está seu terceiro ciclo?

Mia: é meu quarto.

Merda. Há quanto tempo estou doente?

Zac: vc tá no quarto 2?

Mia: sim.

Zac: oi.

Mia: oi. Feliz Natal.

Zac: Hoje?

Mia: faz 4 dias.

Zac: Ah. Feliz Natal.

Mia: estou me sentindo péssima.

Zac: eu tbm.

Mia: como se estivesse tomando veneno.

Zac: é normal.

Mia: mesmo?

Zac: vai passar. tudo passa.

Lembro a nós dois.

Mia: n quero morrer

O cursor pisca, esperando por mim. Sem minha mãe dormindo ao meu lado, não tenho de me apressar. Sem erros de digitação, sem clichês.

Zac: vc n vai.

Mia: só tenho 17.

Zac: vc n vai.

Mia: uma mulher morreu hj.

Zac: Quem?

Mia: n sei. Quarto 9.

Zac: q câncer?

Mia: n sei. Ela era velha.

Eu nunca soube que alguém tinha morrido aqui. A morte geralmente chega no conforto da casa do paciente, depois que o hospital o entrega para a família ou aos cuidadores ou a Deus, ou a quem quer que os escute. Pressupõe-se que devem preparar seu testamento e escolher as músicas de seu funeral, se despedir e partir em sua própria cama, rodeado daqueles que lhe são queridos. Deve ter sido inesperado.

Mia: Tinha muita gente aqui.

Zac: vc viu?

Mia: pela janela dela.
As enfermeiras ficaram no corredor.
Deve ter sido logo depois...
Ela tava bem magra. as pessoas tavam chorando.

Deixo-a continuar. Ela nunca digitou tanto. Acho que ouvi os dedos dela no teclado.

Mia: vc já viu alguém morto?

Zac: n uma pessoa. E vc? Antes?

Mia: minha avó no enterro dela.
Eu ri pq passaram a maquiagem errada.
O batom era um gloss pink e fiquei pensando quanto tempo ele ficaria ali.
Ia durar mais que os lábios dela?
Quanto tempo ia demorar para os brincos de pérola caírem das orelhas dela

Zac: vc riu?

Mia: eu tinha 8 anos.

Todos os parentes que conheço ainda estão vivos: quatro avós, dois tios, uma tia, uma tia-avó, quatro primos, um irmão e uma irmã. Nunca fui a um funeral de verdade.

Zac: No jardim de infância, um garoto se afogou numa barragem.
A profa disse que ele tinha ido pra um lugar melhor.
Axei q ela tava falando do McDonald's.

Mia: :-)

Fico imaginando como a Mia é quando sorri. Não um sorriso forçado, como nas fotos no Facebook, mas um sorriso de verdade e preguiçoso, com a cabeça no travesseiro no meio da noite.

Mia: atende depressa.

Zac: atender o q?

O som alto penetra o silêncio, duas, três vezes, antes que eu consiga tirar o fone da parede. Nunca tinha ouvido o telefone interno, todo mundo me liga no celular. Seguro o fone grande, esquecendo o que fazer com ele.

— Helga?

Engulo antes de falar.

— Zac.

— Você está bem... para falar?

— Sim — digo a ela, apesar de a minha garganta estar dolorida e a voz, rouca. — Estou bem.

— Você acredita em fantasmas?

Por que ela faz as perguntas que todo mundo evita? Será que é porque ainda somos, tecnicamente, estranhos um para o outro? Ou porque são 3h33 da manhã e as regras normais não estão em vigência? Minha respiração faz um assobio.

— Hummm... eu não sei.

— Sim ou não?

— Não.

— Paraíso?

— Não.

— Deus?

— Não.

— Não?

— Você acredita?

Quando ela faz uma pausa, escuto a respiração dela fazendo barulho também.

— Posso dizer uma coisa?

— Sim. Claro.

— Quando a mulher morreu no Quarto Nove, tinha alguma coisa... no corredor.

— O quê?

— Uma coisa que eu não conseguia ver.

— Um fantasma?

— Não sei. Foi como... como se a mulher velha estivesse parada ao meu lado. Como se ela também estivesse olhando. Aquilo me apavorou.

Eu sei tudo sobre a morte. Sei que uma pessoa morre na Austrália a cada três minutos e quarenta segundos. Sei que amanhã 42 australianos vão morrer por causa do cigarro, quase quatro nas estradas, e quase seis por suicídio.

Na semana que vem, 846 vão morrer de câncer: 156 de câncer de pulmão, 56 de câncer de mama, 30 de melanoma, 25 de tumores no cérebro como o do Cam. E 34 deles vão morrer por causa de leucemia, como eu tenho.

O Google me conta tudo o que preciso saber a respeito da morte, exceto o que vem depois.

O que posso dizer sobre um fantasma no corredor? Como posso dizer para ela que foi imaginação e nada além disso? Quando era pequeno, eu acreditava em Jesus e no Papai Noel, na combustão espontânea e no monstro do Lago Ness. Mas é isso que uma garota quer ouvir às 3h40 da madrugada?

— Helga?

O que quero mesmo dizer é como é bom ouvir a voz dela.

— Estou aqui.

— Você acha que estou maluca?

— Depende. Que droga você está tomando?

— Morrer dói? — pergunta ela.

— Não. — Nisso eu acredito.

— Eu ainda nem vivi.

— Sim, você viveu, e vai viver mais. Até os 84 anos, pelo menos.

— Mesmo assim — continua ela. — Se eu morrer, que jeito mais estúpido esse!

Tiro um losango de um pacote e o coloco na boca.

— Na verdade, tem um monte de jeitos mais estúpidos.

— Mais estúpido que um inchaço no meu tornozelo?

— Tão estúpidos quanto regar a árvore de Natal com as luzes ligadas.

— Helga, ninguém *jamais* fez isso.

— Trinta e uma pessoas foram eletrocutadas assim. E isso só na Austrália. — Ouço-a rindo através da parede e isso faz minha doença sumir. — Você sabia que três australianos morrem todo ano testando baterias com a língua?

— Não acredito.

— Sim. E tem a morte por máquinas de venda. Para referência futura, se um pacote de batatinhas fritas ficar preso numa dessas máquinas, vá embora...

— De que merda você está falando?

— O jeito mais merda de morrer é se afogar no esgoto.

— Não *acredito.*

— Ano passado um cara de Nova York caiu em um tanque de esgoto.

— Merda.

— Sim, mortes em tanques são bem comuns. Seis trabalhadores indianos morreram em um tanque de molho de tomate.

— Seis?

— Um caiu lá dentro; os outros cinco pularam para ajudar.

— Você está inventando isso tudo.

— Eu juro. Morreu gente em tanques de óleo, polpa de papel, cerveja...

— Eu não me importaria de cair em um tanque de chocolate.

— Isso já aconteceu. Nova Jersey, 2009. Um cara de 29 anos...

— Como você sabe disso tudo?

— Tenho bastante tempo livre.

Escuto-a respirar enquanto espero pelo que virá.

— Helga, se você pudesse escolher...

— Um tanque de Emma Watsons.

— Você já tinha pensando nisso?

— Claro. E você?

— Já que já usaram chocolate... que tal um tanque de balinhas de goma? Você sabe que só tem uma Emma Watson.

— Então ela serve.

Mia ri.

— Boa sorte com isso.

O monitor do soro rodopia ao meu lado. Tinha me esquecido de que estava ali. Nos últimos cinco minutos não existiam máquinas ou remédios ou leucemia. Havia apenas duas pessoas com uma linha telefônica entre elas. Eu queria fazer Mia se sentir melhor. Não esperava que eu também fosse me sentir melhor.

— Mia, uma em cada duas pessoas tem câncer — eu digo. — Nós só estamos tirando os nossos do caminho mais cedo.

— Eu preferia ter esperado até ficar velha.

— Mia?

— Sim?

— Use o antisséptico bucal. É ruim, mas bem melhor que as úlceras.

— Foi o que as enfermeiras disseram.

— E chupar cubos de gelo também ajuda.

— Mesmo?

— Confie em mim.

Eu queria que isso fosse apenas um breve comentário, no entanto ela fica quieta como que pensando no assunto.

— Está bem.

9
ZAC

— Como você está se sentindo? — pergunta Nina. É meu quadragésimo quarto dia aqui, pelo que me disseram. — Você está se virando sem sua mãe?

— Eu já sou crescido.

Nina sorri e me dá quatro pílulas, dois losangos para a garganta, três vitaminas e gel de papaia para os lábios. Ela tira um termômetro do bolso e o coloca em meu ouvido. Distraída, ela o deixa ali tempo demais, olhando para o espaço entre a cama e a parede. Parece cansada. No cabelo dela, um pequeno coala se agarra a um galho.

— Trinta e oito? — presumo.

— Trinta e sete e meio — afirma ela. — Não está mal. Você está se sentindo bem?

—Você está?

— Eu?

— Você está com uma cara horrorosa, Nina.

— Que charmoso. Você deve ter melhorado. — Ela anota minha temperatura e me lança um sorriso nada convincente. — Está ansioso pelo Ano-Novo?

— Tem que ser melhor que este.

— Verdade. Mantenha o queixo erguido, Zac.

— Vou manter — digo, apesar de que é o queixo *dela* que precisa ser erguido.

Ela move as mãos devagar quando as lava, e então sai.

Sem minha mãe aqui, eu não tenho ideia do que está acontecendo no restante da ala. Até Mia tem estado quieta. Permaneço conectado, mas ela fica off-line.

Na página dela no Facebook, postagens a convidam para festas de Ano-Novo. Eles ainda não têm ideia de que ela está aqui ao lado, presa em tubos de quimio e de hidratação. Mia deve achar que consegue manter os dois mundos separados. Que, se guardar o câncer para si mesma, ele não existe.

À meia-noite, fogos aparecem na minha janela, os dourados e rosa zunindo e assobiando. Escuto buzinas tocando a distância. Na ala, explosões de bombinhas são acompanhadas por gritinhos.

Escrevo para Mia.

Feliz Ano- Novo!

Mas ela não responde. O novo ano começa silenciosamente, sombrio.

Status: Resfriado zero, Zac 1. PSI: plaquetas 48 e neutrófilos 1.000. Isso é bom. Feliz Ano Novo! Talvez eu saia daqui no sábado.

Até peço para Nina tirar uma foto minha e faço pose com os dois polegares para cima. Meu rosto desinchou. Pareço novo: reconstruído desde a medula.

Coloco essa foto no meu perfil, tirando Helga, e os cumprimentos começam a aparecer.

Forço-me a passar pelo teste de resistência do *Harry Potter*. Oito filmes do começo ao fim são o tipo de desafio que consigo encarar.

Fico obcecado por duas coisas: a regressão da capacidade de atuação do Daniel Radcliffe e a evolução da maravilha que é Emma Watson. Depois que ela entra na puberdade, em *O Prisioneiro de*

Azkaban, ela vai ficando mais atraente de uma forma exponencial. No final de *Harry Potter e as Relíquias da Morte*, Emma está incrível.

A maratona deve ter surtido algum efeito mágico, porque, depois de dois dias, estou ansiando por liberdade. Os médicos elogiam meu progresso, registrado em minha ficha como uma escadinha de riscos. Sinto-me novo, graças a Helga, e graças em parte a Emma Watson. Se eu deixar este quarto agora mesmo e sair pela rua com esse gorro na cabeça, as pessoas não vão ficar olhando. Eu seria só mais um cara de gorro. Claro, um cara sem fôlego com a pele branca como a de um vampiro. Mas as meninas aparentemente gostam disso.

— O que é que deu em você? — Kate ri quando a sessão de fisioterapia termina e eu peço mais pesos.

Gosto da sensação de queimar nos músculos. Gosto de meus pulmões sugando oxigênio. Gosto do ar que vem da bicicleta ergométrica soprando em meu rosto.

E eu gosto de ficar de pé junto à janela olhando lá para baixo, para o mundo lá fora com seus táxis e ambulâncias e cirurgiões fumando e visitantes com balões cheios de gás hélio. Logo vou estar naquele ar repleto de germes e mal posso esperar por isso. Este quarto é pequeno demais para mim.

Um cartão-postal do Cam diz que ele está bem, trabalhando três dias por semana. Ele conta que está com a long board pronta para mim.

Bec me manda um dos novos cartões-postais da *The Good Olive! Olive Oil and Petting Farm.* Ela diz que tem quatro garotos novos e que uma alpaca nasceu, e que, de acordo com o ultrassom mais recente dela, o bebê está do tamanho de uma manga.

Os resultados do meu exame de sangue deixam os médicos radiantes. Eu estou indo muito bem. Nina também está bastante feliz.

Mia não diz nada. O perfil dela no Facebook continua animado como sempre. Os amigos dela postam fotos de festas de Ano-Novo, já discutindo qual vai ser o tema do baile do Dia dos Namorados do pessoal da turma deles do 12º ano, dali a seis semanas. Eles continuam tratando Mia como se ela fosse uma deles.

Só que eu sei que não é. Eu a escuto de noite. Às vezes ela vomita. Às vezes ela chora. Às vezes os dois, um depois do outro.

Ela não fica on-line faz três dias, mas mando uma mensagem para ela mesmo assim.

Ei vizinha,

Você tentou o sanduíche de pão torrado com queijo? Tenho muitas outras dicas de culinária...

Li que um espanhol morreu ontem em um tanque de cola. Será que essa cola? Achei que você ia gostar de saber ;-)

Vou sair no domingo então não bata na parede, a menos que queira fazer amizade com um velho.

Boa sorte com seu 12º ano. Pelo menos você vai poder fazer o ano todo de uma vez!

Seu vizinho,

Zac.

O ponto verde da Mia explode no chat.

Mia: Helga!

Zac: Faz tempo n.

Mia: tem cabelo por todo lado. Tufos. No travesseiro.

Zac: é normal.

Mia: não, NÃO é normal! Que merda, por todo lado.

Fico surpreso que o cabelo dela tenha durado tanto. Olho novamente para a foto de Mia no perfil: os óculos escuros grandes demais, a pose, o top, o cabelo castanho comprido. Penso no meu próprio cabelo: dois milímetros no momento.

Zac: vai crescer de novo.

Mia: meu baile é em 6 semanas!!

Zac: olha q bom vc vai ter uma coisa a menos com q se preocupar.

Mia: ?!

Zac: Só estou dizendo.

Mia: vc acha engraçado meu cabelo estar caindo?!

Zac: hummm, não... mas tem umas perucas bonitas ;-)

Mia: VÁ SE FODER.

É um soco no estômago do qual não preciso. Meus dedos se afastam do teclado.

Mia: você está me zoando?

Não era nada disso. A maior parte das pessoas perde o cabelo. Ela devia ter esperado por isso.

Mia: Vc acha isso ENGRAÇADO?!

Ela está digitando depressa, mais depressa que eu. Rápido como uma sequência de socos. É óbvio que não é engraçado, porém o que mais se pode fazer? Se você não conseguir rir de si mesmo, não há sentido em nada disso.

Mia: VC ACHA Q KERO FICAR ASSIM?

Zac: Acho que vc n tem escolha

Mia: VC ACHA Q KERO FICAR CARECA E FEIA?
COMO VC?

Mas o que é isso?

Mia: N RIA DE MIM

Zac: n estou

Mia: PARE COM ESSA MER

Desconecto da rede, meu ponto verde se dissolvendo e indo para a segurança.

Escuto uma batida na nossa parede e não sei se ela está xingando ou pedindo desculpas. Não respondo — não sou o saco de pancada dela. *Bang,* ela bate de novo e o som atravessa meu corpo.

Uma mensagem aparece no meu e-mail, e não foi solicitada.

Já perdi as férias, natal e ano-novo por causa dessa merda de câncer. Ele não pode tirar a única coisa boa que me resta
eu NAO vou usar uma porcaria de PERUCA no meu BAILE!!! Helga!
Helga?
Não consigo mais fazer isso!
Helga...

Eu também não. Desligo o iPad e me enfio debaixo das cobertas.

Escuto-a cuspir no banheiro e não me importo. Não tenho forças para nós dois.

Na minha janela retangular, vejo os padrões que as pessoas seguem lá embaixo. Algumas seguem em direção à entrada carregando buquês de flores. Outros correm de mãos vazias de volta para a rua, colocam moedas nos parquímetros antes de se espalhar pelos cantos do estacionamento e sair dirigindo para lugares muito distantes.

A mãe de Mia caminha em círculos, parando junto do jardim com beirada de concreto para fumar uns cigarros. Ela parece jovem demais para já ser mãe de uma adolescente. Ela parece muito ansiosa, como se fosse sair voando a qualquer instante.

Para ser sincero, sinto falta da minha mãe. Ela sabe manter os pés no chão quando é necessário e sabe me levar a fazer palavras cruzadas, mesmo quando não estou com vontade.

A mãe de Mia dá uma última tragada no cigarro e segue para a entrada lá embaixo. Um minuto depois, ela está passando pela minha porta.

Um enxame de médicos vai atrás dela, pelo menos cinco, e nem está na hora da ronda de segunda-feira pela ala. Tiro meu fone de ouvido e me inclino próximo à parede.

Ouço a porta do Quarto 2 ser aberta. Ouço barulho de sapatos lá dentro. Logo, o som sólido dos saltos altos da dra. Aneta sobressai entre eles.

Da última vez que havia tantos médicos assim no meu quarto foi para a comemoração, com cupcakes e apertos de mão, pelo sucesso do meu primeiro tratamento, antes de me mandarem de volta para o mundo real. Talvez a quimio da Mia tenha terminado mais cedo que o previsto e ela não precise do quinto ciclo. Talvez ela tenha mais sorte do que eu imaginava.

Depois de me atacar dois dias atrás, ela não se deu ao trabalho de fazer contato, e eu também não. Qual seria a lógica disso?

— Como estão as coisas, Zac? — Eu não tinha percebido Nina entrar.

— Só alongando meus músculos — digo, empurrando os braços

contra a parede.

Escondidas pelas calças de corrida, minhas pernas estão pálidas e finas, mas elas se lembram de como se corre.

— Bom, eu estou no clima pra jogar *COD.* — Nina liga o Xbox.

Eu vou até minha cama.

— Depois de semanas de vexame, você acha que pode me vencer agora?

— É a minha última chance.

Mas balanço a cabeça.

— Amanhã — falo. Quero ouvir o discurso que vai começar a qualquer momento. Duvido que haja bolinhos para Mia. Sei que toda a equipe de funcionários ficará feliz por vê-la ir embora.

Nina liga a televisão.

— Está passando *Happy Feet.* Eu adoro *Happy Feet,* você não gosta?

Um pinguim dança pela tela, mas quando bate os pés não é nem rápido nem alto o bastante para mascarar o que acontece no quarto ao lado. Não é um discurso de despedida. Não há comemoração.

— Mia, escute. — A voz da mãe dela.

— *Escute*, Mia. — Dra. Aneta.

— Não.

— O que está acontecendo? — pergunto para Nina, que está tentando aumentar o volume com meu controle remoto.

Nina diz:

— Não está funcionando. — E não sei se ela está falando do controle remoto ou do tratamento da Mia.

— Não — fala Mia, de novo e de novo. E isso parte meu coração. — Não.

— Nós dissemos que isso era provável. Você *sabia* — esclareceu a dra. Aneta. — Uma cirurgia é um procedimento-padrão. E é a *única* opção agora.

— Tente mais.

— Você já passou por quatro ciclos. Mais ciclos não vão encolher o tumor. Escute, Mia...

— Mia, escute...

Para um tumor como o dela, a cirurgia é uma boa opção: uma opção limpa. Quando o tumor for removido e o osso novo, enxertado, as chances dela subirão muito. A perna vai levar um século para sarar, mais que as seis semanas até o baile dela. Seriam meses de reabilitação e ficaria uma cicatriz.

— Dez ou quinze centímetros — informou a dra. Aneta. — Vinte no máximo.

Eu não ligaria para uma cicatriz de vinte centímetros na minha perna se isso significasse que eu estou livre do câncer. Mas, por outro lado, eu não sou a Mia.

— Você não vai fazer nenhum esforço por algum tempo. Você vai ter uma cadeira de rodas...

— Como uma aleijada?

— Como alguém que passou por uma cirurgia.

— Não vou ao meu baile numa porcaria de cadeira de rodas. Isso pode esperar até lá.

Se essa situação estivesse acontecendo em um hospital infantil, haveria uma equipe de profissionais de prontidão e repletos de empatia dizendo coisas como: *Sabemos que o baile é importante para você e não queremos que você vá numa cadeira de rodas, mas, no final das contas, você vai se sentir muito melhor. E a cicatriz não vai ser tão ruim assim. Vamos chamar um cirurgião plástico. Em um ano, ninguém vai nem notar.*

No entanto não estamos em uma ala infantil e estes médicos não estão preocupados com vaidade. É por isso que a dra. Aneta ri. Não por crueldade, mas por não estar acreditando.

— Mia, isso não é um jogo. Se deixarmos passar mais tempo, você vai perder a perna. Ou pior.

— Eu não me *importo.*

A dra. Aneta a interrompe.

— Agendei a cirurgia para amanhã de manhã. Quanto mais cedo for feita, maiores são as chances de salvarmos sua perna. Depois disso, você vai precisar de mais quimio...

— Mais?

— Mais quatro ciclos, por segurança. Posso marcar os retornos de forma que você possa ir ao baile, mas uma cadeira de rodas vai ser muito melhor que muletas. A cirurgia vai ser às nove, então você não pode comer nada a partir de agora, certo? Você quer pílulas para dormir esta noite?

— Eu quero outra *opinião.*

— Vou deixar algumas aqui então. Se precisar de algo mais forte, chame uma enfermeira.

E assim os médicos saem do quarto e passam pela minha porta. Uma música que não reconheço ecoa através da parede e está em um volume tão alto que força a mãe de Mia a sair do quarto também. Um minuto depois, eu a vejo saindo depressa da entrada lá embaixo, indo direto para o estacionamento.

— Eu não sabia que as paredes são tão finas assim — comenta Nina, desligando a televisão com relutância. — Você quer que eu peça para ela baixar a música?

— Você está se sentindo tão corajosa assim?

— Não muito.

— Está tudo bem — digo. — Deixa ela em paz.

10
ZAC

A respiração é suave em meu pescoço quando percebo. Uma mão em meu ombro. Suave demais para ser real.

Estou sonhando? Um espírito veio até mim afinal de contas?

Atrás de mim, algo inspira e expira. Faço minha respiração acompanhar o ritmo. Não estou com medo. Se for um espírito, é um bom. Um espírito com mãos pequenas.

Mas espíritos usam meias?

O tecido está encostado nos meus calcanhares. Joelhos se aninham nas curvas dos meus. Abro os olhos na escuridão.

— Mãe? — Talvez minha ansiosa mãe tenha vindo um dia antes. No entanto duvido que ela se deitaria na cama comigo.

A mão é menor que a da minha mãe. O hálito me faz lembrar de um milk-shake de baunilha.

Sinto um pulsar no meu pé. Por que o corpo faz isso? Por que, às vezes, uma parte do corpo faz a gente lembrar que tem sangue pulsando sob a pele em outros locais que não o coração?

Então percebo que é ela. Seu sangue pulsa através da meia e me diz que Mia também está viva.

Os cobertores aquecem nós dois. São dois deles. Quanto tempo faz que ela está aqui?

— Mia?

Mas ela está dormindo profundamente, distante demais para ser alcançada. Noto que todas as partes do corpo dela tocam o meu.

Respiro mais longamente, de forma lenta e profunda.

E isso é tudo o que sei.

Espreguiço-me diante da janela e olho para o céu sem nuvens sob o qual logo vou estar. Miro o horizonte sabendo que mamãe está a caminho e em cinco horas vou estar indo para aquele ponto distante ao sul, deixando todos esses tijolos para trás. Logo não haverá mais a cama que reclina de três formas, nenhum botão para chamar a enfermeira e nenhum cobertor azul.

Cobertores. São dois deles agora. E um longo fio de cabelo no meu travesseiro.

Um choque percorre meu corpo.

Aconteceu mesmo. Era ela. Com seu hálito de leite e dedos em volta do meu ombro. Foi de verdade.

Seguro a maçaneta da porta pela primeira vez em quarenta e sete dias e a giro no sentido horário. Puxo-a para mim e enfio a cabeça no corredor. O comprimento dele me deixa tonto. Avanço mais com um ombro, daí o peito.

Nina me vê.

— Zac! Volte para dentro. Você precisa fazer o exame final.

— Ah, que isso, eu vou logo para casa.

— Então você pode esperar. — Ela está tentando esconder o cartão que todos estiveram assinando para mim.

Coloco o pé descalço no linóleo e transfiro o peso para ele. O corredor é mais largo e mais brilhante do que eu me lembrava. Sinto cheiro de torrada com frutas. Tem carrinhos ao longo das paredes e pinturas enquadradas que nunca notei.

— Zac.

Estou avançando pela parede, passando pelas janelas com cortinas, na direção da porta com o "2" nela.

Toc.

— Zac!

— Só quero me despedir.

A porta abre quando a empurro.

O Quarto 2 pode ser uma imagem espelhada do meu, contudo está frio e vazio. Nem a cama está lá. Não tem nada exceto um carregador de iPod junto da cama e a palavra *JEJUM* no quadro branco acima.

A voz de Nina soa atrás de mim.

— Ela se foi, Zac.

— Se foi?

— Nós a levamos para o 6A. Agora volte para sua cela para a contagem regressiva.

Ela tenta me manobrar de volta, mas continuo agarrando o batente da porta.

— O que é aquilo? — pergunto.

Os olhos de Nina percorrem o quarto antes de se fixar no objeto. Ela vai até lá, o pega e vira. Uma joaninha de plástico escapou do prendedor de cabelo dela. Na palma da mão da Nina, ela é só um besouro barato e idiota com seis manchas pretas rebaixadas. Vejo que ela está cansada demais, é boa demais, e jovem demais para isso.

— Não ouvi quando ela saiu — digo.

Nina joga a joaninha na lata de lixo, então enlaça seu braço ao meu.

— Vamos, Zac. Vamos fazer você ir para casa.

Parte dois

4

11 ZAC

— …Neste ano vai para... Zac Meier.

Eu paro de mastigar. Era meu nome?

— Vamos — diz minha mãe. — Vá lá.

Evan me chuta por debaixo da mesa.

— Você ganhou um prêmio, panaca.

Claro, duzentos globos oculares estão fixos em mim. Do palco improvisado, Macka está me chamando como se eu fosse um cachorrinho premiado.

— É isso aí, Zac. Venha aqui.

O quê?

Olho para Bec. *Um prêmio? Pelo quê?* Ela, mamãe, papai e Evan estão batendo palmas assim como todo mundo. Engulo o que resta do meu pão com molho.

Jogadores e pais se agitam enquanto sigo até a frente do salão, procurando na minha memória algo que eu tenha feito que fosse digno de um prêmio de fim de temporada de críquete. Assistir aos jogos de uma cadeira de lona do lado do campo?

Estou fora do hospital há quatorze semanas e nesse tempo participei de apenas quatro jogos. Todo mundo sabe como eu estava jogando mal. Eu até que conseguia pegar a bola depois de rebatida, e uma vez a bola veio parar a um metro de mim. E minhas rebatidas? Nem me deixavam rebater. A verdade é que não mereço nem uma Coca-Cola de graça, quanto mais o troféu que está nas mãos peludas do Macka.

Então entendo: O melhor e mais justo. É um voto de simpatia no melhor dos casos, premiar bom humor e "esforço" em vez de qualquer habilidade de verdade. Todo mundo com mais de 10 anos de idade sabe que é um prêmio de consolação. Pela primeira vez, fico feliz por meus velhos companheiros não estarem por perto para ver isso.

Macka me segura quando chego ao degrau de cima. Dali, vejo as gotas de suor na testa dele e as manchas elípticas se espalhando sob os braços. É embaraçoso como ele parece estar gostando disso.

Macka me faz virar de frente para o público e me segura para o caso de eu querer sair correndo. Rostos simpáticos brilham para mim.

— Muitos não sabem, mas Zac é o tipo de atleta que poderia ter seguido vários caminhos: AFL (Liga Australiana de Futebol), basquete, futebol, rúgbi. Não importa o tamanho ou formato da bola, Zac sabe o que fazer com ela. Ele sempre teve boas mãos.

Olhos procuram minhas mãos, por isso as enfio no fundo dos bolsos do jeans.

— Futebol era uma paixão, mas depois que ele começou a se sentir... não tão bem... no ano passado, eu o convenci a passar mais tempo com o "jogo de cavalheiros". Lembra, Zac?

Como eu poderia esquecer? O futebol me deixava cansado demais, então eu tinha de fazer alguma outra coisa de tarde. Era críquete ou nadar. E quem ia escolher nadar?

— Boas mãos, boa velocidade e um coração tão grande quanto o do Phar Lap. Mesmo depois de Zac ter recebido... as más notícias... ele continuou indo aos jogos. Quando podia.

Macka não tem jeito para isso. *Volte para os prêmios de verdade,* quero dizer para ele. *Fale das sobremesas. Os minipavlovas estão ficando encharcados.* Se ele jogar a bomba "C", eu dou o fora daqui.

— Mas ele seguiu em frente, mais uma vez, demonstrando caráter de verdade, tanto fora quanto dentro do campo. Ele até apareceu para treinar no dia em que completou 18 anos, com bolo e tudo. Ele é um verdadeiro jogador de equipe, o nosso Zac.

Eu adoraria enfiar o troféu na boca grande do Macka, só que as palavras seguintes dele saíram embargadas.

— Estamos todos orgulhosos de você, Zac. Mesmo quando estava no hospital, você aparecia no Facebook falando dos resultados dos seus exames e *nos* encorajando. Um guerreiro de verdade. Ninguém merece esse prêmio mais do que você.

E ali estava — o elogio final, o insulto disfarçado.

Ergo os dois polegares em um gesto sarcástico, agarro o troféu e salto do palco. Saio pela porta lateral e sigo em frente. Corro pelo campo iluminado, passando pela lateral, as marcas de semicírculo do futebol e os postes do gol, indo para a área do campo onde os holofotes não alcançam. Daí jogo o troféu o mais longe que consigo no parque nacional que agora está às escuras, onde, durante o dia, o pessoal passa de *mountain bike* pelas pedras e restos de troncos. Amanhã eles terão um novo obstáculo para evitar.

Inclino-me para recuperar o fôlego. Cada exalação é um soco rápido e frio na escuridão. Estou livre da leucemia, tenho uma medula óssea nova, então por que isso tem de me acompanhar? O melhor e mais honesto? Não quero votos de caridade nem prêmios por piedade. Não quero que transformem em algo grandioso o fato de eu apenas ter aparecido.

— Se isso é o melhor que você consegue lançar, fico surpresa por ter ganhado um troféu seja lá do que for.

Bec. Eu devia saber que ela viria atrás de mim.

— O Macka...

— O Macka é um idiota, e você sabe disso.

— Sei. Mas mesmo assim... — Cuspo e sinto o gosto de molho de tomate. — Ele não devia ter dito isso. Eu só queria ser...

— Normal?

— É.

— Você é, quando não está jogando troféus na Trilha Bibbulmun e murmurando consigo mesmo.

— Além disso.

— Quer voltar? Tem mousse de chocolate.

Era meu doce predileto, no entanto agora é considerado perigoso demais para meu sistema imunológico, ao lado de uma dúzia de outras coisas. Creme. Queijos frescos. Sorvete de massa. Carnes frias. Piscinas. Saunas. Poeira. Álcool. Eu não posso nem comer um daqueles molhos de churrasco.

— Ovos crus — lembro a ela. — Não posso comer.

— Eu também não. — Ela esfrega sua barriga de sete meses.

Com a outra mão, ela esfrega minhas costas enquanto respiro depressa, feliz por estar escuro.

12
MIA

Está escuro. Graças a Deus.

Não tem luzes vindo da rua. A lua está escondida atrás das nuvens. Até a luz interna do carro está queimada.

Fico feliz por Rhys ter nos trazido de volta ao King's Park, do outro lado do lugar onde nos beijamos pela primeira vez. Naquele dia não vimos o filme e fomos direto para lá. Admiramos a vista cintilante da cidade, mas não por muito tempo.

Nesta noite Rhys estacionou do lado da floresta, de frente para as árvores. Estou feliz; está ainda mais escuro aqui.

O carro dele cheirava a couro novo naquela primeira noite. Senti aquele gelado na cabeça quando terminei rápido demais a minha raspadinha, já que estava com medo de que pingasse. O rádio estava ligado e, quando aquela música da Lady Gaga tocou, Rhys sorriu e tirou o chapéu. Olhou o cabelo no espelho antes de irmos os dois para a traseira. Havia um cobertor ali, pronto. A luz acendeu quando a porta traseira foi aberta, o que fez Rhys praguejar, e eu dei risada. O beijo dele foi duro e frio, Coca-Cola e framboesa. A barba por fazer arranhou meu pescoço, meus seios, minhas coxas, deixando marcas que duraram dias.

Nesta noite, tacos e loção pós-barba. Tiro o top e guio a mão dele para meu sutiã novo. Seguro os dedos dele ali, querendo que ele sinta o laço no meio. Movo a outra palma dele para meu ventre, deslizando os dedos por dentro do meu jeans, e para baixo, para o começo da calcinha. Quero que ele se lembre de como é me tocar.

— Cara, você é tão gostosa — ele costumava gemer.

— Espere. — Ele para. — Não acho que nós...

Rhys não devia achar nada. Ele devia suspirar, ter as costas cobertas de suor, e agarrar e grunhir nos belos assentos de couro. — Está batizado — disse ele depois da primeira vez. — O carro — explicou, sorrindo e colocando o chapéu na cabeça.

Agora ele coloca as mãos de volta na direção. Olha fixamente para a floresta como se de repente tivesse se tornado uma porcaria de botânico.

— O quê?

— Nós terminamos — diz ele.

— Nós? — Foi ele quem deixou minhas ligações irem para a caixa postal. Foi ele quem parou de responder às minhas mensagens. Não, *nós* não terminamos. *Ele* me deu o fora.

— Eu não posso...

— O quê? Transar comigo?

— Não. Sim.

Eu não pretendia ir até o fim, só o suficiente para deixá-lo interessado.

— Você acha que eu não estou... — Qual é a palavra de que preciso? *Bonita? Transável?* — Mais?

— Não faça isso comigo.

Pego a mão dele de novo e a enfio por baixo do meu jeans. Quero que ele me queira. Minha outra mão abre o zíper dele. Apesar de ele me afastar, eu o toco do jeito que ele gosta. Quero que ele fique duro e quente na minha mão como prova de que ainda sou sexy, que ainda posso fazê-lo gemer.

Mas isso não acontece. Ele segura meu pulso e me detém, olhando o tempo todo para as árvores.

— Não faz sentido.

Eu rio. Ele nunca entendeu ironia.

— Você é um idiota. — Pego minha mochila do assoalho do carro e procuro minha camiseta e as muletas no banco de trás. Visto a camiseta. — E um covarde. — Abro a porta do carro e saio para o ar frio da noite. Quando me levanto, minhas muletas fazem barulho no pedrisco.

— Não seja estúpida, Mia. Eu levo você para casa.

— Para casa?

— Bem, para onde? A casa da Erin?

— Não.

Eu não vou voltar para lá. A mãe dela fica me enchendo de perguntas, pensando que já sabe as respostas.

— Ou aquela sua outra amiga — sugere ele. — A magrinha.

Ele não oferece o apartamento dele, no fundo da casa dos pais, apesar de antes me levar para lá escondida. Antes.

— Vá se foder! — digo, virando-me e batendo a porta do precioso carro dele. — Sou boa demais para você. — Bato na porta com a ponta da muleta. A placa de aço cede, por isso bato de novo. — Sou gostosa demais para *você,* Rhys. Todo mundo diz isso.

Meu cérebro me corrige. *Dizia,* não *diz.* Todo mundo *dizia* isso.

— Eu ainda sou gostosa, Rhys. Eu sou muito gostosa.

Ele dá marcha à ré e bato no carro outra vez. Quero quebrar as janelas, quebrar o Rhys também.

Terra e pedriscos saem voando quando ele vira e acelera para longe, me deixando com duas muletas e uma mochila numa floresta escura, escura.

Estou feliz por estar escuro. Está tão escuro que não consigo nem me ver.

13
ZAC

Ninguém menciona meu prêmio na volta para casa, e, quando estamos diante da televisão, com taças de sorvete no colo, isso já é história antiga. Durante *Better Homes and Gardens,* mamãe, papai e Evan falam sobre azeitonas. Fico feliz por eles agirem como se esta noite não tivesse acontecido, como se estivesse tudo normal.

Neste instante, Bec chama meu nome. É sexta à noite e é preciso deixar as coisas em ordem. Ela está com um taco do tipo driver apoiado no ombro esquerdo e um taco iron 3 no direito. Coloco as botas de borracha e pego as lanternas, daí seguimos as luzes passando pelas casas, a loja, e seguimos pelo caminho pavimentado até as estrebarias, onde cabras e ovelhas parecem montinhos de lã, dormindo enrodilhadas. Bec direciona a lanterna às fêmeas, vendo se alguma está perto de dar à luz.

Ela aponta a luz para a estrebaria das alpacas também, onde cinco delas estão dormindo com as patas dianteiras dobradas sob o corpo. As outras três zurram e se afastam. Até Daisy, alpaca-mãe, reclama.

Penduramos as lanternas nos postes da cerca para iluminar o caminho. Daí Bec assume posição com seu taco.

O cocô de canguru é o míssil perfeito, seco e compacto o bastante para voar muito bem, mesmo quando fresco. Já ovelhas e cabras, por outro lado, deixam montinhos moles e indigestos que explodem com o impacto. O golfe com cocô de ovelha nunca termina bem, então os deixamos no cercado junto com seus donos.

É o cocô dos cangurus selvagens que mais incomoda mamãe, porque está por todos os lados — nos cercados, na entrada da loja, no banheiro dos clientes, no calçamento novo, embaixo dos bancos e ao longo da passarela principal, de um lado da fazenda de bichos de estimação até o outro. Cangurus podem saltar qualquer cerca para se servir da comida, deixando munição suficiente para nos deixar ocupados às sextas-feiras, limpando o caminho para os visitantes do fim de semana.

A gravidez pode ter alterado a postura da Bec, mas o movimento dela continua preciso e rápido, enviando cada petardo por cima das estrebarias e da maior parte das oliveiras abaixo. Ela sonhava em se tornar golfista profissional. A imprensa iria adorá-la, pedindo sempre que falasse sobre seu treinamento: mil petardos toda semana.

— Evan vai ficar de coração partido — diz ela.

— De novo? De onde é essa de agora?

— Da França. Você a viu? Vinte e um anos e superbonita.

— Então o papai está contratando meninas francesas para a colheita em vez de mim? Você tem ideia do que isso faz com o meu ego?

— São seis colhedores, Zac. Não são só por sua causa.

— Merda, não é como se um braço meu fosse cair.

— Ordens médicas.

O folheto completo *Então você fez um transplante de medula: e agora?* foi memorizado por todos os membros da minha família, incluindo Evan, que geralmente só lia a revista *Zoo Weekly.* Graças a esse folheto não posso praticar nenhum esporte, correr, andar de quadriciclo, fazer esforço físico ou operar qualquer equipamento mecânico pelos próximos doze meses. Mas a lição de casa, infelizmente, é considerada segura.

— É colheita de azeitonas, Bec, não motocross.

— De qualquer forma, preciso que você ajude com a alimentação. Papai vai estar ocupado com os colhedores, e vai chegar um monte de turistas. O primeiro dia das férias escolares... — acrescenta ela, como se eu pudesse ter esquecido. Até parece.

— Como é que eu vou conhecer uma colhedora interessante se tiver que ficar aqui com os filhotes?

— Eu vou enviar espiões — avisa ela. — Na verdade, *tem* uma colhedora alemã.

— Não. Considerando minha medula, isso ia parecer... incestuoso.

— Talvez tenha uma italiana. Ou uma Kiwi[10] atraente. Vou investigar. — Do outro lado do cone de luz, minha irmã está fazendo planos. — Você bem que precisa de uma namorada.

Bec não tem ideia do superávit de garotas na minha vida. Na escola sou uma novidade — um cara mais velho que voltou para repetir um ano. Durante as aulas, elas ficam me olhando de suas cadeiras e pedem ajuda com assuntos que eu já devia saber. E tem mais nisso do que apenas estudo: as garotas conseguem sentir o cheiro da nossa vulnerabilidade. Vejo a forma como olham minhas cicatrizes. Tomam cuidado comigo, como se eu estivesse coberto por selos de advertência. *Cuidado. Frágil.*

Mas não estou atrás de gentileza. Nem de simpatia.

Erro uma tacada e o petardo voa para o lado, vai batendo no telhado da estrebaria e faz as galinhas saírem voando para todos os lados.

— Só um namoro — diz Bec, tentando ler meus pensamentos. — Isso não está na lista de coisas proibidas...

— Minha irmã arrumando alguém para mim? Incrível.

— Você precisa focar na sua personalidade, considerando que sua habilidade esportiva já era.

Atinjo um cocô com tanta força que ele sai assobiando na noite como um rojão que ainda não explodiu. A sensação é incrível.

— Você deu sorte — afirma Bec.

Então ela se apoia em um portão e deixa que eu arremesse o restante, e cada tacada é uma satisfação.

---

10. Termo usado em referência aos neozelandeses. (N.T.)

Ei aí, Zac

Tudo bem, cara? Parabéns atrasado pelos 18 anos.

A vida já voltou ao normal?

Escute, você tem que ser um eletricista.

Só preciso trabalhar três dias por semana.

Estou indo para a Wedge Island nesse fim de semana para o Bombing Range anual. Um clássico.

Minha prancha de 9 pés está esperando. Na próxima vez que estiver em Perth, você tem que testar. Presente de aniversário.

Vejo você quando vier.

Cam

Bato várias vezes com a ponta da caneta em um cartão-postal fazendo propaganda da *The Good Olive! Olive Oil and Petting Farm.* Gostaria de poder dizer para Cam que a vida está maravilhosa, mas não posso.

— Isso pode mudar as coisas — disse Patrick no meu último dia no hospital. — Você ficou fechado neste quarto por quarenta e sete dias...

— Trinta e três com a minha *mãe.*

— Sim. O que eu estava dizendo?

— Mudança.

— Sim, pode acontecer.

— Olha só... você acha que meu cabelo vai nascer laranja de novo?

— Mudanças emocionais — reforçou Patrick. — Não apenas físicas, Zac.

— Eu *sou* emocional quanto a isso. — Eu ri, passando a mão pela cabeça. — Leucemia duas vezes, medula alemã, e agora renascendo como ruivo. Isso é muito injusto.

Então minha mãe chegou, e peguei minha mala e corri. O elevador nos deixou no térreo, onde seguimos as setas verdes até a saída. Lá fora, a largura do mundo me deixou tonto. Nenhuma parede! Em vez disso, liberdade. Carros. Parquímetros e postes. Semáforos. Tráfego. O azul do oceano. Oitenta quilômetros por hora. Mamãe e eu deixamos os vidros abertos o caminho todo até a nossa casa e eu não conseguia me cansar do vento.

E quando finalmente chegamos em casa, com sua nova e melhorada placa dizendo *THE GOOD OLIVE! OLIVE OIL AND PETTING FARM,* senti o cheiro de cocô de galinha a cinquenta metros de distância e pareceu algo mais doce do que qualquer outra coisa. Eu nunca admitiria isso, é claro — minha sanidade estava sob observação. Daí meu cachorro Jack Russell latiu e tentou me lamber, mas Evan o segurou enquanto meus outros familiares me abraçavam, e me senti como a prostituta mais sortuda de cervejaria alemã que já existiu. Por ter a oportunidade de viver de novo.

Voltei para a escola, apesar de dormir em algumas aulas. Fiquei até grato pela lição de casa, porque desenhar dados demográficos e analisar planos econômicos significava que eu era normal como qualquer outro aluno do 12º ano com prazos e provas, com a vida seguindo em frente em uma linha sólida preta de A para B para C.

E era por isso que eu não queria que os feriados de abril chegassem. Sem a estrutura da escola, o tempo não parecia avançar em uma linha sólida preta de jeito nenhum. O tempo prega peças. Pode brincar com você. Quando menos se espera, o tempo pode dar uma volta em si mesmo, como um imenso elástico. O tempo pode vir dar tapinhas no seu ombro. Se quiser, ele pode pegar você e o levar de volta para o Quarto 1, com suas agulhas e alvejante e náusea e Mia. Mia. Droga. Onde está ela? Ela está bem?

Aquela batida na parede. A batida brava, desesperada e as perguntas sem censura.

O cabelo dela cresceu de novo? Ela foi ao baile numa cadeira de rodas? Ela seguiu em frente, como deveria, rindo e flertando no shopping center nos fins de semana? Ela já está exibindo a cicatriz com orgulho? Ela se esqueceu de mim como deveria? Da forma como eu deveria ter me esquecido dela?

Mas não sei por que ela não está mais no Facebook. Quando cheguei em casa e houve o jantar de *Bem-vindo de volta, Zac,* encontrei uma hora tranquila para me conectar — *Eu estava sonhando ou você foi ao meu quarto durante a noite? Você é sonâmbula ou quis mesmo ir? Como foi hoje?* —, no entanto o perfil dela do Facebook tinha sido desativado. Primeiro pensei que Mia havia me excluído da lista de amigos dela, mas, quando procurei o nome dela, percebi que não estava mais lá. Ela tinha se deletado.

Como alguém pode compartilhar segredos com outra pessoa, enviados de um lado para o outro no silêncio da madrugada, mas não sabe coisas básicas como em que bairro o outro vive ou seu número de telefone? Como alguém pode desaparecer da sua vida assim tão fácil?

Viro o cartão-postal em branco nas mãos. O que eu escreveria se soubesse o endereço dela? Seria algo casual como o que Cam disse: *Pensei em escrever para você...?* Ou eu contaria mais a ela? Que normal não é mais normal e que não sei se um dia voltará a ser. Que ainda estou em semiquarentena. Que estou com medo das férias da escola e de passar duas semanas inteiras sozinho.

Mamãe abre a porta. Desde o hospital, ela não se preocupa mais em bater antes de entrar.

— Você quer fazer uma festa?

— Agora?

— Semana que vem. Chamar os parentes e seus amigos. — Ela balança o conteúdo da taça que tem na mão, já fazendo planos. — Matthew e Alex viriam. E Rick...

— Eles estão fora — lembro a ela, foram para Perth ou para o leste, para trabalhar ou estudar. — Você já não tomou sorvete antes?

— Seus novos amigos da escola. Eles viriam, não é?

— Depende das bebidas.

Mamãe aponta a colher para o folheto *TRANSPLANTE DE MEDULA ÓSSEA* preso no quadro de cortiça em cima da minha mesa. Álcool: substância banida número dois.

— Para eles — acrescento.

— Talvez só para os parentes então. Um churrasco. Seria bom celebrar seu centésimo dia, não acha?

Uma festa é a última coisa que eu quero. Se cem dias de "normalidade" é algo a ser celebrado, então não seria não captar o que é importante?

Digo que sim basicamente por causa da minha mãe, mas, em parte, por minha causa. Uma festa pode me dar alguma outra coisa em que pensar.

Alguma outra coisa além dela.

14
MIA

O motorista de táxi me dá um desconto, só que não é um desconto do tipo "você é uma garota bonita que quero impressionar". É um desconto "você está de muletas". Um desconto "o rímel escorreu pelo seu rosto". Simpatia. Merda, eu aceito, se isso significa mais sete contos no meu bolso. Preciso do dinheiro mais que ele.

Aperto a campainha três vezes e esfrego o rosto com a manga do casaco. É o pai de Shay quem abre a porta. Ele coloca os óculos sem aro, olha para o relógio de parede e então examina meu rosto sob a luz do sensor.

— Desculpe, senhor W., mas a Shay está aqui?

— Maya?

— Mia.

Ele assente, lembrando. Já faz um tempo.

— Você está loira.

— Sim. Que tal?

— Muito bom. O que foi que você fez? — Ele está olhando para as muletas.

— Caí jogando netball. Idiota, não é? Shay disse que eu podia dormir aqui hoje. Se precisasse.

— Hoje?

— Sim. — Ergo minha mochila. — Sei que está tarde. Desculpe.

Ele olha novamente para o relógio, coçando o peito.

— Elas estão lá dentro.

— Elas?

Ele encolhe os ombros.

— Férias.

Merda. Com Shay eu poderia lidar. Mas um grupo é diferente.

— Achei que você tinha abandonado a escola.

— Eu estava indo por meio período por causa do diploma. Ano que vem reponho... — Tenho respostas para tudo.

— Então você está bem? Não está com nenhum... problema?

Solto uma exclamação como se isso fosse uma piada.

— Eu?

Merda, se eu começar a pensar no problema todo, vou engasgar. Talvez seja melhor só me virar e ir embora. Pegar uma carona com outro taxista gentil. Mas para onde?

— Bem, entre — diz ele. — Está tarde.

Na sala de jogos, os móveis estão cobertos por lençóis, cobertores e há garotas que eu conheço bem. Chloe está no sofá e Erin e Fee estão deitadas em colchões. Shay está junto da televisão, com um DVD na mão. Elas fazem uma pausa longa demais quando entro, olhando umas para as outras em busca de aprovação. Que palavras não ditas estão fluindo entre elas? O quanto elas sabem?

Eu queria ser um fantasma. Apenas flutuaria para fora daqui. Não ia querer assombrá-las.

Shay põe o DVD de lado e passa por cima dos colchões para me abraçar. Fico segurando as muletas, incapaz de abraçá-la também.

— Mia, você se lembrou.

A maratona de filmes do fim do ano letivo foi invenção minha e de Shay no 8º ano. Éramos só nós duas naquela época, tomando cápsulas de café (para máquinas caseiras) com salgadinhos de milho e chocolate quente, permitindo que outras garotas nos acompanhassem caso se enquadrassem em certos critérios. Ao longo dos anos, as cápsulas foram substituídas. Colocamos biscoitos irlandeses no leite. Essas noites se tornaram fonte de lendas, incentivando os rapazes a ficar passando na rua e gritar coisas para nos envergonhar. Eram a recompensa por dez semanas tediosas de aulas com professores que nos mantinham separadas.

No banheiro, Shay me dá um lenço de papel umedecido. Fico chocada com meu reflexo; toda hora esqueço que sou outra pessoa. O rímel sai no lenço de papel.

— Eu ia te convidar — diz ela, inspecionando a própria sobrancelha no espelho —, mas achei que você tinha ido embora. Você não responde às minhas mensagens.

— Estava com o Rhys. Você sabe como ele é.

— Você ainda vai para Sydney?

— Amanhã — respondo. — Minha tia está me esperando. Vou pegar um ônibus.

— Você sabe que pode ir de avião.

Sorrio para ela.

— E cadê a aventura nisso? — Além do mais, para ir de avião eu teria de me identificar.

Shay fica olhando para meu reflexo.

— Não é a mesma coisa sem você. Você vai voltar?

Dou de ombros.

— O senhor Perlman disse que, se você for largar a escola, sua mãe vai ter de ir assinar não sei o quê.

— Ela já assinou. Fique tranquila.

Com o rosto limpo, viro para a sala onde as outras rearranjaram os colchões e sacos de dormir. Elas estão usando calças de moletom e camiseta, mas Chloe está com uma camiseta sem manga e shorts Peter Alexander. As pernas dela estão bronzeadas e tonificadas e absurdamente longas. Ela se curva para pegar um biscoito do pacote, daí o coloca entre os dentes e me dirige um sorriso de chocolate. Ela costumava me invejar antes.

— Mia, você pode ficar com esse aqui — diz Fee, apontando com as unhas pintadas de vermelho brilhante para o colchão mais perto do banheiro. Desde quando Fee era convidada para maratonas de filmes? — Caso você precise se levantar durante a noite.

Ela está tentando ser educada. Da última vez que alguém perguntou sobre meu tornozelo, eu mandei ir tomar no cu. Então saí.

Chloe desliza para um colchão com Erin, e as duas decidem a ordem dos filmes. Comédia, terror, comédia, romance, terror. Estou alerta a cada palavra, sem querer perder nem um sussurro.

— Merda. — Shay ainda está no banheiro, passando pomada no rosto. — Uma espinha. Está vendo?

— Não — digo, indo para mais perto. Não tem nada ali.

— A festa do Brandon vai ser amanhã. Erin — grita ela —, você ainda tem aquela sua pomada?

Eu rio. É engraçado.

— Shay, não tem nada aí.

— Eu não vou aparecer no Brandon com duas cabeças.

Ela espreme o queixo e percebo que está falando sério. Erin corre com a pomada, passando-a com pressa, como se a emergência fosse real. Como se isso importasse.

Sinto que estou vendo tudo através do vidro de um aquário. A vida é assim para elas? É assim que vai ser para mim?

Eu sou o peixe, ou são elas?

Ao longo da noite, as quatro garotas mudam de posição nos colchões e passam pacotes de comida. Eu só como a pipoca salgada: pirulitos me deixam com cólica e chocolate ainda me faz pensar em cera.

Chloe percebe.

— Você está de dieta, Mia?

Dieta? Eu tinha me esquecido dessa palavra.

— Não precisa. Você está muito magra — diz Shay como se fosse um elogio.

Como um biscoito com gosto de cera por causa disso, daí pego outro. Eu comeria qualquer coisa para tirar a atenção delas de mim. Fico esperando que fiquem quietas e se concentrem nos filmes, porém não param de conversar: *O sr. Perlman é um saco; eu vou pôr implantes; odeio minhas pontas duplas; Joel é bom demais para a Beth; quero uma tatuagem aqui, mas não sei o quê; o irmão da Chloe gosta de mim?; minhas unhas estão lascando; você está vendo minha celulite?; tenho que perder três quilos antes da festa do Brandon.*

A conversa delas é interrompida por risadas e peidos e muxoxos. Sinto como se já tivesse vivido esta noite antes. Até o filme de terror, quando finalmente o vemos, é previsível. Terror? Não chega nem perto disso.

Elas são o peixe, percebo. Eu as vejo no aquário redondo perfeitamente limpo, nadando em círculos. Eu costumava colocar nosso grupo acima de tudo, protegendo nossas preciosas piadas particulares de quem olhava para nós com inveja. Essas meninas, e a outra meia dúzia de rapazes e garotas que comandavam a área do banco do lado de fora do Bloco D, eram meu mundo. Nós éramos reais e espalhafatosas e temerárias. Nossas histórias estão entalhadas na madeira daquele banco.

E agora sou eu quem está olhando de fora, mas não com inveja. Como perder três quilos em uma semana? Eu poderia contar para elas como perder três quilos em um dia. Pontas duplas — elas estão de brincadeira? E quem se importa com espinhas? Quando seu couro cabeludo coça como o meu, sua perna pulsa sem parar e a comida ainda faz você querer cuspir, você para de ver espinhas que não estão ali. Você para de rir de piadas que não têm graça. Você para de pensar que chamar alguém de "magra" é elogio.

Quando finjo dormir, escuto os sussurros que não são dirigidos a mim: *Você a convidou? Por que ela é uma vaca assim? Você só estava tentando ajudar. Rhys merece alguém melhor. Como a Brooke.*

Depois que o último filme termina e os sussurros viram respirações, dou uma olhada no meu telefone. Tem uma mensagem nova da minha mãe.

Sei que vc veio aqui. Estao faltando $130 do jarro. Venha acertar as coisas ou vá embora de uma vez. Chega de entrar de fininho. Cresça!

Apago a mensagem e baixo o celular. O horário pulsa: 2h59. Três da manhã. Isso me faz pensar se ele também está acordado. Zac. Já faz quase três meses. Tempo o bastante para ele ter me esquecido.

Espero que ele esteja dormindo. Espero que não esteja acordado como eu, estúpido demais para chorar. Espero que esteja dormindo tão profundamente que nem mesmo os sonhos consigam encontrá-lo.

Merda, eu preciso *pensar*. O Plano A se baseava em minha mãe ser uma pessoa normal. O Plano B dependia de o meu namorado ser um homem. O Plano C era Shay e as outras amigas que sempre prometeram fazer qualquer coisa por mim.

O que eu preciso agora é de um Plano D. D de desespero. D de decisão final.

Antes do nascer do sol, abro meu caminho entre elas. A ponta das minhas muletas encontra espaços entre os membros suaves e mãos meio fechadas. Passo pelos cabelos longos espalhados nos travesseiros macios. Elas dormem como bebês. Eu não estou brava com elas. Não é culpa delas não me conhecerem melhor.

Eu me movo acima delas e vou para a cozinha. Perto do micro-ondas tem uma bolsa grande, e, dentro dela, uma bolsinha vermelha. Nela há uma foto cortada de Shay, pequena e alegre, e duzentos contos.

— Desculpe — sussurro. Mais uma fuga rápida. Mais um fato contra mim. Dessa vez, vou ter de ir mais longe. Vou para o leste, de verdade. Como mamãe disse, *venha acertar as coisas ou vá embora de uma vez.*

Pego um ônibus até a Central Station e compro uma passagem para o mais longe que posso pagar. Vai ter de bastar, por enquanto.

Uma mulher libera o assento da frente para mim. RESERVADO PARA DEFICIENTES FÍSICOS, informa a placa. Eu me sento ali.

Fico agarrada à minha mochila. Dentro dela estão meu celular e o carregador, o iPod e os fones, brilho labial, rímel, base, duas camisetas, calça de moletom, cinco calcinhas, desodorante, carteira de motorista, $416,80, manteiga de cacau, hidratante com vitamina E e meia caixa de analgésico.

O ônibus sacode enquanto o motor esquenta e nos lança através da cidade fria, azul. Em cada rua, vejo um fantasma de mim mesma olhando.

Queria ter trazido um travesseiro para encostar na janela. Queria ter mais analgésicos. Queria ter mais dinheiro.

Mais que tudo, eu queria ter um plano melhor.

15
ZAC

— Bom dia, raio de sol.

Bec me entrega um balde e um par de luvas longas. Sei que devo usar essas luvas quando for trabalhar com os animais, mas tinham de ser cor-de-rosa?

Ela nota minha reação.

— Você prefere as azuis do papai?

— De jeito nenhum. — Nós dois sabemos onde aquelas luvas estiveram. O modo do papai de lidar com os animais é perturbador em seu jeito de ir direto ao ponto. Pego as luvas rosa, coloco as botas de borracha por cima das calças de moletom e sigo Bec.

Nossos baldes fazem barulho por causa das garrafas de leite morno quando passamos pelos cercados das cabras e ovelhas. A maioria está acordada, mastigando placidamente a grama.

Temos uma recepção mais barulhenta no galpão de forragem. Em uma jaula, cordeiros de uma semana balem e empurram uns aos outros, famintos e desesperados. Em outra, filhotes de três dias se erguem nas patas de trás. Eles são tão bonitinhos, com olhos chorosos e narinas sujas. O corpo inteiro deles treme à espera de comida, me fazendo rir. Quase vale a pena sair da cama para isso.

Bec dá as mamadeiras para os cordeiros e levo as outras para os maiorzinhos, que puxam os bicos com tanta força que tenho de me segurar. Por alguns minutos não se ouve nada exceto o coro deles mamando. Sim, vale a pena sair da cama por isso. E, assim que as mamadeiras acabam, os balidos recomeçam com força total, insanamente.

As aves fazem ainda mais barulho. Abro as portas e os galos passam a toda velocidade, bradando insultos contra o mundo. *Síndrome de baixinho,* é como Bec chama isso, enquanto eles saem. Lá dentro, as galinhas batem as asas e cacarejam, como se fosse um choque rude, e não o ritual matinal de sempre. Elas saem e vão para todos os lados, seguindo para a grama, onde começam a bicar os grãos caídos e fazem cocô como se fossem as donas do lugar.

Vou de gaiola em gaiola, enchendo os reservatórios com água fresca e espalhando punhados de feno. Até os furões, esses malvados comedores de filhotes, ficam animados com comida e água.

Houve nascimentos durante a noite — encontro duas minúsculas cobaias e quatro pintinhos fofinhos. Também houve uma morte — o coelho que tinha uma semana e durou mais do que todo mundo esperava. Ergo o corpo do coelho e os irmãos dele preenchem o espaço.

O som de um motor soma-se à comoção. É papai dirigindo a caminhonete, puxando uma carreta cheia de ancinhos, escadas e chapas. Em um quadriciclo, Evan passa zunindo perto de onde estamos, levantando uma nuvem de poeira, cocô e aves assustadas.

— Belas luvas — grita ele. Ergo um dedo cor-de-rosa para ele, mas percebo que o impacto se perdeu. Que filho da mãe.

— Ignore ele — recomenda Bec.

— Ele não precisa esfregar na minha cara.

De todos os trabalhos na fazenda, a colheita é o pior. Colher significa passar longos dias ao lado do papai e de colhedores com nomes como Beaker, Suni, Giraffe e Wookie. Colher significa instalar redes sob as árvores e passar os ancinhos nos galhos até que as redes fiquem negras de tantas azeitonas. Evan vai inevitavelmente se mostrar com o ancinho pneumático, disparando azeitonas como balas em rostos distraídos. Então, de quatro no chão, eles todos vão puxar galhos, folhas e azeitonas podres, e compartilhar histórias do mundo todo. Eu daria qualquer coisa para estar lá, escutando o primeiro gritinho de uma garota que vai confundir um cocô de canguru com uma azeitona, e o grito do primeiro rapaz a se assustar com um dragão-de-komodo, quero ver a bandeja transbordando de novo e de novo, olhar para trás para uma fileira vazia e ver o que realizamos, daí terminar o dia com os músculos doendo e novos amigos e o som do processador, que faz barulho a noite toda, com mamãe e papai no controle, bebendo uma garrafa de vinho para celebrar a primeira prensagem da estação.

No entanto, estou preso aqui com bichinhos fofinhos e luvas cor-de-rosa. Olho para o local onde as ovelhas ficam e procuro filhotes ou cadáveres, mas não vejo nenhum dos dois. De qualquer forma, elas têm de ser removidas: os recém-nascidos precisam ser afastados das raposas oportunistas; os mortos têm de ser levados para onde os turistas não os vejam. Tivemos reclamações no ano passado quando metade de um cordeiro foi encontrado por um grupo de crianças histéricas. Os visitantes preferem os cordeiros balindo, e não se decompondo, ao que parece.

Um carro chega cedo. As portas batem e crianças gritam.

— Boa sorte. — Entrego o carrinho de mão para Bec. As férias escolares são difíceis para todo mundo, especialmente para os animais, que são apertados como brinquedos.

Sigo na outra direção, balançando o coelho morto enquanto vou para o extremo norte da fazenda. NÃO ENTRE, avisa o portão, separando a fazenda da mata nativa que fica ao lado. Os proprietários, que moram em Sydney, deixaram a propriedade do mesmo jeito que estava quando a compraram vinte anos atrás: uma grande confusão de arbustos de escova-de-garrafa, casuarina, marris[11] e grass trees[12].

Imaginei que, levando os bichos mortos para a raposa, ela não ia ter tanta vontade de capturar os vivos. Sei que ela estará me observan-

11. Eucalipto típico do oeste da Austrália. (N.T.)

12. Planta nativa da Austrália. (N.T.)

do. Ela já sentiu o cheiro do coelho na minha mão. Vai ficar feliz, já que tem os próprios filhotes para alimentar.

Imagino se ela pode sentir o meu cheiro também, do jeito que as meninas da escola fazem: não morte, mas fraqueza. Vulnerabilidade. Imagino se ela sente que não estou tão forte quanto deveria, pego no limbo entre doença e saúde. *Cuidado. Frágil.*

Quando ela vem, está abaixada e cuidadosa. Fica me olhando com cautela, apesar de saber que não vou machucá-la. Ela me reconhece de antes e avança mais um pouco, me dissecando com os olhos. Ela sabe tudo sobre mim ao que parece.

Jogo o coelho e ele cai no chão, entre nós dois.

— Vai, pega. Mas fique longe dos nossos filhotes.

Ela pega o coelho e corre entre os arbustos. É uma transação simples, sem tristeza ou culpa. É apenas a realidade da cadeia alimentar.

Disseram para eu não pensar em morte, porém não é fácil. O folheto recomenda que eu: *Recite afirmações positivas. Fique no presente. Faça planos para o futuro. Mantenha-se ocupado.* Chacoalho a cerca só para ouvir o barulho.

Estou bem, digo a mim mesmo. *Estou bem. E ela também.*

— E aquele ali é um bebê. — É a voz da Bec que enfim me encontra. — Você não saberia só de olhar para ele, mas ele é um ser selvagem com uma boa natureza. Ele comeria uma torta da sua mão.

Aos montes, os turistas riem. As crianças dão risadinhas, gostando da piada.

Bec sorri.

— Mas recomendo que fiquem longe. O hálito dele pode ser ruim de manhã.

Coço meu traseiro de forma teatral e salto do portão. Passo por eles, entrando no cercado dos emus para pegar três ovos verdes que rolaram até a cerca. Eu os entrego para Bec e a deixo para poder ir cuidar da alimentação dos emus.

— Vá escovar os dentes! — escuto. Tiro as luvas rosa, jogo-as em um armário e vou para casa, passando pela loja e pelo cercado das alpacas. Mamãe está vindo em minha direção com uma bandeja de bolinhos quentes.

— Quer fazer vinte xícaras de chá?

— É um convite muito tentador — digo —, mas *Orgulho e Preconceito* está esperando. — A lição de casa de inglês tinha de servir para alguma coisa.

— Ainda?

— Não dá para apressar. Não é como o seu *Cinquenta Tons de Cinza.* — Mas mamãe já está além do alcance da minha voz, e o cheiro dos bolinhos fumegantes paira no ar.

Às vezes só isso é o suficiente, um cheiro, para me jogar de volta no Quarto 1. A mão curvada sobre meu ombro e Mia encostada em mim. O cheiro de baunilha do hálito dela à noite.

Paro tudo o que estou fazendo. *Respire,* lembro a mim mesmo. *Fique no presente.*

Um filhote de canguru vem até mim e cheira meus dedos. Mostro a mão vazia e faço um carinho atrás de suas orelhas, apesar de ser algo que não devia fazer. Quando ele se cansa de mim, vai saltando até o galpão velho e sente o cheiro de lá de dentro.

Repleto de tranqueiras com pelo menos quinze anos sem uso, o galpão é uma zona de perigo de equipamentos antiquados para a fazenda e quinquilharias deixadas pelo antigo proprietário. Deve ter ratos e pregos enferrujados e outros perigos que é melhor serem evitados por alguém com o sistema imunológico comprometido.

Então entro e espero meus olhos se adaptarem. A pequena escada balança quando subo nela. Dali, vejo pilhas de tábuas, o que me faz lembrar do trabalho de marcenaria do 10º ano. Usei tábuas como aquelas para fazer uma mesinha para a mamãe. Levei um semestre e meio para terminar, e daí fiz outra para dar para Bec no Natal. Essa madeira boa está estragando aqui, mas de quantas mesinhas as pessoas precisam?

A ideia toma forma diante dos meus olhos: um berço de bebê. Bec ainda não comprou um, e sei que ela vai preferir algo feito à mão. E o melhor de tudo é que um berço de bebê seria algo ambicioso e que demandaria bastante tempo, exatamente o tipo de projeto de que preciso para me manter no presente.

Para não ficar pensando nela.

16
MIA

Não vim aqui atrás de bolinhos.

Os animais são bonitinhos, sem dúvida, mas não vim aqui por causa deles também. Não sou criança.

Dentro da loja, turistas molham pedaços de pão em xícaras rasas enquanto uma mulher descreve cinco sabores de azeite. Ela parece mais gentil que no hospital, mas também é de esperar que seja gentil com os clientes. Ela assente para os turistas. Faz comentários encorajadores sobre a leveza e a profundidade do azeite. Merda, eu não vim aqui para nada disso.

Sim, acho que é a mãe. Mas e o Zac? Não sei. Ele passou por mim antes, ao lado dos emus. Também não fiquei muito interessada neles, com aqueles olhos grandes e bicos fortes. Zac não teve medo: entrou no meio das aves e voltou com três ovos em suas luvas cor-de-rosa.

Tem um caminho pavimentado que leva até um portão com uma placa pintada à mão, que diz NÃO ENTRE — RESIDÊNCIA. Logo depois do portão, o cara está parado perto de um galpão. Tem um canguru ao lado dele. É o Zac? O cabelo é curto e escuro. Eu não esperava isso. Ele é mais bonito do que eu imaginava.

Preciso chegar mais perto, mas a placa diz NÃO ENTRE.

Eu poderia chamá-lo pelo nome, não poderia? E se não for ele? Eu ia parecer uma idiota.

E se for?

Ele parece alto demais. Mas, por outro lado, eu nunca o vi de pé.

Se eu gritar o nome dele e ele se virar, então o que eu grito? *Lembra de mim? Aquela para quem você mentiu?* Também não me importaria com quem pudesse ouvir. Ele garantiu que eu ia ficar bem e estava errado.

Mas ele entra no galpão e some da minha vista.

Atrás de mim, o motorista leva o grupo para além da loja e eu vou junto. Quando ele tenta me ajudar a subir no ônibus, eu não deixo. Minhas muletas deixam marcas de terra nos degraus com carpete. Ele espera até eu estar me segurando no primeiro assento antes de acelerar e sair do estacionamento.

Não importa se era ou não o Zac. Ele não é mesmo parte do Plano D. Ele era só um passeio para descansar de um dia longo.

— Você não pode usar isso — diz o motorista do ônibus na cidade.

Empurro a passagem de volta para ele.

— Mas eu comprei essa manhã.

— É para outro itinerário — diz, soprando a fumaça na outra direção. Por que ele está fumando tão perto de um ônibus? — Direto. É um trajeto que vai direto o caminho todo, sem paradas.

Rio da ironia. Tudo o que posso fazer recentemente é parar.

— Você devia ter comprado a passagem com paradas se quisesse ver os locais.

— Eu não quero — afirmo. — Eu não queria. Estou indo para Adelaide, é o que sei, via Albany. Hoje.

Ele joga a bituca e a esmaga no cimento. Odeio quando as pessoas fazem isso. Para onde eles acham que a bituca vai? Isso me deixa irritada.

— Você pode embarcar se quiser, mas estou indo para Pemberton. Para lá. — Ele aponta. — O próximo ônibus para Albany só vem amanhã...

— Amanhã?

— Acho que você vai poder usar essa passagem, mas é melhor ligar antes para ver se tem lugar. Com as férias escolares e tudo. — Ele dá de ombros. — Que azar.

Merda. Pelo menos ele disse alguma coisa certa.

— Você está com sorte — diz o rapaz na pensão.

Ele só pode estar brincando.

— Você está com sorte, temos uma cama. — O sotaque dele é difícil de entender. — Nesta época do ano tem muitos colhedores de frutas. — Ele nota minhas muletas e examina meu rosto. Eu devia ter colocado maquiagem. — Você veio para colher?

Entrego 25 pratas para ele e digo que volto mais tarde. Não estou com disposição para passar a tarde no salão comunitário.

Em vez disso, vou até a rua principal, onde compro um sanduíche e um café gelado e me sento em um banco perto de um açougue. As mulheres passam uma eternidade ali dentro. Quando saem, ficam na passagem fofocando, as carnes e linguiças suando através do plástico. Gente estúpida em uma cidade estúpida.

Do outro lado fica uma delegacia, a janela coberta de fotos de pessoas desaparecidas. Vou até lá e olho, todos esses homens e mulheres que estão mortos ou fingindo que estão. Alguns foram vistos pela última vez antes de eu nascer.

Meu rosto não está ali. Fico imaginando se minha mãe foi falar com a polícia, como ameaçou fazer. Imagino se eles se dariam ao trabalho de fazer um pôster com minha foto. Se sim, o que ele diria?

Desaparecida: Mia Phillips. Mulher, 17 anos, usando peruca loira. 1,64m. Muletas. Precisa de mais duas rodadas de quimioterapia e cuidados médicos imediatos. Suspeita de roubo e mentiras. Potencialmente perigosa.

Se um cartaz assim conseguir chegar aqui um dia, eu já terei ido embora há muito tempo. Aprendi uma lição hoje. Chega de desvios não planejados. A vida não favorece os curiosos. Chega de parar por aí. Chega de tentar a sorte com motoristas de ônibus ou amigas ou ex-namorados ou mães ou médicos ou estranhos aleatórios que ficaram no quarto ao lado no hospital e me disseram um monte de mentiras.

Todo mundo mente. Então pegue sua mochila e vá, Mia. Vá de uma vez.

Fodam-se eles todos.

17
ZAC

O processador Oliomio para de trabalhar e a noite se enche de silêncio. Escuto meus pais contornando a casa. *Shhh,* papai sussurra no escuro. Ouço mamãe dar uma risadinha. Copos colidem. Eles fecham a porta da frente depois de entrar.

No galpão de processamento, seis mil litros de azeite comprimido a frio logo serão engarrafados. Foi uma boa colheita hoje, então Evan ficou se gabando, com mais doze fileiras a serem colhidas e esmagadas amanhã. Vai acontecer o mesmo daqui a um mês com as Manzanillos. Espero convencer o pessoal a me deixar ir até lá com eles.

Durmo com a cabeça perto da janela, a cortina toda aberta. Mesmo depois de quatorze semanas fora do hospital, isso parece importante.

Espanta-me como a confusão do universo sabe exatamente o que está fazendo, como tudo foi acertado 13 bilhões de anos atrás e as galáxias estão seguindo as regras desde então. Elas estão todas lá em cima, seguindo o ritmo e fazendo todo o sentido, enquanto nós humanos estragamos tudo no pequeno tempo que tivemos.

Ouço passos que não deviam estar ali — mamãe e papai entraram e as alpacas deveriam estar dormindo a essa hora. Talvez uma delas esteja agitada por causa da noite meio barulhenta. Ou pode ser a Sheba, que está para dar à luz a qualquer momento.

Escuto. Há mais passos, a distância, então um grunhido suave e alguém cuspindo.

Levanto-me e coloco a cabeça e o peito para fora da janela, os braços doendo com o esforço por ter carregado as coisas no galpão.

É Daisy, a alpaca velha.

— Vá dormir, sua boba.

Mas o que ouço a seguir é mais humano que animal. Uma batida seca na escuridão, então um brilho de luz. Percebo que veio do galpão de feno. Azul. Duas vezes.

Enrolo o cobertor ao redor do meu corpo e salto pela janela. Meu Jack Russel, J.R., já está ali embaixo, balançando o rabo. Ele me segue quando ando descalço pela trilha, abro e fecho o portão, e fica para trás quando chego ao galpão. As galinhas.

Sob o brilho laranja das pequenas lâmpadas de calor, os filhotes dormem tranquilos em suas caixas, em segurança, onde as raposas não podem pegá-los. Eles fungam e sonham.

Passo em silêncio por eles para encontrar a fonte da luz azul. No alto da pilha de feno, o disco parece com um pequeno óvni, enviando raios em todas as direções. *Pisca, treme, pisca.* Tinha me esquecido desse aparelho que papai põe para funcionar toda estação de filhotes. Ele supostamente afasta raposas, fazendo com que pensem que humanos estão por ali.

Deu certo comigo, pelo menos. Ajeito o cobertor, tentando impedir que encoste no chão, enquanto volto entre os galpões, passo pelo portão e retorno para casa. As estrelas duras riem de mim. Meus pés descalços estão gelados.

Subo novamente pela janela. Lá fora, Daisy grunhe outra vez.

Que idiota: assustado por uma luz azul. Fecho a janela para deixar as reclamações dela do lado de fora.

Entretanto, não é só Daisy que está agitada. Ali dentro do meu quarto, as paredes subitamente parecem próximas demais, o ar, parado demais. Mantenho-me coberto, os ouvidos zunindo no vácuo. Não há um único giro, zunido ou pingar. Nem mesmo uma respiração.

Mas então escuto um *tap*.

E um rosto na janela.

Eu o vejo e recuo, o passado voltando loucamente para mim, de uma forma impossível.

A garota abre a janela e passa o braço para dentro. *Psiu!*, a mão dela flexionada avisa. *Fique quieto.*

Eu permaneço imóvel, os joelhos e os cotovelos enredados no cobertor. Consigo respirar uma vez, depois outra, enquanto a garota entra pela janela, a silhueta visível contra as estrelas. Ela é humana?

O cabelo é grosso e curto. Os olhos são grandes.

— Mia?

Ela leva um dedo aos lábios. Os olhos examinam meu quarto escuro e então a mão gira e, para cima, me chama para mais perto.

A pele dela está fria. Seguro o braço dela para ajudá-la a passar pela janela, mas ela cai de mal jeito e nós dois acabamos enrodilhados no cobertor.

Acima de mim, ela é baunilha e gelo e medo.

— Mia? — pergunto outra vez, apesar de não precisar perguntar.

Rastejo livremente e ela se enrola no cobertor. Depois, sem explicações nem desculpas, ela se vira de lado, de frente para a parede do meu quarto.

Eu me encosto na beirada da cama, completamente desperto e chocado com a surpresa.

Já ajudei a resgatar todo os tipos de animais. Pelo que me lembro, Bec e eu calçávamos as botas e vestíamos a jaqueta e seguíamos papai até a caminhonete. Quantas cabras soltamos das cercas? Quantos papagaios enrolamos em toalhas velhas? Inúmeras caixas de papelão recebiam toda a nossa atenção na sacudida viagem de volta até em casa.

Ajudei a resgatar muitos, mas eu parava por aí. Era sempre o meu pai quem dava um jeito neles.

Mamãe erguia os braços em desespero enquanto mais um cordeiro era colocado no forno ligado no fogo baixo, a porta aberta. Em outras vezes, papai colocava o calção e se sentava na banheira com água morna, deixando a água pingar sobre um filhote de alpaca dado como morto pela mãe. A cabeça dele ficava caída até que enfim respirava com força. Papai acreditava que o calor podia trazer os mortos de volta.

Imagino o que ele diria sobre isto: uma garota no meu quarto, dormindo como se estivesse no limite.

Ela parecia estar mais aquecida, pelo menos, mas podia ser só na superfície. O que meu pai faria em seguida?

A luz do dia caiu sobre ela. Observo-a respirar suavemente, consciente da minha própria respiração. Mia. Tem de ser ela. Apesar do cabelo agora ser loiro, com uma franja reta demais.

Cada barulho me assusta. As tábuas rangendo na lavanderia. Mamãe? Papai e Evan indo para as oliveiras. Lá fora, o cacarejar maluco das galinhas. Bec deve estar alimentando os recém-nascidos e se perguntando onde é que eu estou.

Vou na ponta dos pés até a janela e espio através da cortina. Vejo galos e galinhas ciscando perto do galpão. Bec não está à vista.

Deixo a cortina cair e, quando me viro, a menina está com um olho aberto, me fitando. O cabelo cobre o restante de sua face, mas ela não o afasta.

— Oi.

Ela não diz nada. Só fica me olhando.

Não consigo olhar de volta, então baixo os olhos e miro minhas mãos. Não sei o que fazer com elas. O que acontece agora?

— Como foi... — começo, e paro. O *como* pode esperar. — Mia? — pergunto, precisando da confirmação. — Você está perdida?

É idiota. Claro que ela não está perdida. Uma garota de Perth não deixa a casa dela, vira na esquina errada e vai parar na costa sul do oeste da Austrália.

Passos rápidos se aproximam e os olhos de Mia se arregalam. Ela senta. A maçaneta da porta é sacudida.

— Zac, você está aí?

— Sim — respondo.

— Por que a porta está trancada? Você vai se levantar? Quero lavar as cobertas.

Minhas cobertas, porém, estão ao redor da garota que está olhando para a janela como uma possível rota de fuga.

— Eu não posso dormir um pouco mais? — grito. — Até Deus descansou no domingo.

— *Deus?* Você está bem, Zac?

— Estou tentando ler o capítulo sete de *Orgulho e Preconceito.*

— Cobertas?

— Não precisa, obrigado. Eu não me cago faz meses.

— Homens — murmura mamãe. — Não fique aí o dia todo. A Bec precisa de ajuda.

Esperamos os passos dela se afastarem. As costas de Mia estão contra a janela.

— Desculpe — peço, apesar de não saber por quê.

O cabelo curto cai dos dois lados do rosto dela e vejo que não é a mesma face que me olhou pela janela redonda. Ela não é mais a mesma garota, e não é apenas o cabelo.

O olhar dela passa pela minha pele. Sem camisa, de repente me sinto vulnerável. Ela está me analisando, seus olhos examinam as cicatrizes: aquela no peito, do lado direito, a outra no pescoço, os pontos na parte interna dos braços. Ela sabe onde encontrá-las. A prova parece fazer com que relaxe um pouco.

— É *mesmo* você — murmura Mia. — Helga, você está com uma aparência diferente.

— É Zac — corrijo. — Sim. Você também.

— Seus olhos são cinza.

— Eles são mais para azul.

— Parecem cinza.

Ela afasta a franja e passo a mão pelo meu cabelo, deixando os dedos cruzados na nuca, da forma como meu pai faz quando avalia uma situação.

Por onde começo? Essa garota brotou de um quarto branco quatorze semanas no passado, a 500 quilômetros daqui.

— O que você está fazendo aqui?

Ela pisca, olha para o chão.

— Você está bem?

Ela começa a falar, mas as palavras engasgam na garganta, como se tivessem farpas.

— O que há de errado? — pergunto, apesar de não dever.

No meu último dia no hospital, quando fui agradecer pela última vez a Nina, vi como ela virou lá do outro lado do corredor e seguiu em outra direção. Imaginei naquela hora que a cirurgia de Mia não tinha ido bem, mas o que eu podia fazer? Mamãe falou demais na viagem para casa, como se soubesse, de alguma forma, então parou em um drive-through do McDonald's sem nenhum aviso, apesar de minha vontade de comer hambúrguer ter desaparecido. Mais tarde naquele dia, Mia estaria despertando, zonza por causa dos anestésicos e dos analgésicos e de todos os outros sedativos que pudessem ser comprovados. Mas para o que ela estaria despertando? A cicatriz era grande demais? Eu não sabia. E não devia perguntar.

— Desculpe — digo.

O rosto dela se contrai.

Uma porta de tela bate e mamãe chama as galinhas para comer as sobras. Logo ela estará arrumando as coisas na loja. Bec vai olhar os recém-nascidos e os mortos, e eu devia estar ajudando.

Lá fora tem barulho, mas aqui, não, e não consigo pensar no que dizer. Mia passa o cobertor por cima da cabeça, escondendo-se.

— O que você quer? Mia?

Ela fica calada, escondida.

O que o papai faria? Sairia daqui? Abraçaria Mia? Ela é grande demais para pôr no forno.

Coloco uma camiseta e saio do quarto. Na cozinha, preparo uma torrada com queijo, tomate e molho. Enquanto ela esfria, esquento leite no micro-ondas, daí levo tudo para o meu quarto. Ela ainda está com o cobertor na cabeça, então coloco tudo no chão.

Saio de novo, e vou com meu livro para o sofá, onde finjo ler o capítulo sete. Finjo durante horas.

Quando Bec vem me procurar, digo que lamento, mas tenho de terminar três capítulos. Ela acredita e me sinto culpado por mentir.

Não sei como a vida é para Mia. Não mesmo. Não sei o que a trouxe até aqui, entre todos os lugares, quando ela tem um fã-clube enorme que a adora em Perth, que fica a um mundo de distância.

Espero mais dez minutos e volto para o quarto, onde encontro as cobertas caídas e o prato e copo vazios.

Mia está examinando meu guarda-roupa, olhando tudo: caixas de Lego, uma bola de futebol autografada, uma velha coleção de selos, duas revistas *Playboy.* Não me incomodo — são de anos atrás, quando corpos eram novidade.

— Posso ajudar?

Ela se vira, segurando as revistas.

— Helga.

— Zac. O que você está fazendo?

Ela funga como se fosse a última vez.

— Preciso de dinheiro.

18

MIA

Ele me oferece quarenta contos que tira da segunda gaveta, e eu fecho os olhos e levo os dedos às têmporas. Não estou no clima para isso.

— O quê? As cuecas estão limpas — diz ele rindo.

— Não é o suficiente.

Não tenho tempo para piadas. Embaixo do cobertor, elaborei um novo Plano D: Albany, Adelaide, Sydney. Procurei os horários dos ônibus no meu celular. O novo Plano D requer dinheiro, não um comediante stand up.

— Você tem mais?

Ele aponta para uma lata.

— Tem um ano de moedas aí dentro. Mas deve ser pesado... melhor ainda, pode ter alguns selos valiosos nessa coleção.

— Alguma outra coisa.

Examino o quarto procurando algo de valor. Tem muita porcaria aqui — pôsteres, troféus, uma bola de futebol autografada, um globo, pesos e uma barra presa entre os batentes da porta. O quarto fede a desodorante e meias sujas. Por que os quartos dos homens sempre têm o mesmo cheiro?

— O que é isso?

Ele aperta a coisa de metal, demonstrando.

— Um aparelho para fortalecer o pulso.

— Merda, por que você ia querer um pulso mais forte?

Ele dá de ombros.

— A fisioterapeuta disse que era uma boa ideia...

No canto tem uma televisão, um PlayStation 3 e uma pilha de jogos. Num painel de cortiça na parede tem um livreto e uma lista de "Alimentos Proibidos".

— Eles me deram um desses. Não é... tão grande quanto o seu. Nada de patê por doze meses? Helga, como é que você vai aguentar?

Na mesa tem um laptop, um iPod e uma pilha de CDs. O de cima eu reconheço. *Lady Gaga para Qto 1.*

Pego o CD e passo o dedo nas letras azuis. Lembro-me de ter escrito isso para ele, apesar de parecer que foi duas vidas atrás.

Era um pedido estranho, foi o que pensei na hora. Poderia ter dado para ele o CD original, mas preferi ficar com ele. Eu guardava tudo que o Rhys me dava. Então fiz uma cópia e coloquei por baixo da porta do quarto. Não esperava que ele o guardasse.

Lembro-me de ele bater na parede naquele primeiro dia, como se tivesse alguma coisa para me dizer. Lembro-me de escutar as conversas dele com a mãe, a voz dele mais interessante e real do que a de qualquer outra pessoa naquele hospital. E lembro-me de como ele estava pálido e triste quando não sabia que eu estava olhando.

Baixo o CD. Não percorri todo esse caminho para ficar lembrando o passado.

— Quanto você tem na sua conta?

— Você está brincando.

— Você acha?

— Merda, Mia, você não pode... quer dizer... você não...

— O quê? Tique-taque.

Ele se encosta na cortina laranja e cruza os braços.

— Não vejo você faz meses. O que não é problema, tecnicamente falando, já que nunca *vi* você, a não ser pela janela. E agora você aparece do nada, me assusta pra caralho e vem pedir dinheiro? Não é exatamente... você sabe...

— Não é o quê?

— Normal.

— Nada mais é *normal,* não é, Helga? Pra nenhum de nós. Além disso, não estou exatamente roubando você. É mais como um empréstimo.

— Por que eu?

— Porque você me deve.

— Pelo quê?

— Por mentir.

— Eu não...

Bato com a muleta esquerda no chão e o barulho assusta nós dois. Ele olha para a borracha na ponta da muleta.

— Eu não...

— Você disse que eu era... você disse que eu era a mais sortuda de toda a ala.

Ele parece pálido novamente. É ele que está balançando ou sou eu?

— Você era.

Bato no chão outra vez.

— Você *é* — corrige ele depressa. — Não é minha culpa — diz, e está certo. Nada disso é culpa dele, mas também não é minha culpa.

— Você disse que eu podia confiar em você.

Ele assente, lembrando. Ele tinha dito isso e mais. Ele me disse coisas em que eu não devia ter acreditado.

— Preciso de um amigo — minto. — E cerca de trezentos dólares para chegar a Sydney. Minha tia Maree mora lá, e ela está me esperando. Eu devolvo o dinheiro a você quando chegar lá. Faço uma transferência direta, com juros, se é com isso que você está preocupado.

Com os braços cruzados, ele não responde na hora. Acho que ele está tentando me ler, então faço o possível para manter um semblante neutro. Se eu desviar os olhos, ele vai me pegar.

— Mia, não é com o dinheiro que estou preocupado.

Não posso chorar agora, não antes de estar em um ônibus longe daqui, depois em outro, e outro, onde ninguém faça perguntas sobre minha perna, sobre para onde estou indo ou o que estou deixando para trás. Preciso ir para tão longe que eu até me esqueça de por que estou chorando.

Então forjo um sorriso e dou uma risada.

— Você não precisa se preocupar comigo, Zac. — Falo o nome dele de propósito, e ele sorri também. Meu coração está batendo tão forte que ele provavelmente consegue ouvir. Ele merece mais, eu sei, mas não tenho escolha.

— Você é um amigo, Zac, um bom amigo. Eu confio em você. Eu devolvo o dinheiro, ok? Deixei tudo combinado com essa minha tia. Ela tem uma casa de onde dá para ver a ponte do porto. Vai ser ótimo. Acredite.

Os olhos cinza-azulados dele penetram em mim mais do que eu queria que fizessem. E me pergunto o que ele está vendo.

Então ele relaxa e assente.

Merda, penso. *Isso vai magoar nós dois.*

— Andar de... quadriciclo é o número... seis... na minha lista de proibições — grita ele enquanto as rodas encontram todos os buracos do caminho. O veículo avança e pula e salta e tenho de me agarrar com força nos suportes. Minhas muletas estão presas nas costas. — Os médicos dizem... é fácil demais... cair.

— Então não caia! — grito.

O quadriciclo pula e eu bato o queixo no ombro dele. Sinto gosto de sangue na boca.

— Então não balance — retruca ele.

— Não estou balançando.

Finalmente chegamos à estrada e Zac começa a subir as marchas. Seguro minha peruca e me inclino para a frente. O cabelo dele chicoteia em meus lábios.

— Por que está indo tão devagar? — grito.

— É o máximo que anda.

A quad bike avança pela pista da direita da estrada enquanto carros passam zunindo. Passamos por fileiras de árvores na direita, daí uma fábrica de queijo, uma cidreira e um pomar de peras. Eu percorri este caminho ontem à noite a pé desde a pensão, no escuro, mas não tinha reparado nas placas. Estava concentrada nos pedriscos à minha frente, dando um lento passo atrás do outro. Estava muito cansada e demorou demais.

Passamos por um campo de críquete e uma escola, então saímos da estrada na direção da cidade. Zac não segue pela rua principal, mas nos conduz para trás de um estacionamento tranquilo.

Ele solta o acelerador e desliga o quadriciclo.

— Você está bem?

Solto os suportes e sacudo as mãos.

— Estou viva.

— Mamãe me mataria...

Com a mochila nas costas consigo andar depressa com as muletas. E devia mesmo, tenho bastante prática. Zac tem de acelerar o passo para me alcançar.

— Você sempre foi rápida assim?

— Esportista Feminina do Ano, Escola Primária de Como, dois anos, corrida.

Eu era ainda mais rápida quando entrei no colegial, jogando na posição central do time de netball até enfim me dar conta de que levantar cedo no domingo era uma droga. Logo aprendi que havia coisas melhores para fazer nos fins de semana.

— Você sempre foi lerdo assim? — indago, apesar de saber a resposta. Vi as fotos e os vídeos antigos dele no Facebook enviados pelos amigos do futebol. Eu o vi. Ele é rápido.

Era rápido. Tenho de ficar me lembrando o tempo todo de que nossos tempos verbais mudaram.

— Você é tão devagar que minha avó poderia ganhar de você — provoco.

— Acho que você disse que sua avó já morreu.

— Exatamente.

Ver o logotipo do banco faz com que eu acelere o passo. As muletas parecem duras sob meus braços e minha perna está pulsando, mas não posso parar agora. Não quero ficar enrolando com dinheiro ou despedidas quando o ônibus chegar à cidade.

Contudo, as portas do banco não deslizam quando me aproximo. Vou na direção do sensor, me afasto, e nada.

— Merda. Sério?

Pego o celular na mochila para ver a hora. São 8h50 — cedo demais para os bancos. Vejo que tem uma mensagem da Shay.

PQP, n posso acreditar q vc fez isso.

E outra da minha mãe.

Mia, onde é que você está?

Apagar. Apagar. Coloco o celular de volta na mochila.

— Então como você pretendia chegar lá sem dinheiro?

Coloco minhas mãos ao redor dos olhos para enxergar através do vidro. Cadê todo mundo?

— A viação Greyhound. Perth para Adelaide.

— Você já tem a passagem?

Tiro a passagem do meu bolso e mostro para ele.

— O motorista parava para fumar em cada maldita cidade que aparecia, então desci aqui para tomar uma Coca Diet em uma máquina. E tinha um folheto da sua fazenda de filhotes.

— Na máquina de Coca-Cola?

— *Ao lado* da máquina, em uma barraca para turistas... Então apareceu o ônibus de turismo e eu pensei: por que não?

— Você veio? Eu não vi você.

— Você não estava prestando atenção. Pensei que poderia pegar outro ônibus, mas os motoristas são uns idiotas. Eu preciso *mesmo* fazer xixi. Cadê todo mundo?

— Em casa, provavelmente. Hoje é domingo.

Olho feio para ele. Ele está certo. Por que ele não disse nada antes? Está tentando brincar comigo?

— Meu cérebro está confuso — explica ele. — Não dormi direito, por algum motivo... Tem um caixa eletrônico a um quarteirão daqui.

Caramba, eu preciso mesmo fazer xixi. Não consigo pensar direito.

— Os banheiros ficam ali. — Zac aponta para um imóvel com paredes creme. — Por que você não vai lá, eu pego o dinheiro e nos encontramos aqui em cinco minutos?

— Zac, você não é só um rostinho bonito.

Ele sorri e o sorriso fica bem nele, melhor do que eu poderia imaginar. Fico admirando por dois segundos, esperando poder lembrar.

— Melhor você ir.

— Sim, segure minha mochila — digo.

Vou na maior velocidade possível até os banheiros. Mesmo de muletas, acho que ainda poderia bater os recordes da escola.

19
ZAC

Fico observando-a ir, *click cric, click cric, click cric.* A peruca loira balança cada vez que as muletas oscilam.

Então me escondo atrás da esquina do banco, ajoelho no cimento — que escolha eu tenho? — e abro a mochila e a examino. É uma bagunça de roupas e coisas. Gazes e comprimidos. Uma bolsa com dinheiro e uma carteira de motorista provisória mostrando a antiga aparência dela: cabelo comprido, brilho labial cor de cereja e um sorriso matador. É o tipo de beleza que pega as pessoas desprevenidas. É um rosto ao qual você faria tudo para agradar. Eu quero agradá-la, mas não desse jeito.

Examino o celular dela. Não tem nenhuma Maree no M, nem tia no T. Tem algumas mensagens antigas da mãe, querendo saber onde ela está. E nenhuma resposta.

Não quero ser o último idiota numa longa fila de idiotas pelos quais ela vai passando com suas mentiras. Seja qual for o plano dela, não vou financiá-lo.

Escuto o *click cric* do retorno dela, então fecho a mochila e a encontro no meio do caminho, perto do açougue.

— Que alívio. — Mia ri, aquele sorriso aberto e, mesmo com a peruca barata, ela ainda é incrível. Com um rosto como o dela, Mia deve ter passado a vida inteira conseguindo tudo o que queria. Não é fácil resistir.

— Desculpe, eu tenho essa coisa de não conseguir pensar quando quero fazer xixi às vezes. Quando minha bexiga está cheia, o cérebro parece que desliga, sabe?

— Eu só tenho trinta contos — digo, mostrando meu cartão do banco como prova. Odeio a forma como isso arranca o sorriso do rosto dela. Como é tentador entregar a ela todas as minhas economias em troca de sua gratidão perfeita e fugaz.

— Eu gastei o resto. Desculpe. Eu esqueci.

Mia não reage como eu esperava. Ela não fica brava, não esbraveja nem grita. Ela se dobra em si mesma e fecha os olhos.

— Você pode ficar na minha casa esta noite... ou na pensão aqui perto.

Mia se vira e encosta a testa no vidro do açougue.

— A pensão não é ruim — digo. — Eu não me importo de pagar, se for ajudá-la. São só vinte pratas.

Quando ela faz que não com a cabeça, a peruca sai um pouco do lugar. Mia não se dá ao trabalho de arrumar.

— Vinte e cinco — murmura, apesar de eu mal conseguir escutar. É como se o vidro tivesse virado esponja, absorvendo as palavras dela. — Antes de ir para sua casa, eu estava lá.

— Era muito barulhento lá?

A resposta foi tão baixa que quase não ouvi.

— Eu paguei, mas eles só tinham disponíveis as camas de cima dos beliches.

E ali estava: a coisa indizível.

O que quer que tenha acontecido com Mia, isso a deixou vazia. O que ficou para trás é uma garota com cabelo falso, planos falsos e nenhum lugar no mundo onde realmente queira estar.

Tem tanto que não sei, mas sei que ela não é uma pessoa ruim. Não de verdade.

O que papai faria?

O que mamãe faria?

Eu faço o que alguém já deveria ter feito. Passo os braços ao redor dela e a puxo para mim, apesar de ela ficar tensa. Sinto-a lutar da mesma forma que um animal ferido lutaria, então seguro com força e sinto-a virar-se contra mim de novo e de novo, lutando e se contorcendo, cuspindo palavras abafadas na minha camiseta até que finalmente alguma coisa se rompe e ela se encosta em mim. Eu guardo isso em minha memória.

Confie em mim, penso. *Confie em mim.*

Então ela se apoia em mim como se eu fosse o único amigo que restasse no mundo.

Vou ainda mais devagar no caminho para casa. Tenho de ficar olhando por cima do ombro para ver se ela ainda está ali. A mão esquerda dela agarra o suporte; a direita fica segurando a peruca. Mia está com os olhos fechados como se estivesse em um barco se preparando para a próxima onda.

Passo pela cidreira e por pomares e pela entrada para nossa fazenda. Passo pelo fim do nosso olival e sigo adiante pelos pistaches dos Petersen, e depois pela fazenda nova e o vinhedo. Em algum ponto além dos vinhedos, Mia passa a mão esquerda pela minha cintura.

Não tenho nenhum plano. Tudo o que quero fazer é seguir por esta estrada pelo resto do dia e provavelmente da noite, mas o quadriciclo tem outras ideias.

Paramos subitamente perto de uma área selvagem.

O tanque está vazio. Meu irmão conseguiu acabar com isso também.

— Más notícias? — Mia morde uma unha, esperando a resposta.

Faço que não com a cabeça, mais por descrença do que para responder. É surreal vê-la aqui.

— Mas foi bom, não foi? Por algum tempo.

Sento-me ao lado dela no banco e assinto. Foi sensacional.

— O que você vai fazer?

Balanço a cabeça e dou risada. Estou numa merda tão grande agora que só existe uma pessoa que saberia como resolver isso.

20
MIA

Estou na sala da casa da irmã dele, supostamente fora do alcance das vozes. Mas ouço o suficiente.

— Você não pode *ficar* com ela.

— Eu sei...

— Ela não é um cachorro perdido.

— Eu *sei.* Não vai ser por muito tempo.

— O que a mãe dela acha disso?

Zac baixa a voz.

— Ela não sabe. Mia saiu antes...

— Ela está *fugindo?*

— Talvez. Eu não sei.

— E o que você pensa que estava fazendo naquele quadriciclo? Mamãe vai matar você.

— Ela não precisa saber. Você pode manter isso em segredo? Isso tudo?

Um canguru vem cheirar a beirada da minha calça. Cada vez que o afasto, ele volta. Ele é bem pequeno, mas não confio naquelas garras tão perto da minha perna.

— Estou quase sem lenha...

— Vou pegar o machado.

— Droga, aí a mamãe mataria nós dois. Apenas pegue um pouco de lenha dos velhos.

Zac olha para mim do corredor. Ele parece aliviado por eu ainda estar aqui.

— Bec precisa de lenha. E não vai machucar você. O canguru. Nem a Bec.

— Está tudo bem.

A porta bate quando ele passa e fico sozinha de novo nesta sala onde já tem muita madeira: as tábuas do chão, o móvel da televisão, a mesinha de centro e o relógio. Na lareira, a madeira estala e racha. O ar cheira a fumaça e pelo molhado.

Nunca tinha visto uma lareira de verdade antes. Era pra ser relaxante, não era? Mas as chamas queimam meus olhos e tenho que olhar para outra coisa. Tenho que dar o fora daqui.

Bec é bonita, de uma forma bronzeada, desleixada. O longo cabelo loiro cai por cima da camisa jeans que está esticada ao redor da barriga dela. Ela me oferece uma mamadeira.

— Não precisa, obrigada.

— É para o canguru. Pensei que você gostaria de dar a mamadeira.

Faço que não. Bec pega o canguru no colo e ele chupa o bico da mamadeira.

— O que está quebrado?

— Quebrado?

— Você está usando muletas.

— Distendi um ligamento jogando netball. Está melhorando.

Na lareira, fagulhas sobem pela chaminé. Se uma vida pudesse estalar e desaparecer assim tão fácil. Se eu pudesse virar fumaça e sumir.

— É o seguinte: Zac está preocupado com você e eu me preocupo com o Zac. Isso é tipo meu trabalho. Ele diz que vocês são velhos amigos. Você são mesmo, não é?

Assinto, torcendo para que seja o bastante.

— Tenho dois quartos extras, mas um está com amostras de cores nas paredes. Vou pintá-lo para o bebê.

— Eu só preciso...

— De dinheiro para o ônibus, eu sei, mas você não devia cruzar um continente de muletas. Sua tia vai entender se você se atrasar alguns dias.

Merda.

— Não posso deixar o Zac se preocupar, porque aí eu vou ficar preocupada e isso vai preocupar o Júnior aqui. Daí ele vai nascer prematuro e todo mundo vai ficar preocupado e não queremos isso, não é? Então fique aqui até você sarar, ok? — Ela fala como se fosse uma pergunta, e sei que não é.

Eu assinto e sorrio, mas na minha mente estou cruzando a planície de Nullarbor. Não é culpa da Bec. Ela não sabe que já é tarde demais.

— Você quer uma bebida quente? Não tenho café, desculpe. Nós aqui só bebemos chá.

A porta da frente bate e Zac aparece com um monte de lenha e um sorriso ridículo.

— Tudo perfeito! A mamãe não desconfia de nada.

Ele coloca a lenha no fogo cuidadosamente, como se fosse necessário ter habilidade para fazer isso. Confio no Zac. E pelo sim ou pelo não, também confio na irmã dele.

É em mim que não tenho muita certeza.

Tranco a porta do quarto por dentro. Também tranco a janela e fecho as cortinas. Daí tiro a peruca e a coloco debaixo do travesseiro. Coço a cabeça. O cabelo está crescendo outra vez, mas, ao contrário do cabelo do Zac, não há o bastante. Já se passaram cinco meses desde a última quimio dele. Desde a minha, passaram-se dois.

Meu celular faz dois bipes.

Mia, você está recebendo essa msg? Mande resposta. Diga onde está.

Queria que minha mãe desistisse logo. Tudo o que ela faz torna isso pior.

Coloco o despertador para as quatro e desligo o celular. Quero sair no escuro, antes que Zac possa me achar. Vou andar até a cidade e me enfurnar lá para esperar pelo ônibus. Vou usar minha passagem e ir para Adelaide exatamente como planejei. Tenho de partir antes que a gentileza vire intromissão. Já deixei uma mãe para trás; não preciso de uma substituta.

Tomo os dois últimos analgésicos da caixa e então verifico a receita para o caso de eu ter me confundido.

Não.

Amanhã vou sentir dor. Melhor estar no ônibus, eu acho, levando a dor comigo. Dói menos quando estou em movimento.

A cama de hóspedes da Bec é macia quando me sento nela. As cobertas cheiram a naftalina, o que me faz lembrar da vovó. Estendo a mão e bato na base do abajur uma, duas, três vezes antes que apague. Deito afundando no colchão, esperando que o remédio suavize a dor.

Quatro estrelas que brilham no escuro parecem flutuar no teto. São apenas plástico, então por que parecem se mover e piscar como se fossem de verdade?

Cada vez que pisco, as estrelas se movem e se dissolvem, deslizando por meus olhos como lágrimas que deviam saber que não deviam vir.

21
ZAC

Estou indo escondido pelos fundos até a casa da Bec quando sou pego pela minha mãe. Desde quando ela vai capinar a horta de abóboras às oito da manhã?

— Você acordou cedo, Zac.

— Só quero aproveitar a manhã. — Eu me alongo como um sujeito de 80 anos.

— Como está indo a leitura de *Orgulho e Preconceito?*

Pior do que uma punção lombar.

— Nada mal.

— Achei que você já tinha terminado. Não vi muito você ontem.

Agora estou no radar da mamãe, é melhor adiar a visita a Mia.

— Estou no capítulo 8 e ainda não aconteceu nada.

Mamãe ri.

— Nós devíamos alugar o filme.

— Nós?

— Bem, os homens vão estar na colheita e Bec quer pintar. Vai ser divertido. Eu faço pipoca.

Merda. A única coisa pior que uma mãe desconfiada é uma mãe entediada.

Até o filme não faz sentido para mim. Quem se importa com Keira Knightley e o cara de *Spooks*? Como posso fingir interesse em moças da sociedade fofocando quando Mia está a apenas cinquenta metros daqui? Isso se ela não inventou de fugir. Quando vou ao banheiro, aproveito para ligar para a casa da Bec, mas ninguém atende. O celular da Mia cai na caixa postal.

Ela pode estar em qualquer lugar a essa altura.

A porta da frente da casa da Bec não abre. Eu nem sabia que tinha uma tranca.

Contorno a varanda até o outro lado da casa. Pela janela da sala vejo Bec no sofá com os pés para cima, o laptop equilibrado na barriga dela.

Quando bato no vidro, ela olha para cima com preguiça. Leva alguns segundos para me ver, e, quando o faz, a reação dela é audível.

— Puta merda! — Ela coloca o laptop de lado e abre a janela. — Você não devia assustar assim uma mulher no terceiro trimestre.

— Por que a porta da frente está trancada?

— Para impedir que os drop bears[13] entrem.

— E eu pareço com um maldito drop bear? — Percebo o tom de choramingo na minha voz.

— Você não tem um livro para ler?

Vejo Anton, o companheiro dela, acenar para mim em movimentos entrecortados pelo Skype. Inclino-me pela janela e aceno de volta.

— Vá para casa — diz Bec.

— O que está acontecendo?

— Você está interrompendo...

— Você sabe o que estou querendo dizer. Cadê a Mia?

— Ela está ocupada. E eu também.

— Bec!

13. Animal fictício da Austrália que dizem ser muito grande e agressivo, parente dos coalas. Os locais adoram contar histórias sobre ataques desses animais para assustar os turistas. (N.T.)

Ela vira o laptop para a câmera não nos pegar.

— Você disse para manter a presença dela em segredo — sussurra.

— Mas não de *mim!* Ela está aqui?

— Eu não a comi; ela é magrinha demais.

— Você olhou no quarto dela?

— Hoje não.

— Mas você tem que olhar. A Mia tem dois estados: Mia Escondida e Mia Houdini[14]. Quando ela quer sumir, é simplesmente um... *puuuf.*

— A menina mal pode andar, não tem nenhum *puf.*

— Ela é mais rápida do que você pensa. Vá olhar.

— Dê um pouco de espaço para ela. Agora, suma daqui, você está gastando tempo da minha conexão. — Ela baixa a janela e me manda um beijo.

Eu saio, chocado. Tinha confiado na Bec porque achei que ela pudesse ajudar. Não queria que ela assumisse o controle.

Dê um pouco de espaço para ela, ela disse. Isso não quer dizer que Mia está lá?

Nenhuma das duas atende o telefone. A porta da frente continua trancada o dia todo, e recebo a mesma resposta cada vez que bato: *Vá ler seu livro. Dê espaço para ela.*

É só de noite que consigo alguma resposta. Através das cortinas do quarto de hóspedes da Bec, dá para ver uma luz brilhando. Então ela está lá, afinal de contas. Ela está bem.

J.R. me faz companhia na plantação de abóboras, batendo gentilmente em mim com o rabo. Ficamos ali sentados até a luz sumir, e depois mais um pouco.

Bec me entrega luvas cor-de-rosa e um balde.

— Bom dia, raio de sol.

---

14. Harry Houdini era o nome artístico de Ehrich Weisz, um dos ilusionistas mais famosos da história. (N.E.)

— E?

— E...

Eu dou a mamadeira para os filhotes.

— Você viu Mia esta manhã?

Ela dá de ombros, fingindo inocência.

— Bem, você contou para a mamãe?

Bec sorri acima dos filhotes mamando.

— Nossa mãe não precisa saber de tudo.

E eu também não, aparentemente, já que ela ignora as outras perguntas que faço ao longo do dia. Um campo de força impenetrável baixou sobre a casa dela, e, quando bato na janela da cozinha de tarde, Bec me faz ir embora e diz que Mia está dormindo.

— Às quatro?

— Ela dorme muito — sussurra Bec, como se estivesse falando de um bebê. — Ela deve estar precisando.

Dou a volta até o quarto de hóspedes. Não bato na janela. Em vez disso, enfio um bilhete entre o vidro e a moldura.

Oi, vizinha

Você precisa de alguma coisa? Se a comida da Bec não estiver muito boa, posso te trazer uma torrada, ok?

Ou leite. Qualquer coisa que você queira.

Se Bec estiver mantendo você refém para trabalho escravo, apenas grite e eu a liberto. Não estou muito distante.

Zac

Já faz dois dias. Por que ela não responde?

O silêncio está me deixando maluco.

Passo os dois dias seguintes no galpão, tentando me ocupar com as peças do berço. Eu serro e lixo. Minha sanidade está sumindo. Por que tanto segredo?

No quinto dia, perco a cabeça. Jogo as ferramentas e sigo furioso até a casa de Bec, pronto para entrar à força se for preciso.

Mas Bec está na varanda da frente, com a mão mergulhada em Dettol.

— Aquela vaca me mordeu.

— Mordeu você?

— Não chegue perto dela; ela está louca.

— O que houve?

— Eu só estava procurando carrapatos nela.

— Na Mia?

— A *Daisy* me mordeu, sua alpaca estúpida.

Eu estou muito confuso.

Bec me provoca.

— E eu pensando que você era amigo da Mia...

É a gota d'água.

— Eu também pensava! Bec, você está exagerando. Já faz cinco dias.

— Calma, Zac.

— Como assim calma? Estou preocupado. Ela já deve estar do outro lado do país a essa altura.

— Não. Ela está aqui...

— Como você sabe? Você não sabe disso. Mia! — grito.

— Shh. Ela está tomando banho. Zac, não... — Bec segura meu braço, mas eu me solto e corro em torno da casa. Bato no vitrô do banheiro, porém o som é fraco, então a chamo.

— Mia!

Inclino a janela um pouco mais.

— Mia?

— Estou aqui — responde uma voz baixa. Escuto barulho de água. É ela.

Fecho os olhos e apoio as mãos no vitrô. O vidro é granulado e frio.

— Apenas me diga que você está bem.

— Eu estou bem.

Sinto-me um idiota, só que agora eu sei. Ela devia estar se escondendo, mas pelo menos não está lutando nem fugindo.

E isso é mais do que eu poderia esperar.

22
MIA

Nunca estive numa banheira de verdade. Esta aqui é incrível, larga e funda e manchada. O esmalte é frio e liso. A água quente chega quase à borda.

Nesta banheira, a água está repleta de bolhas. Ela preenche cada espaço sem julgamento. Nada dói.

As horas passam. E não há nada que possa dizer quão devagar. Deixei acabar a bateria do meu celular, paranoica com a possibilidade de alguém me localizar.

O som passa por debaixo da porta. Tem o barulho próximo de galinhas. Mais distante, grunhidos e balidos se misturam em uma trilha sonora que já se tornou comum.

Eu costumava detestar ficar sozinha; agora é tudo o que desejo. No hospital, tinha gente demais vindo me olhar. O que *eles* sabiam? Odiei todos eles.

Não tanto quanto odiei minha mãe. Como é que, aos 17 anos, tenho idade bastante para dirigir, fazer sexo e me casar, mas não tenho idade o bastante para decidir o que acontece com meu corpo? Se tivesse escolha, eu teria preferido morrer a deixá-los fazer o que fizeram.

No entanto, não tive escolha. Minha mãe assinou o formulário enquanto eu estava na mesa de cirurgia, o tumor agarrado daquela forma à artéria que o envolvia.

— Era preciso agir imediatamente — disseram os cirurgiões depois. — Remoção e enxerto de osso não eram mais viáveis.

Eles precisavam de consentimento. Eles não me acordaram; entregaram a caneta para minha mãe. Ela assinou o papel e arruinou minha vida.

Eles usaram uma serra elétrica?

Deslizo na banheira e fico debaixo da água, deixando a parte de trás da minha cabeça bater no fundo. A água balança de lá para cá no alto. Aqui embaixo escuto meu coração ressoando na água. O ritmo em compasso duplo é baixo e teimoso em meus ouvidos. Fico surpresa por como parece insistente, mesmo após tudo isso.

— Mia.

Isso me alcança como uma lembrança. Levanto-me e olho para a porta, para ver se continua fechada. Continua. Minhas muletas estão apoiadas nela. A voz vem flutuando pela janela.

— Estou bem — digo para Zac, apesar de não estar. Não estou bem. Estou cansada. Estou com dor.

Não tenho energia para lidar com o Zac. Não tenho energia para coisa nenhuma. Tudo o que consigo fazer é a jornada diária da cama até o banheiro no robe longo da Bec. Estou mais cansada do que nunca. Como Zac consegue se levantar e ir alimentar os animais, e fazer piadas como se o mundo fosse exatamente como devia ser? Talvez para ele seja. Ele pode ter a medula de alguma outra pessoa, mas pelo menos tem as duas pernas.

Merda. Outra vez. Depois de todo esse tempo, isso ainda me pega desprevenida. Afundo na água de novo. Quanto tempo leva para o cérebro aceitar? A cada manhã abro os olhos para o mesmo choque terrível.

Tenho de me lembrar de não olhar para baixo. Tenho que colocar a coisa e me vestir depressa, escondendo a prótese temporária que machuca meu ferimento até sangrar. Queima como fogo, mas tenho que ficar com ela, mantê-la escondida, tirar apenas para tomar banho e dormir. Na água, pelo menos, as cicatrizes não doem tanto.

Que palavra linda: *cicatriz.*

A mais feia é *cotoco*. Eu acordo com um cotoco. Os cirurgiões se cumprimentaram por terem salvado o joelho e uma parte da canela. Eles ficaram dizendo, de novo e de novo, que eu tive sorte.

Sorte?

Enquanto meus amigos estavam dançando no Summadayze, eu estava em observação com morfina intravenosa. Eu entrava e saía do mundo, sendo visitada por psiquiatras que tentavam falar sobre mudança e perspectiva e imagem corporal e sorte. Daí eles me davam mais quimio. Eu não conseguia comer, não queria falar, não olhava quando os curativos eram tirados ou os pontos, removidos. Tentei me enganar indo além do meu corpo fodido, deslizando entre sonhos vívidos até retirarem a morfina e eu ser obrigada a viver assim.

Contra a minha vontade, volto à superfície. Minha cabeça bate na beirada da banheira. Por este ângulo, vejo todas as vigas do teto. Dezesseis delas. Neste ângulo não tenho de ver a mim mesma. Meu corpo pode ser perfeito. Ele pode ser qualquer coisa que eu imaginar.

Então fico no banho por horas, escutando os animais e as tábuas rangerem sob o peso da Bec. Nesta casa, a madeira enverga e cede. Mesmo as paredes, de alguma forma, parecem se curvar para as pessoas no interior delas. Nunca tinha imaginado que uma casa podia ser macia. Bec, também, é inesperadamente gentil. Ontem ela pediu minha opinião sobre as amostras de cores.

— Uma nova demão de cor para uma nova alma — disse ela, abrindo um tubo de tinta verde-oliva.

Bec cantarola enquanto pinta. Ao longo do dia, ela me traz sanduíches e fatias de pera e não espera nada em troca exceto o bem-estar do irmão.

Ela pode relaxar: eu não vim aqui para machucar o Zac. Não quero o dinheiro deles, também. Não mais. Tenho pelo menos o suficiente para chegar a Adelaide. O bastante para sair daqui.

Tenho que começar de novo ou não vou sair nunca.

23
ZAC

Tump, pat, pausa. Tump, pat, pausa.

A sequência vem de dentro da casa da Bec. Faz com que eu pense em Mia e suas muletas. Mas ela ainda não está no banho?

Contorno a casa por trás, passando pelo quarto do bebê com suas janelas abertas para fazer sair o cheiro da tinta. Do lado de fora do quarto de hóspedes, paro e escuto.

Tump, pat, pausa. Tump, pat, pausa.

Tem uma abertura entre a janela e a moldura, então afasto a cortina. Reconheço a ponta de um rabo castanho. Ele cai no chão e some de vista.

— Saia daí — sussurro, abrindo um pouco mais a janela. Inclino-me para dentro, tentando atrair o canguru. — Venha aqui.

Ele não vem, então subo na janela. Abaixo e estalo o dedo para o canguru, agora cheirando o conteúdo espalhado da mochila da Mia: roupas bagunçadas, um tubo de gel, um celular.

— Venha...

Não é a bagunça da vida de Mia que me faz parar. Não são as caixas vazias de comprimidos.

É aquela perna falsa no canto do quarto. Ela começa com uma meia cor de carne, como um cálice gigante de champanhe. Daí vai afunilando até um suporte com parafusos e um arreio. Embaixo tem uma meia colorida que termina em um sapato azul, os cadarços formando um perfeito laço branco.

Aquilo me atinge com uma força inesperada. *Mia.* O encaixe vazio. O arreio estranho. O laço branco perfeito que não devia ser perfeito.

Alguém me segura pelas costas, causando um grande susto. Bec passa a outra mão pela barriga, como que protegendo o bebê de todo o mal que jamais poderia ocorrer.

— Eu sei — diz. — Eu sei.

Fechamos a porta do quarto e soltamos o canguru do lado de fora. Ele salta para longe de forma indiferente. Cabras balem e o céu está brilhante demais, azul demais para isso.

— Eu acho que, talvez... — começa Bec. — Eu acho que ela precisa da mãe.

Estou sentado no arejado galpão, grato pela solidão. Espalhados ao meu redor estão as peças de madeira e os esboços do berço. Não tenho pressa de terminar isso: o bebê só deve chegar daqui a umas seis semanas.

Com um cinzel, cavo uma estaca. Pequenas espirais se formam. Minha incisão torna-se vinhas que fazem curvas, torcendo-se e enrodilhando-se por seu comprimento. Entalho pequenas folhas. Em cada folha, faço veias. Concentro-me em cada detalhe, apesar de estar perdendo tempo. Nada do que faço vai deixá-la melhor. Nada do eu que diga pode tornar isso correto. Este cinzel, este martelo, estes pregos. Eles são inúteis. Mia não é forte o bastante para isso. Para *aquilo*. A perna feia. Todo esse tempo eu estava desconfiando, mas não sabia com certeza. *Distendi um ligamento jogando netball,* era o que ela dizia. Parecia tão fácil acreditar nela.

— Não tenho visto muito a Bec ultimamente.

É minha mãe parada na entrada. Quando foi que ficou tão escuro lá fora?

— Você a tem visto? — pergunta.

— Ela disse que as pernas estão ficando inchadas. Os calcanhares, acho.

— Quer que eu ajude você a limpar os cocôs então?

— O quê?

— Hoje é sexta-feira, Zac.

Largo o cinzel, que rola pela bancada.

— Não. Eu vou falar com a Bec.

A porta da frente está trancada, como era de se esperar, mas não bato. Não quero incomodar mais essa casa. Espero alguns segundos, então me viro para ir embora.

— Não! — grita alguém lá de dentro.

Eu paro. *Não?* Foi a Bec? Ela estava me chamando?

— Não faça isso!

Percebo que *é* a Bec. Nunca vi minha irmã assustada com absolutamente nada.

Encosto a orelha na porta, escutando o "Meeeerda!" que sacode a casa inteira.

— Puta meeerda!

Mas que droga! Bec? Mia! Eu devia ter imaginado. Alguma coisa ia acontecer mais cedo ou mais tarde.

Corro em torno da casa e abro o vitrô do banheiro, mas é pequeno demais para eu passar por ele. Lá dentro, a voz da Bec está ficando mais brava.

— Não *ouse* fazer isso!

Corro para o quarto da minha irmã e abro a janela. O pânico aumenta enquanto salto a janela em um giro, levanto e corro para a cozinha, o epicentro do barulho.

— Merda! Porra! Merda! Porra! — E os gritos ficam mais altos quando me veem entrando com tacos de golfe. Eu agarro a beirada da pia para não escorregar. Então continuo segurando para tentar entender aquilo tudo.

Estava esperando ver as duas mulheres em um combate corpo a corpo, não isto: Bec deitada na mesa da cozinha como uma baleia encalhada na praia, embaixo de uma toalha de banho. Mia curvada sobre ela, a face enterrada nas mãos.

— Zac! — Bec está ofegante e claramente histérica. — Ah, meu deus, *Zac!*

Mas o que é que...

— O bebê está chegando?

— Deus, bem que eu queria.

— O que está acontecendo?

— Vamos, faça depressa!

— O quê? — pergunto.

Mia afasta as mãos do rosto, segura o joelho da Bec, então arranca com força uma faixa. Bec se curva como se tivesse levado um choque de 3.000 volts em uma cerca elétrica, e grita todos os palavrões que ela me ensinou e mais alguns.

Os dois tacos de golfe caem no chão.

— Mas o que...

Bec está se contorcendo, sem parar de xingar. Lágrimas escorrem por seu rosto, que está contorcido pela dor. E... risada?

— Ela disse que não ia doer!

— O quê?

Bec geme outra vez de modo primitivo, daí vira o rosto na minha direção.

— Estou tentando impressionar o Anton. Nós nem *começamos* a área do biquíni.

Ao lado dela, Mia respira, rindo, e essa é a coisa mais incrível que eu já vi.

— Quem faz isso? Por favor, digam que o trabalho de parto dói menos.

— Coragem — digo, apesar de nunca me sentir tão grato pela minha irmã.

— Ah, ela é cruel. Tem um pote cheio de cera esperando ali. — Bec balança a cabeça para mim. — Ah, Zac. Ah, merda, isso é ruim.

— Você cheirou tinta demais?

—Ah, Zac, sei lá. A gente realmente está na merda agora.

Eu rio.

— A gente? Não sou eu quem está coberto de cera quente.

— Então qual é a piada? — pergunta mamãe da porta. — Além de mim?

— Você não pode ficar com ela...

— Eu sei.

— Ela não é um animal...

— Mãe, você está parecendo a Bec.

— Bem... Por que ninguém me disse nada?

Bec e eu nos entreolhamos.

— E quanto aos retornos e exames de sangue dela? Estão atualizados?

— Ela não é um animal — Bec a faz lembrar. — Ela cuidou dos meus olhos. Cílios e sobrancelhas. Ficou bom, não? Mas eu deixaria de lado a depilação com cera.

Mamãe suspira.

— Não seja leviana. Alguém precisa contar para a mãe dela.

24
MIA

Procuro a escuridão. Vai sempre terminar assim: *quem vai tomar conta dela? Quem vai ser sensato?*

Agulhas perfuram meu pé, apesar de ele não estar mais lá. Dor fantasma — a mais cruel das piadas. Eles dizem que o câncer deixa você mais forte. Não deixa. Bagunça sua cabeça. Cria uma coceira que você não pode coçar e um coração que não para de doer.

Eu tenho que ir, mas para onde? Não para amigos que me olham de soslaio, nem para uma mãe que me traiu. Não para os médicos com serras e mentiras. O que mais eles iam querer cortar fora?

Merda, não foi o Plano D que me trouxe aqui. O Plano D acabou semanas atrás.

Vir aqui foi o Plano Z. Zac *era* a última esperança.

Apesar de nunca termos nos visto, ele foi mais real que qualquer outra pessoa no hospital. Esse menino estranho e pálido com as batidas na parede se tornou o único que dizia as coisas certas.

— Sabe como as galinhas escolhem sua ordem hierárquica? — Zac passa o braço pela cerca atrás de mim.

— Não.

— É o que a mamãe e a Bec estão fazendo lá.

— Desculpe. Eu vou embora amanhã.

— Para casa?

Faço que não com a cabeça. Mamãe permitiu que isso acontecesse. Uma cabra se esfrega em mim, então pego comida do recipiente e a ofereço com a palma aberta. A língua dela é fria e áspera.

— Para onde?

Dou de ombros. Não importa.

— Fico pensando que, se eu entrar em um ônibus e for para longe o bastante, vou cair da beirada do mundo.

— Odeio ter que dizer isso, mas... — Zac faz a forma de uma esfera com as mãos.

— Estraga-prazeres. Eu só queria desaparecer.

— Você não passa pela quimio para desaparecer.

— Lembra de como eu estava com raiva por perder o cabelo? Eu achava que *aquilo* era uma tragédia. Pelo menos o cabelo cresce de novo...

— Você lutou bem — diz Zac como se fosse algo de que me orgulhar.

— Eu só queria ser normal.

— Você era... — afirma. — Você *é*...

Pobre Zac, ainda tropeçando nos tempos verbais. Ele sabe sobre minha perna. Ele devia perceber que a palavra "normal" agora pertence ao passado.

— Se eu sou normal, por que todo mundo fica me dando panfletos sobre a porcaria do basquete em cadeiras de rodas? Eu nunca gostei de basquete antes, mas agora que sou aleijada...

— Você não é.

Despejo o restante da comida.

— Eu sou uma atração de circo.

— Mia, você não sabe...

— *Você é* que não sabe, Zac...

— Não, *você* não sabe o quanto é linda.

A palavra me derruba um pouco. *Linda?* Fecho os olhos. A terra parece estar balançando sob meus pés.

— Você é, Mia. Você era e continua sendo, e você sempre vai ser.

— Não. — Uso a cerca para me equilibrar. Ele está desfigurando a noite com mentiras.

— Se você estivesse na minha escola, eu não iria falar com você. Não ia conseguir. Olhe para você, você é linda. Mesmo com essa peruca loira, você ainda é a garota mais incrível que eu conheço. Você é um nove de dez.

— Então agora sou um número?

— Na hierarquia universal das garotas bonitas você seria um nove, fácil. E eu seria tipo um seis e meio.

— Você é um bobo — digo para Zac, abrindo os olhos para ver o sorriso dele.

— Certo, então sou provavelmente um seis. E alguém que é um seis não fala com alguém que é um nove, essas são as regras.

— Você não é um seis, Zac. E eu com certeza não sou um nove.

— Sabe, tem só uma coisa que me impede de dar um dez para você.

— Puxa, o que será...

— E é porque seu humor é péssimo.

Dou um soco nele. Ele solta um "ai", esfregando o ombro.

— Isso vai ficar roxo.

— Se sua hierarquia estúpida existisse, Zac, e ela não existe, a verdade é que você estaria muito mais alto que eu. Você é normal.

— Quer apostar?

— Claro. — É uma competição que não posso perder. Com uma muleta, posso vencer as duas botas de borracha dele. *Um, dois.*

— Sim, mas e quanto ao resto? Eu estou preso aqui, repetindo o 12º ano, enquanto meus colegas seguiram adiante com a vida deles. Eu tomo onze comprimidos por dia, tenho que fazer contagem das plaquetas toda semana. Não posso fazer nada que seja um pouco interessante. Fui banido de colher azeitonas, puxa vida. Isso não é a vida real, é o limbo.

— Pelo menos você *parece* normal. As pessoas não ficam olhando...

— Estou a apenas cinquenta e cinco.

Cinquenta e cinco? Que escala ele está usando agora?

É então que percebo como ele está segurando o arame da cerca com força. Tendões travados nos nós dos dedos. Músculos contraídos nos braços.

— Zac, não entendi. O que significa cinquenta e cinco?

Mas ele apoia um pé na cerca e senta-se, acima de mim. Sinto um frio e fico pensando se ele sentiu também. Ele treme.

— Zac?

— Cinquenta e cinco por cento. Minha chance de viver cinco anos sem recaída.

Nunca fui boa com números, nunca precisei ser. Mas entendo esse número. Cinquenta e cinco é claramente um dos resultados possíveis quando se joga uma moeda para cima. Os números são o que são. Não dá para discutir.

Tudo mais desaparece exceto um número frio e um rapaz que está olhando para as estrelas como se as conhecesse.

— Zac, você não tem como saber isso.

— Procure no Google.

Eu achava que, depois de sair do hospital, ele fosse parar de ficar obcecado por estatísticas. Não pensei que os números o tivessem seguido até aqui. Talvez os números o atormentem da mesma forma que minha perna me atormenta. Talvez nós dois estejamos vivendo como frações.

Com cinquenta e cinco dá para passar, eu penso. Cinquenta e cinco em Matemática ou Inglês seria bom o bastante para mim. Devo dizer para ele que é bom o bastante?

— Mia, você é uma noventa e oito agora.

Bem, eu preferia ser uma cinquenta e cinco com duas pernas do que noventa e oito com uma, decido, como se isso decidisse a questão, mas o vento rouba as palavras dos meus lábios e as joga fora. Fico feliz por elas irem embora.

E Zac continua olhando para o alto, onde milhares de estrelas preenchem o céu. De tudo que é aleatório e incerto no universo, como um cara pode ter tanta certeza quanto a um único número?

— Você tem o resto da sua vida para ficar brava, Mia. Eu... eu não sei o que eu tenho.

— Você viu aquilo? — aponto, desesperada para trazê-lo de volta. — Uma estrela cadente.

— Um meteorito queimando.

— Então eu não posso fazer um pedido?

Ele dá de ombros.

— Se quiser fazer um pedido para um meteorito queimando, então faça.

Dou um soco na coxa dele.

— Estraga-prazeres. Me ajude a subir.

Zac me dá apoio enquanto coloco meu pé bom em um arame e passo a outra perna por cima da cerca. Fico ali sentada, de frente para Zac, não confiando que consiga me equilibrar como ele faz. Por baixo do meu jeans, o sangue corre para a cicatriz, fazendo o ferimento pulsar. Minha cabeça zune, porém vale a pena estar na mesma altura que ele. Percebo o cinza em seus olhos. O maxilar quadrado.

— Ei, você devia estar *me* animando, lembra?

— É mesmo?

— É a sua função. Não dá pra nós dois ficarmos abatidos, não funciona assim. — Estalo os dedos. — Então mantenha o foco.

— Vou tentar. Onde estávamos?

— Você estava prestes a dizer *bon voyage* para minha viagem de ônibus. E eu ia prometer mandar um cartão-postal... — Encosto nele de forma brincalhona. Daí dou um tapa de verdade no peito dele. — Venha comigo!

— O quê?

— Por que não? Você, eu e um Greyhound. — A ideia ganha força. A liberdade daquilo.

— Para onde?

— Não estrague tudo com detalhes, apenas venha comigo.

— Você está falando sério?

Assinto, mas ele ri e desvia o olhar.

— Merda, Mia, eu não posso simplesmente ir...

— Você pode.

— Eu tenho o 12º ano, e a minha mãe. E os outros. Depois de tudo pelo que eles passaram...

— Eles vão entender.

— Eles precisam de mim aqui, na fazenda. Eles precisam que eu esteja... bem.

Eu também preciso de você, penso, mas mantenho os lábios fechados, só para o caso.

Zac passa uma mão sobre a minha, cruzando nossos dedos. Eu não tinha imaginado como a pele dele é quente ou o quanto estava ansiando para que ele me tocasse. Isso faz parar o pulsar na minha perna. Conserta as estrelas.

Quando ele fala, escolhe as palavras com cuidado.

— Sei que você não acredita, Mia, mas você *tem* sorte. Eu trocaria de lugar com você se pudesse.

Eu me encolho. Não é possível.

— Não trocaria.

— Se eu pudesse prometer um noventa e oito para os meus pais, eu trocaria.

— Eu também trocaria — respondo, mas ele aperta minha mão até doer.

A mãe de Zac grita nossos nomes, nos chamando para dentro, mas nenhum de nós se move. Equilibrados na cerca, com nossos dedos entrecruzados, isso é tudo o que podemos fazer para nos manter no lugar.

Mais tarde, depois que o frio da noite alcança nossos ossos, nos desvencilhamos. Dessa vez, sigo Zac até a casa dele. Vou calada com minhas muletas atrás dele. Uma alpaca grunhe quando passamos. Zac me ajuda a passar pela janela e fecha a cortina, isolando o universo lá fora.

Quando engatinho na cama do Zac, não tiro a prótese. Fico com o jeans, e ele também. Nós dois fedemos a comida e terra, e logo as cobertas também vão estar assim. Enrodilho-me nele e ele se enrodilha em mim, jeans contra jeans.

Esta noite quero me esquecer de mim mesma. Quero estar nos braços de outra pessoa, a salvo dos pesadelos: sem sonhar, dormindo. Quero ser mais que uma fração.

Na escuridão, nossos braços e pernas se enroscam e somos um só.

25
ZAC

Acordo sentindo o corpo de Mia junto ao meu, o peito dela subindo e descendo, a peruca esparramada no travesseiro.

São três da manhã. Sei que, ao redor do mundo, 1.484 pessoas vão receber nesta hora o diagnóstico de câncer. Quase vinte e cinco neste minuto.

E quais são as chances disso? Hálito compartilhado, pele macia e a incrível possibilidade de que a vida pode ser boa novamente.

A luz flutua como a poeira no ar, procurando uma pele onde pousar. Há uma névoa de ar morno e cobertores grossos.

— Detesto informar — murmuro —, mas você foi rebaixada para oito.

— Oi?

— Por roncar.

— Droga. Em compensação, você subiu para sete.

— Sete?

— Bons braços — ela me diz.

Ficamos entrando e saindo do estado de consciência até que alguém bate na minha porta. Mia se endireita.

É a voz de Bec chamando.

— Zac, ela sumiu. Mas as coisas dela ainda estão no quarto.

— Então ela vai voltar.

Ficamos ali até quando nosso estômago ronca e a luz do sol perfura as cortinas.

— Corrigindo — digo. — Você voltou para nove.

Mia franze a testa, incapaz de perceber como a estou vendo agora: sem a peruca loira, apenas um brilho do cabelo castanho-escuro curto que emoldura seu rosto pequeno. Com um dedo, desenho uma espiral perto da orelha dela.

— É Emma Watson, depois de *Harry Potter.* Por que você escondeu isso de mim?

Mia se esconde embaixo de um travesseiro, mas eu a encontro lá. Ela geme.

— Está curto demais.

— Você já *viu* a Emma Watson?

— Não tanto quanto você, obviamente...

— Ela é linda.

— Então por que só nove?

— Você ainda está com o humor péssimo.

— Cale a boca e me conte uma história. Quero dormir de novo.

Embaixo do cobertor, conto para ela sobre um berço para bebê, ainda em pedaços. Descrevo o último grupo de colhedores e a tentativa do Evan de conquistar uma francesa. Conto como um ano atrás um trabalhador holandês comeu um frango assado inteiro em uma padaria local e terminou com intoxicação alimentar, fazendo cocô debaixo de uma em cada cinco oliveiras, de um lado da fazenda ao outro.

— Daí Bec deu Gastro-Stop[15] para Anton e deixou que ele dormisse no quarto de hóspedes e, por algum motivo inexplicável, se apaixonou por ele.

15. Remédio para diarreia. (N.E.)

— Onde ele está agora?

— Em Kimberley por mais quinze dias. Bec disse para ele se livrar da doença antes de o bebê nascer. A doença de viajar, quero dizer. Ele não queria, só que ela geralmente consegue o que quer.

— Ele é legal?

— Sim, mas a gente ainda tira muito sarro dele por causa da caganeira. Ele diz as coisas mais estranhas. Por exemplo, se alguma coisa é fácil, ele diz *pequena maçã, pequeno ovo.*

Mia repete os termos.

— E o que mais?

Quando sorri, percebo que Mia não precisa cruzar a Austrália — ela só precisa escapar de si mesma um pouquinho. Então conto a ela tudo o que vem à minha cabeça: como Johnno Senior deixou uma ovelha para cada um de nós crianças no testamento dele, e como isso levou a uma cabra e duas alpacas.

— As pessoas vinham comprar azeite, mas ficavam para acariciar os animais. Papai ficou animado e a fazenda de filhotes meio que começou assim. E isso me tornou popular quando eu era criança. *Mais* popular, quero dizer.

— Como você era na escola?

— Não tão bonito, é claro. Obcecado por ser campeão do mundo de handball.

— E você foi?

Abro os olhos para conferir se os dela continuam fechados. Continuam. Os lábios estão um pouquinho separados e noto o pequeno espaço entre os dentes da frente.

— Claro. Você não foi?

— Fui campeã de queimada durante algum tempo. Conte mais.

Conto sobre os pedidos estranhos que recebemos para azeites, como o aromatizado com lagosta ou com chocolate. E conto sobre Macka, meu treinador de críquete, e como ele ficou contrariado quando a abóbora gigante dele explodiu duas horas antes do concurso em Albany.

— Você sabia que os porcos são tão inteligentes quanto uma criança de 4 anos?

É a voz da minha mãe que nos tira do clima.

— Zac, tudo bem aí?

— Sim. Estou lendo o capítulo nove.

— Bem, então traga o livro. Sua consulta é daqui a vinte minutos, então temos que sair em dez.

Mia joga o cobertor para o lado e sou lento demais para detê-la quando grita:

— Tudo bem, senhora Meier, eu vou com ele. Pequena maçã, pequeno ovo.

26
MIA

A recepcionista nota minhas muletas e me confunde com um paciente.

— Estou aqui com o Zac.

— Ah. Onde está a Wendy hoje?

Dou de ombros e folheio uma revista com matérias sobre celebridades que estão grávidas, com o coração partido, gordas ou anoréxicas. Já foi bem estressante entrar neste prédio, então não tinha jeito de eu entrar com o Zac naquela sala. Não preciso de nenhum médico farejador perto de mim. Sei exatamente o que está errado.

Quando termina, vou com Zac até a patologia, mas espero do lado de fora enquanto ele tira sangue. Pego o celular no bolso. Devia usar essa chance para ligar para a empresa de ônibus e marcar minha viagem para o leste. Eu tenho que ir. Eu *quero* ir. Então por que não consigo me fazer discar o número? Não tem nada que me impeça de subir num ônibus hoje.

Nada exceto uma voz pequena e infantil que pergunta: *e quanto à noite passada?*

Ficar deitada com o Zac foi a coisa mais legal que me aconteceu em muito, muito tempo. E como vou saber se quer dizer alguma coisa ou se foi só conveniente? Um corpo quente numa noite fria?

Disco o número e ouço as opções automáticas: “Pressione 1 para marcar uma nova viagem, 2 para horários de chegada, 3 para tabelas de partida. Aguarde na linha para falar com um de nossos atendentes".

Fico aguardando, porém, quando a mulher atende, eu desligo.

E quanto à noite passada? O que aconteceu?

Zac sai da patologia e me leva até a rua. Ele está falando sem parar sobre o mau hálito da patologista e sobre como ela não conseguia encontrar uma veia boa.

— Elas têm nomes, sabe? As veias. Hoje tivemos de usar a Chuck Norris.

— Muito esquisito.

Se Zac está pensando na noite passada, ele não demonstra. Para ser honesta, ele não parece estar pensando muito sobre seja lá o que for.

Na farmácia, esperamos que peguem tudo o que está na receita, e Zac vai ver os óculos escuros. Fico olhando para ele, esperando uma dica. *E quanto à noite passada, Zac?* Por que ele não diz nada de útil?

— O que você acha? — Ele olha para mim com óculos grandes demais.

— Horrível — digo para ele, porque é a verdade. Ele parece uma mosca.

— Esse também? — O aro é amarelo fluorescente com estrelas gigantes. — Só dois contos. Você podia comprar um rosa para combinar.

— Sei.

— Ei, e se comprarmos um tubo disso aqui para o Evan? Eu poderia colocar no quarto dele para o caso de ele levar uma das colhedeiras para casa. Como é hemorroida em francês?

— Le hemorroidê?

Zac ri, então começa a experimentar cada uma das amostras de loções pós-barba. É então que me lembro de que ele é apenas o Zac: inofensivo, ingênuo. Ele é apenas um garoto com bons braços. O que quer que tenha acontecido na noite passada, não foi real. A vida real é uma perna de metal e uma infecção que só vai piorando.

Então vou até a seção de maquiagem e ligo para a empresa de ônibus. Fico esperando sem me deixar afetar pela garota loira refletida nos espelhos retangulares. Nada disso é real. Informo meus dados para a mulher ao telefone. Hoje não tem lugar, mas ela confirma o meu assento para amanhã. Daí coloco o telefone de novo no bolso.

Eu costumava passar horas em farmácias como esta. Quando era pequena, ficava olhando os batons, sombras e bases. As infinitas variedades de hidratantes, cremes para autobronzeamento e kits para manicure me fascinavam.

Nos últimos dias só consigo pensar em uma coisa, então me viro em direção ao que me interessa: as filas de frascos de analgésicos com receita alinhados atrás do balcão. Eu olhei todas as gavetas da Bec, mas preciso de algo mais forte para a viagem. Antes que piore.

Quando Zac paga pelos remédios dele, me inclino e peço o analgésico mais forte sem receita que eles têm — para o meu "tendão estirado", explico para a garota. Quando voltamos para a caminhonete, rasgo o pacote.

Zac tira os óculos de sol amarelos.

— Espere. Você precisa comer antes de tomar isso.

— Eu não preciso.

— Precisa, sim. Calma, tem um lugar que conheço...

Os comprimidos ficam pegajosos na minha mão enquanto Zac nos leva para fora da cidade e vira em um estacionamento semiocupado. Ele me leva para dentro do The Contented Cow Company, onde passamos por alguns turistas, arma-se com palitos de dente e começa a espetar, ao estilo ninja, cubos de queijo por todos os lados.

— Espetinhos de analgésicos e cheddar. O que mais você poderia querer? Talvez vinho de mel. — Ele me passa um copo de plástico e bate com a borda do dele no meu, como que brindando.

— Chique. — Engulo meus comprimidos. Sei que não vão acabar com a dor, mas pelo menos vão ajudar por um tempo. Lambo o líquido doce nos meus lábios. É gostoso.

— Queijo de graça. Vinho de mel de graça. Sério, vocês da cidade não têm ideia do que estão perdendo.

— Sério, acho que eu posso... eu vou embora, você sabe.

— Agora?

— Amanhã. Marquei a passagem.

— Então temos hoje. — Ele olha para o relógio. — E eu tenho a obrigação moral, você sabe, de mostrar exatamente o que você estava perdendo.

— Mas tem algo que possa competir com The Contented Cow?

Ele joga fora o palito e segura minha mão.

— Não tire conclusões precipitadas. Vamos.

Pelo restante da tarde, Zac nos leva a cada local que oferece queijo, vinho, cerveja, nozes, cidra ou temperos sul-asiáticos. Quando paramos em cada um dos balcões, nos comportamos como qualquer outro turista, fingindo preferir orgânicos e ter paladar gourmet. Eu bebo todas as taças de vinho e cidra que me oferecem, mas, tendo que dirigir, Zac cospe todas as bebidas alcoólicas que põe na boca. Aprendo mais do que imaginava ser possível sobre dukkah[16], uma palavra que antes eu achava que não queria dizer nada, queijos azuis e pasta de marmelo. Logo meu estômago está se agitando em uma verdadeira confusão de sabores. No momento, minha dor está esquecida. Pensamentos borbulham e espocam como vinho espumante.

O celular de Zac toca e, pela terceira vez, ele não atende.

— Sei o que você está fazendo, Zac.

— Sendo um ótimo anfitrião e guia turístico?

— Além de me deixar bêbada, você está evitando ir para casa e ver sua mãe.

— Até parece. Quer doce de chocolate?

Eu me encolho, colocando a mão sobre o estômago.

— Deus, não.

— Tem um lugar...

16. Tempero egípcio que consiste em uma mistura de ervas, nozes e outros temperos. (N.T.)

Zac nos leva pelos subúrbios ao longo da costa, cruza um terreno vazio até um mirante acima de rochas. Pequenos pássaros voam sobre as ondas do oceano, que ao quebrar lança espuma no mar.

Não tem doce nenhum. Não tem nada além de nós. Quando Zac desliga o motor, me ocorre que esta tarde foi toda em torno de eu estar aqui. Ele escolheu este lugar, o lugar perfeito, longe de multidões e da família, e a percepção me deixa sóbria. Passo a língua pelos dentes e os dedos pela peruca. Talvez a noite passada tenha significado alguma coisa para ele no fim das contas. Talvez...

Zac bate com os dedos no volante e admira as ondas através dos óculos com formato de estrela.

— O que você acha?

— É... bonito. — Por que é que eu estou tão nervosa?

— Você sabe como usar uma vara, não sabe?

Uma vara?

— Tenho uma de um metro e oitenta, mas tem outra de um metro e vinte que é mais fácil de manejar.

Nunca na minha vida eu parei em um lugar como este com um cara que sugerisse pescar. Nunca.

— Não acho que...

— Vou olhar lá atrás. Talvez tenha uma linha para lançar com a mão.

— Não.

Não quero pescar. Odeio o cheiro da isca e, além do mais, seria necessário subir naquelas pedras. Quero voltar. Agora. Minha perna está doendo, e o pior é que meu rosto está queimando e eu odiaria que ele percebesse.

Não posso acreditar em como tenho sido idiota.

— É pesado demais — digo.

— Não para os peixes. Podemos pegar uma dúzia de arenques em um dia como hoje. Vamos, vai ser divertido.

— Não para os peixes.

Ele ri.

— Eu vou embora amanhã — lembro.

Zac coloca os óculos no alto da cabeça. Os olhos dele estão mais azuis que cinza.

Se ele me beijasse agora, eu poderia acreditar em algumas das coisas que ele disse ontem à noite: que sou um nove de dez; que sou bonita, ainda. Se ele me empurrasse contra o assento e me agarrasse, e me quisesse, eu saberia com certeza.

Mas ele não faz isso. Ele apenas coloca os óculos de volta e liga o motor.

Eu sou uma completa idiota. Todos os elogios do mundo não significam nada se ele não agir de acordo com eles.

Zac é apenas um cara legal, tentando fazer com que eu me sinta melhor.

E eu sou uma perfeita otária por acreditar nele.

Encho a banheira, deixando a água bem quente para escaldar o corpo todo, não só uma parte.

Na sala, Bec conversa com Anton pelo Skype. Ouço os dois rirem por causa da forma como a barriga dela sacode por causa dos chutes do bebê. Dá para perceber pela voz de Anton o quanto sente falta de Bec.

O sangue tingiu a água da banheira de cor-de-rosa. Durante a quimio, tomei a pílula para evitar a menstruação. As enfermeiras disseram que eu precisava de todo o sangue que tinha em meu corpo. Minha menstruação não tinha vindo mais até hoje à noite, um choque vermelho-escuro, o erro de achar que meu corpo está bem novamente. Se ao menos ele soubesse.

Passo a mão entre os ossos do quadril onde o ventre desce. A menstruação é um desperdício em mim. Nunca vou ficar com um barrigão como a Bec, porque ninguém jamais vai querer fazer sexo com o que restou de mim. Ninguém jamais poderia amar isso que sobrou.

Durante minha vida toda eu sempre fui a mais bonita. Era tudo que eu precisava ser. Mas o que sou agora sem uma perna? Sem cabelo?

Sem o grupo de amigos descolados na escola com quem ficar? Quem poderia olhar para mim sentindo qualquer outra coisa além de desgosto? Zac é o cara mais decente que conheço, e nem ele se sente atraído por mim.

Sem a minha aparência, o que resta? Não sou inteligente nem gentil nem talentosa nem criativa nem divertida nem corajosa. Eu não sou nada.

A água fica fria. Meus dedos estão enrugados quando me levanto. Uso a pia como apoio para sair da banheira. Uma única pegada molhada no chão. Envolvo o corpo com o robe da Bec e roubo alguns absorventes da gaveta de cima. Coloco um, daí balanço sobre as muletas pelo corredor até o quarto e fecho a porta atrás de mim. Sento-me na cama para vestir a calcinha, daí salto atravessando o quarto para pegar uma camiseta.

A batida é rápida demais. Ele está aqui dentro depressa demais, sem pensar ou esperar. É tarde demais para eu me esconder e tarde demais para ele esconder o choque que parece repulsão quando se vira para a parede e eu estou gritando e escondendo meu peito, como se isso importasse; como se fosse isso o que causaria o desgosto dele. Ele está dizendo *desculpe desculpe desculpe,* mas não é porque me viu e eu vi o rosto dele e não posso parar de gritar mesmo quando ele chuta o robe para mim e eu o seguro na minha frente. Ele vem até mim, as mãos na frente, dizendo *está tudo bem está tudo bem está tudo bem* e eu grito para ele não chegar mais perto. Quero pular pela janela e correr dali mas não posso então estou presa ali e ele chegando mais perto, perto demais, então dou um soco nele.

— Não *faça* isso! Você não pode *entrar...*

— Desculpe.

— Você não pode *olhar* para isso. Não pode olhar para mim...

— Está tudo bem.

— Não *está!* Eu odeio você!

Eu o empurro com tanta força que ele cai sobre o armário. Cabides balançam lá dentro e ele diz:

— Não me odeie.

— Odeio você e este lugar e Bec, e a sua mãe e todo mundo que fica agindo como se vocês fossem tão preocupados e normais, e é tudo uma grande mentira. Odeio você e você me odeia...

— Eu não odeio você!

— Você me acha feia...

— Eu não...

— Bem, você devia pensar direito.

Ele exala o ar como se estivesse ofendido.

— Você é um nove.

— Então por que você não quer transar comigo?

— O quê? Não... não assim.

Pego o abajur e jogo nele. Ele não se afasta, apenas deixa que o abajur colida com o ombro. Ele me deixa feri-lo. Daí recolhe cada um dos cacos e sai.

No corredor, Bec fala com ele.

— É minha culpa — diz Zac para ela. — Eu entrei. Eu queria contar a ela sobre o bebê da Sheba.

Eu o odeio.

Bec bate mais tarde, baixinho.

— Mia.

Eu não respondo. A porta está trancada. Eu aprendi a lição. Sento no chão pensando em como machucar a mim mesma.

— Uma das alpacas deu à luz hoje. É uma fêmea. Quer ir lá ver?

Eu odeio eles todos.

27
ZAC

Vim mais cedo para ver o filhote de alpaca no cercado. A lã dela é macia como a penugem de um pintinho. Com dez horas de vida, ela já fica em pé com suas pernas inseguras.

Quando verifico os outros animais, encontro um galo morto. Ele era velho. Abro o galinheiro e o ergo, daí percorro o trajeto até a cerca distante, onde jogo o corpo o mais longe possível no mato. Não espero pela raposa, apesar de saber que ela está por perto.

— Fique longe — digo por cima do ombro, como se pudesse fazer um acordo com uma raposa. *Pegue a ave, mas fique longe da recém-nascida.* Engano a mim mesmo pensando que matadores têm consciência.

Alguns podem ter.

Mas não todos.

Alguns não se importam com idade ou decência. Alguns vêm durante o dia ou numa manhã de domingo e atacam um homem crescido a caminho de casa, vindo da praia, areia na sola dos pés, sal na prancha de surfe na traseira da caminhonete. Um homem com uma cicatriz em forma de C na cabeça. *C de Cam, caso você tenha se esquecido.*

Estou no galpão passando verniz na madeira quando mamãe me conta. Papai e Evan estão carregando o trailer.

— Foi a Nina que ligou. Ela achou que você ia querer saber. Foi rápido.

Coço uma mancha seca de verniz na palma da mão. Não sei se entendi direito.

— Você sabe que o Cam não tinha... boas chances.

Sim, mas mesmo assim. Não era para acontecer tão depressa. Devia levar mais doze meses, com mais radiação e cirurgia, mais exames e sempre um pouco de esperança. Não um ataque cardíaco súbito — *falência de um órgão primordial* — a três quilômetros de casa. Ele teve tempo de frear? Estacionar? Ele percebeu qual era a música tocando no rádio?

— Pelo menos ele deu uma última surfada. — Estou tonto com o vapor do verniz.

— Ele sempre gostou de você. — Mamãe aperta meus ombros e me encolho. — O que tem de errado? — Ela encontra a mancha roxa nova. — Zac!

— Não se preocupe, foi um acidente.

— O que aconteceu?

— Vai ter um enterro?

— Nina disse que vai haver uma cerimônia religiosa amanhã.

— Em Perth?

— Na praia Scarborough. Você tem certeza de que está bem?

— Eu vou.

— Bom — diz mamãe, já fazendo planos. — Podemos ficar com a Trish.

Noto um pelo do pincel preso em uma fenda da madeira. Eu o puxo como se fosse um espinho.

— Vou levar a Mia.

— Mas ela não vai...

— Não.

Não é o ferimento vivo na perna dela que me assombra. É a expressão no rosto dela. Ela disse que me odiava, mas não foi ódio o que eu vi. Foi terror.

Não tenho medo dela; tenho medo *por* ela. Tenho medo de todas as coisas que ela pode fazer. Sei que ela vai correr. Ela vai correr de qualquer um que se importe o bastante.

Eu me importo o bastante.

Cam morreu ontem e não há nada que eu possa fazer quanto a isso. Agora Mia...

— Eu vou levá-la para casa.

Mas ela já se foi. No quarto, Bec está tirando a roupa de cama.

Tudo da Mia desapareceu exceto o celular, ainda conectado na tomada. Eu o arranco do carregador e ligo. Ele faz três bipes enquanto tento andar até o carro da mamãe. Leio as mensagens novas.

> Mia, venha para casa. Podemos dar um jeito nisso. Ainda sou a sua mãe.
>
> Não me odeie. Não é minha culpa.
>
> Amo você, Mia.

Procuro por ela no ônibus, no entanto todos os assentos estão vazios. Faltam duas horas para a partida.

Dirijo por cada rua da cidade. A peruca loira é fácil de ser notada. Para uma garota que está fugindo, ela escolheu um lugar estranho para ficar. Estaciono o carro e fico olhando.

Apoiada nas muletas, ela está lendo os cartazes na janela da delegacia de polícia. É como se estivesse procurando alguém. É aí que percebo que, apesar de tudo o que diz, Mia na verdade quer ser encontrada.

Atravesso a rua e paro ao lado dela. Também leio os cartazes, imaginando se essas pessoas querem permanecer desaparecidas ou se são apenas orgulhosas demais ou se estão assustadas demais para voltar.

— Cam morreu.

— Eu o conheci — disse ela depois de um tempo. — Ele me convidou para jogar sinuca.

— Você jogou?

— Não. Mas devia. Ele era... doce. Eu lamento.

Estamos falando com o reflexo um do outro no vidro. Poderíamos ser fantasmas.

Conto para ela que vou à cerimônia.

— Por quê?

— Ele era meu amigo. É em Perth. Tem lugar para você.

Ela fecha os olhos e baixa a cabeça. *Não posso,* ela fala apenas movendo os lábios, sem voz.

Mia está perdida demais para tomar decisões. Tenho de fazer isso por ela.

Pego as muletas e as encosto no vidro, passo um braço por baixo dos joelhos e a levanto. Mia permite que eu a carregue até o carro. Ela é mais pesada do que eu esperava. A pele é quente e está meio pegajosa. Eu não tinha notado como ela está doente.

Corro de volta para pegar as muletas e é quando vejo a foto no canto esquerdo do vidro. A menina sorri, com lábios brilhantes, dentes perfeitos e cabelo escuro e brilhante.

Desaparecida: MIA PHILLIPS, 17 anos.

Amputada, necessita de tratamento. Vista pela última vez na casa de amigos em Perth.

Vou até minha casa pegar algumas roupas. Mia fica no carro. Quando volto, minha mãe está ao lado da porta do motorista. Garanto a ela que vamos ficar bem. Vou ficar atento aos cangurus. Vou dirigir com cuidado e parar com regularidade e passar a noite na casa da tia Trish. Mamãe me abraça pela janela e entrega minha caixa de comprimidos. O que mais ela poderia fazer?

— Espero que esteja se sentindo melhor — diz para Mia, entregando um pacote de peras. — Essas são para sua mãe. E para você. São boas. — Mamãe quer dizer mais, mas se detém e me dá um beijo. Sinto orgulho dela. — Vejo você logo.

Fiz essa viagem para o norte centenas de vezes, mas sempre com minha mãe preenchendo as horas com diálogos. Desta vez eu estou dirigindo com Mia ao meu lado. Ela dorme a maior parte do tempo. Quando está acordada, o silêncio é confortável, como um velho cobertor entre nós.

Em um posto, encho o tanque e compro enroladinhos de ovo e bacon e café gelado. Ela toma o dela com um canudinho, olhando para o campo pontilhado por vacas.

Cada vez que nos aproximamos de uma cidade, Mia procura estações de rádio. Escutamos o que estiver tocando até a recepção ficar ruim novamente, aí ela desliga o rádio.

Penso em Cam. Ano passado, quando nossos ciclos de quimio se encontraram, ele tentou "educar" meu gosto musical durante nossas maratonas de sinuca. Ele me contou histórias sobre garotas e surfe. Ele sempre começava com "Quando eu tinha sua idade...". Ele tinha apenas trinta e dois anos. Ele sabia muito sobre budismo. Dizia que ajudava a colocar as coisas em perspectiva. Ele alinhava o taco e o deixava apontando para a bola branca por séculos. Tinha compostura quando era necessário, mesmo com aquele tumor crescendo, tomando o controle.

— Não devia ser silencioso — falei em voz alta, inesperadamente.

Mia estende a mão para o rádio, entendendo errado o que eu disse.

— O câncer, quero dizer. — A palavra com "C". Com a destruição que causa, o câncer devia vir uivando com as sirenes berrando e as luzes piscando. Não devia ser permitido que penetrasse e criasse raízes no cérebro de alguém dessa forma, escondido entre as lembranças.

— Sim.

Apesar de Mia não falar muito, estou feliz por ela estar aqui. Nossas decisões são simples. *Paramos para ir ao banheiro aqui ou no próximo posto? Doritos ou salgadinhos de chilli? Coca-Cola ou café gelado?*

Mia escolhe café gelado outra vez. Quando entro na fila para pagar, vejo-a torcendo o nariz para o conteúdo de uma travessa.

— Você está com fome? — pergunto.

— Isso é comida?

— Talvez uns quarenta por cento. O resto... não sei bem. Você nunca comeu um battered sav[17]?

Ela faz que não com a cabeça.

— E um Chiko Roll[18]?

— Não. E você?

— Não um que pareça tão... terça-feira passada.

— Covarde — diz Mia, como que me desafiando.

Então compro dois Chiko Rolls, apesar de isso estar na minha lista de comidas banidas. O balconista os entrega e olha para as muletas da Mia.

— O que aconteceu?

— Tubarão — explica Mia, espremendo ketchup no Chiko Roll dela antes que eu possa detê-la.

— Nossa.

Ela dá uma piscada.

— Se eu fosse você, pensaria duas vezes antes de fazer xixi na roupa de neoprene.

A expressão do sujeito enquanto Mia se afastava: impagável.

Não sei o que vai acontecer amanhã. Não sei se ela vai para casa, ou de volta para o hospital, ou até voltar para a rodoviária e tentar fugir de novo.

Hoje, porém, nós comemos Chiko Rolls velhos e salgados ao pôr do sol e o sabor foi o melhor do mundo. Mia tem essa capacidade de me manter no surpreendente e brilhante presente. Exatamente onde eu devo estar.

---

17. Salsicha frita em um espeto servida com molho ou ketchup. (N.T.)

18. Lanche que consiste em um rolinho de farinha com ovo recheado com uma massa de frango com legumes e tempero. (N.T.)

28
MIA

Odeio Perth. Odeio seus subúrbios, onde cada detalhe me cutuca com lembranças.

Odeio chegar, o desligar do motor. A coceira na minha cabeça, embaixo da peruca suada. Odeio a ideia de descer do carro com os pacotes de salgadinhos e o assento que tomou a forma do meu corpo.

— Você continua concordando com isso?

Eu dou de ombros. O que mais posso fazer?

— Podemos ir para um hotel se você preferir. Tenho dinheiro para isso.

— A casa da sua tia está ok — digo. Neste momento, estou preocupada com o relógio no painel. Calculei que tenho mais uma hora e meia antes de poder tomar mais comprimidos. Até lá não devo tomar nenhuma decisão súbita.

Estacionamos em uma rua que vai do King's Park até o Rio Swan. Há altos edifícios de apartamentos dos dois lados, competindo pela vista. Nunca conheci ninguém que morasse por ali.

— Você não falou que sua tia é uma yuppy[19].

---

19. Termo utilizado para se referir a jovens profissionais entre os 20 e os 40 anos de idade com boa situação financeira. Em geral têm formação universitária, trabalham em sua área de formação e seguem as últimas tendências da moda. (N.T.)

— Ela não é tão ruim...

Sorrio para mostrar a ele que estou brincando. É só um gesto, mas tem algo no rosto do Zac que agarra meu olhar e o mantém ali. Por algum motivo, ele está parecendo mais velho. Melhor. Pisco com a surpresa.

— O que foi? — Zac está incomodado com a forma como o observo.

Talvez o rosto dele seja como o céu noturno, o modo como está diferente cada vez que se olha para ele.

— O que foi!? — Zac vira o espelho retrovisor para ver se tem algo em seus dentes.

— Você parece... diferente.

— Diferente cansado? Diferente tipo dirigi-mais-de-quinhentos--quilômetros? Ou diferente do tipo tem meleca no meu nariz?

Não, ele é o mesmo Zac.

Ele esfrega o nariz e dou risada. Não sei como ele faz isso, como ele faz com que eu esqueça o relógio e a dor. Às vezes, mesmo que seja só por alguns segundos, consigo esquecer a porcaria que é a minha vida.

— Vamos, cabeça de meleca. Eu tenho que mijar.

— De novo?

— São os cafés gelados.

Ele me oferece uma garrafa vazia de Coca-Cola.

— Eles colocaram um cateter em mim depois da cirurgia — conto para ele. — Eu podia fazer xixi em um saco sempre que quisesse sem sair da cama.

— Que bom.

— Sabe, eu até que fiquei meio triste quando tiraram. Ir ao banheiro é uma completa perda de tempo.

— Bem, se você não tivesse tomado tantos cafés gelados...

— Obrigada por isso. Te devo uma.

— Eu sei, estou anotando tudo. Mas o Chiko Roll foi por minha conta.

Passamos pelo portão principal e por um jardim exuberante. No centro há uma fonte redonda com um peixe de concreto cuspindo água. Evitamos os respingos e vamos até a entrada, onde Zac toca o interfone. A resposta vem de uma sacada seis andares acima.

— Zacchi! — Uma mulher acena, inclinando-se para fora de forma perigosa. — O elevador está em manutenção, então suba pela escada.

Zac olha para mim.

— Tudo bem pra você?

— Talvez — digo, olhando para cima.

Ele pega minha mochila e vai na frente, passando pelo saguão e indo até a escada.

— Vá com calma — orienta ele. Como se eu tivesse opção.

A cada passo, as muletas afundam mais sob meus braços. Até o peso mais leve na perna esquerda queima. Não dá para esquecer.

Depois dos primeiros dez passos, paro na plataforma entre dois andares. Meus braços estão tremendo quando tiro o cabelo da peruca da boca.

— Mia.

Meu nome ecoa pelo poço da escada quando Zac volta pulando os três últimos degraus.

Não quero que ele me veja assim, suada e tensa. Não quero que ele veja como isso dói.

Cada passo provoca um flash cegante.

— Estou bem.

No terceiro andar, ele está com a mão nas minhas costas. No quarto, estou apoiada nele.

— Eu carrego você — oferece ele no quinto.

— Você não é forte o bastante — provoco, fechando os olhos por causa da sensação de ardência. Por baixo do meu jeans, o cotoco pulsa com o dobro do tamanho normal. A dor poderia me deixar em chamas.

No sexto andar, uma mulher espera diante de uma porta aberta.

— Poxa — ela diz, vendo minhas muletas. — Vocês se viraram. É o seu tornozelo?

— Machucado de netball.

— Terrível.

Trish tem os músculos no lugar e é bronzeada. Descalça, veste uma saia cor de carvão e blusa creme e tem uma corrente fina dourada no pescoço. Ela cheira a flores, só um pouco, o tipo de flores de que é preciso se aproximar para sentir o cheiro. Ela abraça Zac e me dá a mão.

— Que bom conhecer você. Zac me contou muito...

— Não muito...

— Um pouco sobre você. Você está ficando na fazenda?

— Mia é uma antiga amiga — ele diz.

Minha respiração está voltando ao normal, mas a náusea persiste. Essa porcaria de perna não devia doer tanto, não é?

— Lamento sobre o Cam. Não é justo...

Zac passa a mão na barriga.

— Estou morrendo de fome. Mia?

Assinto, apesar de a ideia de comer me dar vontade de vomitar.

— Estou com fome.

— Zac sabe que não sou uma deusa do lar, então preparei isso. — Trish mostra três menus de comida para entrega como se fossem prêmios. — Mexicana, vietnamita, italiana.

— Mia? — Zac está ao meu lado. O suor escorre pela lateral do meu rosto e acho que ele percebe. Ele me ajuda a ir até o sofá. Eu o deixo ajudar.

— Poxa, você precisa de alguma coisa?

Faço um gesto para Trish.

— Mexicana?

— É uma caminhada de dez minutos.

— Eu espero aqui. Vocês dois podem ir. Eles têm tortilhas?

— As melhores.

Zac se ajoelha perto, apesar de eu não poder ver os olhos dele.

— Do que você precisa?

— Abacate. Queijo extra.

— Do que *mais* você precisa?

Inspiro. Luto com as lágrimas que querem sair.

— Sua tia tem uma banheira?

Zac faz que não com a cabeça.

— O apartamento é pequeno.

— Então um copo de água e minha mochila.

O apartamento é lindo, mas é a longa parede de vidro que mais atrai. Vou mancando até lá e abro a porta. Rajadas frescas de vento encontram meu rosto. Do balcão, vejo Zac e Trish descendo a rua.

Vivi em Perth por toda a minha vida, porém nunca a tinha visto desse ângulo. Junto do rio, ciclistas andam em duplas e trios. Corredores solitários batem os pés na calçada. Pássaros abrem as asas como exibicionistas. Barcos passam pela água lisa e vasta, apostando corrida.

Ao longo da avenida, luzes traseiras vermelhas indicam o sul. Do outro lado, faróis brancos sobem a ponte, indo para o norte. Daqui posso ver a configuração dos subúrbios. Posso até imaginar onde está minha casa. Minha mãe. É a sudoeste daqui, longe do rio, para lá da avenida e bem para dentro, passa a universidade e a Manning Highway, desce quatro ruas, daí duas para a direta. Uma vila pequena, com passagens estreitas e casas baixas cor de laranja para estudantes estrangeiros e mães solteiras.

Se tivesse um telescópio, eu provavelmente poderia encontrar a casa daqui. Veria o quintal com a mobília de plástico. O varal com três fileiras de uniformes pendurados.

E, se olhasse do lado de dentro, poderia até ver minha mãe ali, com a porta do armário aberta, sem encontrar nada de bom para comer. Será que a máquina de lavar está fazendo barulho? A casa pareceria ainda menor com apenas uma pessoa dentro?

Pessoas e pássaros viram silhuetas. O céu está mudando, pulsando com o lusco-fusco. Conheço bem essas cores. Dobras rosadas e vermelhos flamejantes, quentes e macios ao toque. Escarlate manchando o horizonte. Uma sinfonia de infecção e dor. Depois lentamente, pesado, o violeta desce como uma gigantesca mancha roxa deixando tudo igual. Há uma paz que vem com a escuridão. Expiro aliviada. Sem a raiva do dia, não resta mais nada para sentir.

O tráfego da avenida segue adiante. As luzes piscam. Os carros seguem para o lugar a que pertencem.

Seis andares abaixo, as luzes do jardim são acesas. Inclino-me sobre o parapeito, pressionando o peito contra a grade de alumínio do mesmo jeito que Trish tinha feito. O grande peixe cinzento continua cuspindo em sua fonte. Vejo o arco de água subir e ir para o lado, borbulhando, e em seguida cair na base circular. A água parece fria e imagino o alívio que me proporcionaria. Apagaria o fogo. Provavelmente faria mais que isso.

Se eu cair daqui, seis andares seriam o bastante, não? Se eu caísse naquela fonte de concreto, não ia mais queimar. Eu não seria feia. E não seria tão horrorosa e sem esperança.

Zac e Trish, porém, iriam me encontrar, e eu não poderia fazer isso com eles. Não quero que Zac seja destruído também.

Não sei como isso vai acabar. O câncer não me matou, mas devia ter matado. Talvez ele volte, em algum outro lugar, como aconteceu com o Cam. Talvez a infecção na minha perna seja meu fim, soltando tanto veneno no sangue que vai acabar com tudo. Ou talvez um ônibus me leve para tão longe que eu caia da beirada e Zac não vai estar por perto para recolher meus pedaços.

Vejo-o subindo a ladeira com a tia, iluminados pelas luzes da rua. Ele carrega uma sacola com tortilhas, abacate e queijo extra.

Pobre Zac. Ele ainda acha que pode me salvar.

Deitada de lado no sofá, vejo as luzes casuais dos faróis traçando as curvas do rio.

Trish me ofereceu a cama de hóspede, mas insisti em ficar no sofá. O que eu queria era o vento fresco, por isso deixei a porta de vidro aberta. Agora estou deitada de camiseta e calcinha, acordada à uma da manhã. O efeito dos últimos analgésicos já passou completamente.

Não quero usar todo o meu suprimento, então vou saltando até o banheiro e fecho a porta e acendo a luz fluorescente. O armário fica embaixo da pia. Abaixo-me até lá.

O armário está cheio: seis caixas de analgésicos, cinco de codeína, anti-inflamatórios e muitos comprimidos para dormir. Não posso acreditar. Tem o bastante aqui para entorpecer um batalhão. Tem o suficiente para acabar com tudo.

— É mais do que você precisa.

Tento me mover para cobrir a perna, mas é tarde demais para escondê-la.

— Feche a porta — brado, virando-me. A luz é forte demais para isso. Preciso do meu jeans. Da minha peruca. — O que você está fazendo?

A resposta de Trish é inesperada.

— Desculpe, Mia. Estou sem antibióticos.

Puxo uma toalha do cabide para me cobrir.

— Não. Eu preciso de codeína.

Trish pega uma caixa no chão, abre e tira dois comprimidos.

— Tome. E amanhã vá ver um médico...

— Médicos são uns cuzões — eu digo. — Você não é médica, é?

Ela faz que não com a cabeça.

— Advogada. Se bem que muitos advogados também são uns cuzões.

Inclinando-se por cima de mim, Trish enche um copo com água, se abaixa e o entrega a mim. Eu tomo os comprimidos.

— Não vai sempre doer muito — afirma. — Vai melhorar.

Mas que merda é essa? Ela não pode estar falando sério. A última coisa de que preciso é de conselhos.

— Você aprende a viver...

Olho com raiva para os ladrilhos, sem acreditar. O que essa mulher sabe, com seus dedos do pé impecáveis e as panturrilhas bem torneadas? Quem ela pensa que é para me dar conselhos sobre *aprender a viver?* Como ela ousa olhar para mim sem a decência de se afastar?

Ela deve saber de tudo também. A mãe de Zac deve ter telefonado para ela: *Fique de olho na menina, ela vai atacar seu armário como fez com o da Bec. Diga para ela ir ao médico e voltar para a mãe. Mantenha a garota longe do meu menino.*

Estou tão ofendida que não consigo falar. E envergonhada.

Trish senta-se nos ladrilhos ao meu lado, se encostando no boxe. Ela estende as pernas até a parede. Daí tira mais dois comprimidos do pacote, os coloca na própria língua e engole sem água.

A luz fluorescente também não ajuda Trish, percebo. Ela parece afundada, quase côncava. A camiseta sem manga parece pendurada nos ombros, plana sobre o peito de uma forma que não está certa. Onde antes estava o colar fino de ouro, agora... não há nada.

— Você ouviu a história da família que mudou de Melbourne para Darwin, e daí depois de seis anos o gato deles apareceu como se não tivesse acontecido nada?

Balanço a cabeça. Nessa luz, a pele dela é pálida e não é lisa. Com manchas na parte interna dos braços. Enrugada no pescoço. Como a do Zac. Como a minha.

— Mesmo depois de seis anos, ainda acho que tem um gato vindo para a minha porta.

A codeína entra no meu sangue, trazendo a promessa do alívio.

— Ainda tenho dores de cabeça. Insônia. Ainda me preocupo. Mas eu não... não tenho mais *dores* como antes. Não sinto dores... como você.

Minhas palavras saem como uma confissão.

— Dói o tempo todo.

— Tem algumas coisas que não dão para mudar — afirma Trish, inspecionando os braços. — E tem outras coisas que você pode mudar.

A droga me invade, afogando minha perna e a dor dela. Mas meu peito, merda, ainda está queimando.

— Não é justo, meu bem. — Trish fala pelo Zac. Por mim. — Não é justo.

— Não é...

— Não, meu bem, *não* é justo.

— Não *é*...

— Não é justo...

Nossas vozes se sobrepõem e deixo as lágrimas caírem enquanto sou embalada como um bebê naquela luz horrível.

Pela manhã coloco a perna, visto o jeans, penteio a peruca. Roubo alguns comprimidos de analgésico só para encontrar duas caixas cheias deixadas na minha mochila.

Trish traz café com leite e panquecas para a varanda, mas não consigo fitar os olhos dessa mulher, feminina de novo com um top tricotado. Na mesa, Trish e Zac passam pratos e calda um para o outro. Eles falam sobre a escola, o bebê alpaca e o novo moedor italiano de café como se essas coisas importassem. Fico observando-os, dois parentes com genes infelizes, discutindo grãos de café.

Como é que eles conseguem fazer isso? Ele tem a medula óssea de outra pessoa e ela um seio amputado. Como eles vivem cada dia com essa ilusão de controle? Desde a minha cirurgia, tudo o que fiz foi oscilar entre a piedade e a raiva. Piedade para raiva. Como poderia ser diferente? Para qualquer lugar que olho sou lembrada do que está faltando.

Meu instinto é gritar para o pessoal correndo lá embaixo. Imagino todos quebrando as pernas e ficando sem cabelo. Por que eles têm tanta sorte? Tão obviamente sortudos? E aqueles ciclistas, pedalando em simetria — quero derrubar todos da bicicleta. Quero derrubar qualquer um que ousar ser feliz.

Vejo Trish brincando com o colar, e me pergunto onde ela esconde toda a raiva. Estudo o rosto e as mãos dela, mas não consigo descobrir. Ela esqueceu como é? Ou se tornou uma especialista em fingir?

Ela coloca uma panqueca no meu prato.

— Vai. É a única coisa que eu sei cozinhar.

E se tudo isso — a toalha de crochê, os rituais do café da manhã e a conversa leve — for apenas fingimento? Zac está fazendo isso também, fingindo ser normal? Em caso afirmativo, o mundo todo devia se levantar e aplaudir os dois e dar a cada um deles um Oscar.

Tento fazer o mesmo. Engulo o café. Está forte demais, mas não reclamo. Coloco mais leite. Seguro minha língua. Conto até dez. Até vinte. Copio a forma como eles passam manteiga e derramam calda na panqueca. Corto mais um pedaço. Inclino-me para a frente apoiada nos cotovelos e, como eles, deixo o sol encontrar meu rosto. Finjo um sorriso e acho que eles estão acreditando.

Antes de sairmos, passo gloss nos lábios e visto um semblante de força. Pego minhas muletas, me preparando. Hoje preciso fingir, porque hoje eu não sou o que importa. Hoje se trata de Zac e suas lembranças de Cam. Eu só estou fazendo companhia.

29
ZAC

Ao longo de cinquenta metros, homens e mulheres estão sentados em pranchas com suas pernas balançando. São presa fácil, mas os tubarões devem saber que não devem caçar nesta costa hoje.

A cerimônia de Cam está acontecendo lá fora, mas Mia e eu ficamos nas dunas. Ela fica atolada na areia o tempo todo.

Ela reclama das muletas.

— Não servem para nada.

— Você precisa de muletas com tração nas quatro rodas.

Ela se senta na areia e eu a acompanho.

— Não, Zac. Vá até lá antes que acabe.

— Por quê?

— Percorremos toda essa distância para isso.

Para ser honesto, não quero realmente estar junto aos outros no mar. Eles são amigos do Cam de longa data, bem antes do tumor.

Ele era um companheiro, posso imaginar todos dizendo. *Uma figura. Uma lenda.* Eu me sinto uma fraude.

— Vá lá. Ele ia gostar.

— Quem?

— Cam.

— Cam? Ele está a meio caminho de Rotto a esta altura.

Mia arregala os olhos.

— Você não pode dizer isso.

— Ele não pode nos ouvir.

— Shh. Ele pode sim.

— Cam! — grito, assustando um cara que está passando. — Boa viagem, cara. Mande um cartão-postal da Indonésia.

Mia me dá um soco.

— Ei, Cam, você se lembra dessa garota do Quarto Dois? Sim, a rainha do drama que dá socos como uma menina.

Mia cobre a cabeça com uma toalha.

Eu toco nela.

— Cam está dizendo alô. — Mas não posso ver a expressão dela.

A questão é: já joguei cadáveres por cima da cerca o suficiente para saber que nada permanece depois da morte. Não há trompetes ou espíritos se erguendo. As ovelhas não vão para o paraíso e as cabras não vão para o inferno. É só a carne que fica fria, para logo ser mais um passo na cadeia alimentar onde nada se perde. Não há nada de misterioso na morte ou no que acontece depois dela. É apenas nada. O que quer que tenha restado de Cam está indo para noroeste na Corrente de Leeuwin, e sendo mordiscado e excretado pelos peixes.

— Depois que minha avó morreu, ela veio me visitar. — A voz de Mia vem de debaixo da toalha. — Acordei de noite e ela estava lá.

— Sua avó?

— A forma dela. Mas eu sabia que era ela. Foi como se ela tivesse ido ver se eu estava bem. Eu disse "Vovó?" e daí ela andou para trás, até que... vaporizou. Não sei o que acontece, Zac, mas tem mais do que isso. As pessoas ficam por perto durante um tempo. Às vezes tem energia demais em um quarto. Cam ainda está aqui...

— Então vá jogar sinuca com ele.

Mia bate o pé direito.

— Cam *está* aqui e ele sabe que você está sendo tapado agora.

Dou risada. Ela está certa sobre uma coisa. Apoio-me com os punhos para trás, olhando para o mar. Devia estar grato por isto: uma praia, um carro e Mia, que está tentando ser gentil.

— Sinto falta dele — admito para o oceano. — Queria ter ido surfar com ele.

Duas garotas de biquíni passam ao redor de nós, conversando. A cabeça de Mia as acompanha, daí ela se deita na areia, a toalha ainda sobre a cabeça.

— Mia?

— Não diga meu nome.

— Você as conhece?

— Elas me conhecem. São da escola.

As garotas param mais adiante e sentam. Mia olha para elas por uma fresta na toalha.

— Celulite.

— Não notei.

— Você acha que elas são bonitas?

— Nada de especial.

— Você gosta delas?

— Não.

A toalha cai. Abaixo da franja loira, os olhos castanhos de Mia estão fixos em mim.

— Por que você gosta de mim?

Com a palma da mão, aliso a areia.

Por que eu gosto da Mia?

Gosto quando ela é dura comigo, sabendo que posso aguentar. Ela não fica cheia de cuidados ao redor das coisas ruins nem esconde o que está pensando. Se ela sente alguma coisa, ela diz. Ela *mostra.* Ela diz e faz todas as coisas que os outros escondem. Ela não é previsível nem segura. Ela não fala besteiras, da forma como a maioria das garotas fala. Ela está viva, apesar de tudo, chutando e gritando e praguejando. Lutando, apesar de tudo.

— Zac?

— Porque você não tem celulite — digo.

Ela pisca.

— E quanto ao meu terrível senso de humor?

Sim, tem isso também, esses comentários afiados como navalha que surgem do nada como matracas. Ela é mais inteligente do que quer admitir.

Mia olha para mim por um momento.

— Eu gosto de você, Zac, porque você me trata como se eu estivesse aqui. — A mão dela faz um gesto circular em torno do rosto, como se ela fosse uma modelo em um programa de televisão. — E não aqui embaixo.

— Você não é sua perna, Mia.

— E a outra razão pela qual eu gosto de você é que você é bom com seus amigos. Então cale a boca, levante a bunda daí e vá até lá dizer adeus para o Cam por nós dois.

Faço o que ela diz, apesar de a cerimônia já ter acabado. Todos estão apontando suas pranchas para a orla, alguns deitados, outros sentados, até serem carregados pelas ondas, deslizando até a areia, onde levantam e dão risada.

Nina está na praia. Ela me encontra na metade do caminho, com os sapatos na mão.

— Você conseguiu, Zac.

— Sim.

— Que bom que você veio. Sua aparência está ótima. — O rímel formou manchas sob os olhos dela.

— Helga funcionou, afinal de contas.

— Patrick disse que você ganhou um Make-A-Wish. O que você vai pedir?

— Ainda estou torcendo pra Emma Watson estar solteira...

— Cruze os dedos. Você se saiu bem, Zac. Cam ficaria orgulhoso.

É o "orgulhoso" que causa isso. Por algum motivo, a palavra se agarra à minha garganta. Tento engolir, mas não consigo. Meus olhos ardem.

— Ele sempre gostou de você, Zac.

C de Cam não merecia morrer e não sei se ele está vendo ou não quando deixo as lágrimas correrem e Nina me abraça. Eu o imagino morrendo depressa, ainda segurando a direção, o peito rasgando. Ele teria percebido que aqueles foram seus últimos suspiros? Ele lamentou qualquer coisa naqueles segundos, ou sorriu e aceitou e seguiu sem medo para onde quer que tenha ido?

Puxa vida, claro que quero que Mia esteja certa. Quero acreditar que Cam continua existindo, que ele está aqui nesse abraço, ou, ainda melhor, lá fora encarando a próxima onda. Qualquer lugar exceto lugar nenhum.

Nina me abraça com força. A distância, vejo Mia. Em pé com as muletas, ela está olhando para as dunas com medo.

Estou esperando na frente da lanchonete com dois espetinhos, uma Coca-Cola e um café gelado. Mia está no banheiro público faz séculos. Espero que ela não tenha resolvido fugir.

Mas ela finalmente aparece com Nina.

Quando sobe pela passagem, pergunto se ela quer ir ao cinema. Não estou pronto para guiar até em casa ou até uma rodoviária, ou para qualquer local que seja definitivo. Ela diz que não pode.

Quando ofereço a ela o espetinho e o café gelado, ela balança a cabeça e olha para o chão. Ela já está em outro lugar.

— Estou cansada, Zac.

— Tem um lugar que conheço que...

Ela se vira e volta para onde Nina está esperando. As muletas de Mia me fazem lembrar do *tap, tap* dos nós dos dedos dela na parede do hospital.

Um código Morse solitário.

E não há nada que eu possa dizer em resposta.

Parte três

MIA

30
MIA

Onde vc tá?

Com a Nina

Indo onde? eu vou.

Vá para casa, Zac.

Na Emergência, um médico tira minha temperatura e examina minha perna. Ele escreve em uma pasta e então telefona pedindo uma cadeira de rodas. Nina me empurra pelo andar térreo até um elevador, onde há um mapa do hospital, com oito andares e áreas com códigos de cores. A Oncologia é verde-limão, mas não é para lá que vamos. Ela me empurra para dentro e aperta o botão do terceiro andar. Vamos para a ala azul, para infecções e apêndices supurados.

— Você não é mais uma paciente de câncer — Nina me faz lembrar.

Meu câncer sumiu. Os ultrassons e os exames de sangue provam isso, apesar de eu ter de conferir de tempos em tempos para ter certeza.

Eles me colocam no soro e então ligam para minha mãe. Afinal de contas, só tenho dezessete anos. Ela chega em vinte minutos e fica por aqui, dormindo na cadeira reclinável durante a noite. Ela não pergunta onde estive, se vou fugir de novo, ou se vou seguir as ordens do médico. Ela compra revistas para nós. Às vezes, ela fica na janela, olhando para a rua.

— Você pode ir fumar — digo. Mas ela diz que está tentando parar.

Zac liga, mas eu não quero atender. Não quero que ele perceba como estou triste. Depois de toda a minha conversa sobre aventura, estou de volta ao hospital que nem uma idiota.

Uma prostética me prepara para um encaixe permanente e me dá outro folheto: COMO CUIDAR DA SUA NOVA PRÓTESE. Joguei fora o primeiro. Ela diz que a perna nova, quando estiver pronta, vai ser melhor que a temporária. Eu devo usá-la só uma hora por dia na primeira semana, aumentando o tempo a cada semana, para acostumar.

Ela examina o ferimento.

— Você devia ter vindo ver isso. A perna temporária não estava encaixando direito.

Não diga.

Um fisioterapeuta me ensina a colocar a bandagem. Ele mostra como colocar a proteção de silicone. Ele é jovem e bonito e toma cuidado quando toca em mim.

— Está bom — digo para ele. — Está melhor que antes.

Depois de uma semana, me receitam antibióticos, anti-inflamatórios e antidepressivos. Mamãe paga a farmácia e pegamos o carro para ir para casa.

Mamãe só sabe superficialmente o que aconteceu nos últimos meses. Ela sabe que me deixaram sair para o fim de semana e passar uma noite em casa, e fugi com um punhado de comprimidos, dinheiro e uma muda de roupas. Fiquei com amigas, que fizeram chá e torradas, depois chegaram da noitada completamente bêbadas para me contar os segredos sujos e pecaminosos delas. De ressaca, elas ligaram para minha mãe para dizer que eu estava bem. Ela deve ter calculado que eu iria ver Rhys em seguida. Dormi no sofá dele porque minha perna doía demais para ir para a cama com ele. Rhys era o único que sabia a verdade, mas ele se afastou. Ficou distante. Ele não tinha a coragem para lidar com isso. Ele não era o homem que eu pensava que fosse.

Quando entro no meu quarto, parece ser o de outra pessoa. Sapatos prateados de salto alto estão na mesa onde ficaram por treze semanas. Meu vestido de noite brilha pendurado na vara da cortina, os enfeites brilhando, esperando que a Mia antiga entre nele e feche o zíper, fazendo pose diante do espelho, descobrindo os melhores ângulos. Eu gostava mesmo desse vestido? Parece tão gritante agora. Ele ainda está com a etiqueta do preço.

Mamãe faz coxas de frango com mel. Minha comida favorita da infância. Comemos diante da televisão, assistindo ao que quer que esteja passando.

É duro estar em casa, mas correr requer esforço. Não tenho energia. Não posso nem pensar no amanhã. Tudo o que quero fazer é dormir.

No entanto, minha cama não parece certa. Da última vez que dormi aqui eu tinha dois pés. Sou como Cachinhos Dourados na casa dos três ursos. Tudo ou é grande demais, ou pequeno demais, ou duro demais, ou macio demais.

Desligo o abajur. O quarto fica escuro, e logo uma luz suave brilha junto da cama. Fico olhando enquanto a forma da estrela aparece na minha parede. Devo tê-la colado aqui na noite em que saí do hospital.

Zac. Ele é o único em quem pelo menos posso confiar.

Fico boa em fazer passar o tempo.

Onze horas são para dormir (incluindo a soneca da tarde), três são para assistir televisão, duas são para comer (e dar uma olhada na geladeira), duas horas on-line, uma passo lendo revistas e duas horas para o DVD que mamãe traz para casa todo dia.

E as outras três horas? Não sei. Sonhando acordada, talvez. Imaginando a forma que meu corpo deixa no carpete.

O som do carteiro é a única coisa que me faz sair de casa. Toda tarde, coloco a peruca, pego minhas muletas e vou até a caixa de correio, que geralmente está vazia. Às vezes vejo pessoas sentadas no ponto de ônibus aqui perto. Noto como sobem com facilidade os quatro degraus do ônibus. Você nunca pensa nas suas pernas quando tem duas delas.

Não odeio mais essas pessoas. Não quero quebrar as pernas delas. Atualmente, não é raiva que sinto, nem pena. É apenas... nada.

As semanas se passam, eu acho. Não estou contando.

Sento-me no chão com as portas do armário abertas. As prateleiras estão cheias de roupas e sapatos e montes de porcarias das quais tinha me esquecido: quebra-cabeças, vestidos elegantes, cartas de antigos namorados, cartões de coleção, maquiagem esfacelada e outros presentes estranhos de amigos. Jogo a maior parte no lixo. Arrumo o armário e examino o que restou. Choro. Daí tiro tudo do lixo novamente.

Um dia, noto uma piscina infantil na pilha de lixo da vizinhança. Ela ainda está lá de noite, então peço para mamãe trazê-la para cá, para mim. Limpo a piscina na manhã seguinte em nosso quintal, então a encho com água. Não é funda como a banheira da Bec, mas posso ficar nela, os braços pendurados para fora, vendo as nuvens passarem no céu. Às vezes leio um livro. Outras vezes tiro uma soneca. Não há nada que eu tenha que fazer.

Alguns dias sento-me na cama da minha mãe e me vejo no espelho dela. Experimento os brincos e borrifo o perfume dela. Tenho cabelo suficiente para usar seus prendedores. Há mais roupas no armário dela que no meu. O lado esquerdo é para as roupas de trabalho. O da direita, roupas de sair. Os vestidos pretos não são mais tão pretos quanto antes. Têm marcas de prendedor nos tops dela. Por que ela não joga fora as roupas velhas?

Pego dois álbuns de fotos em uma prateleira e deito na cama dela com eles. Estou intrigada com a versão mais nova de mim mesma: um bebê gordo em fraldas descartáveis, uma fita cor-de-rosa no cabelo. Às vezes mamãe aparece. Ela tinha apenas dezesseis, mais nova do que eu. Ela tem vergonha da câmera. Quando está comigo no colo, a expressão dela parece estar dizendo *de onde foi que você apareceu?*

Há fotos muito antigas de férias, a maioria com vovó e vovô e os irmãos deles. Estou com sete ou oito anos junto de um barquinho que eles chamavam de "tinny". Lembro de um tio de Queensland me mostrar como recolher a caixa de leite vazia do rio e então puxar a corda, uma mão depois da outra, até aparecer um vaso de caranguejo pingando água. Muitas vezes só havia os ossos limpos da isca com o fio por dentro. Às vezes, porém, havia um caranguejo bravo, marrom e escuro como os mangues. O tio-avô — que já morreu faz tempo — pulava feito louco. Ele me mostrou como pegar as patas de trás que se agitavam e juntá-las para erguer o caranguejo bravo no ar e colocá-lo no balde com tampa. Eu o ouvia bater e dançar lá dentro por horas.

De vez em quando tirávamos um caranguejo do vaso e uma perna ou garra ficava para trás, agarrada na rede. Nós então jogávamos o vaso de volta, na esperança de atrair outros animais com o membro arrancado.

Então festejávamos à noite. Esmagávamos garras gordas e sugávamos o líquido doce das pernas finas. Até mesmo com os membros faltando, havia sempre o bastante para todos. Talvez seja por isso que os caranguejos tenham tantas pernas (oito) e garras (duas). Algumas tinham de ser arrancadas.

Em uma rua perto da minha, tem um homem cujo braço foi decepado em uma máquina de empacotar carne, faz muito tempo. Na escola, ficávamos pensando nele — *como ele amarra os sapatos? E como come o jantar?* —, mais com curiosidade que com horror. Tentávamos ver esse homem no jardim, reparando na manga da camisa que balançava enquanto ele regava as plantas. Lembro-me também da menina no jardim de infância que nasceu com toquinhos em vez de dedos. E na televisão, depois que terminaram as Olimpíadas, teve um exército inteiro de paraolímpicos desfilando e rodando pela tela. Não prestei muita atenção na época.

Somos todos caranguejos, marchando. Tantas peças faltando.

Desligo a televisão e vou olhar a geladeira. Confiro o celular novamente. Nada.

Vinte e quatro horas são fáceis de passar agora que sei como.

31
MIA

Dou meu primeiro passo sem ajuda, contudo ninguém está aqui para ver. Dou outros dois passos, aí me seguro na pia da cozinha. Quase dezoito anos e aprendendo a andar novamente. Deve ser mais difícil que da primeira vez.

Mamãe está no trabalho, mas é com Zac que quero compartilhar isso. *Olhe, sem as mãos!* Zac ia entender como isso é importante.

Na última semana, têm surgido outras coisas que queria dizer para ele. Em sua maioria são coisas pequenas, como uma música no rádio, ou um programa de culinária que usava dukkah na receita. Esta manhã fiz panquecas, pensando nele. Quase lhe mandei uma foto.

No entanto não mandei. Pensei que ia ser estranho, depois de dois meses de silêncio, mandar uma foto de uma panqueca.

Zac telefonou e mandou mensagens no celular inúmeras vezes antes de desistir. Eu devia ter respondido, mas não respondi. Não tinha nada que valesse a pena dizer. *Vazia. Ainda vazia.* Ninguém quer escutar isso.

Entretanto, hoje dei três passos sem muletas e estou louca para contar a ele.

Sento e faço o rascunho de uma mensagem. Tento pelo menos dez vezes, apagando todas elas. Cento e sessenta caracteres não vão fazer o que quero que façam.

Então, pela primeira vez em mais de dois meses, tranco a porta da frente depois de sair. Vou até o correio usando minhas muletas. Um quilômetro sem elas seria ambicioso demais. Estou usando a peruca e um chapéu, para o caso de encontrar alguém conhecido.

No correio, demoro inspecionando os cartões-postais bregas. Escolho um com uma foto de um rio e um cisne negro.

Oi, Zac.

Como está a fazenda de oliveiras? E a pequena alpaca? Ou é uma alpaca grande? Como estão os furões e as galinhas malucas? E como está Bec? Ela teve um menino ou menina?

Em quatro dias vou fazer dezoito anos, como você. Ainda estou pegando o jeito desse negócio de andar, então vou me manter tranquila e ficar em casa. Sair à noite seria perigoso.

Entrei de novo no Facebook outro dia.

Onde você estava, hein? Acho que dormindo, como as pessoas normais... Você não escreve nada faz um tempo. Não quer mais ou está ocupado demais com o 12º ano? De qualquer forma, entre de novo, está bem? Com quem mais eu iria falar nas horas de tédio?

Boa sorte com seus simulados.

Mia

Colo um selo no cartão, mas tenho motivos demais para não enviá-lo. E se a mãe do Zac ler e não o entregar a ele? E se ele não sentir saudade de mim do jeito que eu sinto dele? E se ele me odiar por não ter respondido antes, ou, pior, e se ele me esqueceu completamente e eu parecer uma idiota?

Caminho de volta para casa, o cartão-postal rindo de mim no meu bolso.

Chego à entrada da vila ao mesmo tempo que o carteiro. Sentado na bicicleta, ele coloca as cartas em cada uma das frestas. Pego o cartão-postal no bolso e, antes que possa me impedir, entrego a ele. Ele o coloca na bandeja como se fosse uma transação habitual, daí vai embora, a bicicleta se afastando de mim, o cartão-postal com ele. *Merda.*

Talvez coragem seja apenas isto: atos impulsivos em um momento em que sua cabeça grita *não,* mas seu corpo vai em frente assim mesmo.

Coragem ou estupidez. É difícil dizer.

A voluntária no centro de câncer sorri como se ela se lembrasse de mim — eu nunca vim aqui. Foi minha mãe quem pegou algumas perucas emprestadas. Eram todas horríveis, mas escolhi a loira porque era a mais diferente de mim. Não deveria ter ficado com ela tanto tempo.

A peruca está um tanto encardida, por isso a mulher a coloca depressa em um saco plástico.

— Espero que Rhonda tenha se comportado.

— Rhonda?

— Ela é bonita, mas é um problema.

— Elas têm nomes?

Em cabeças de isopor sem rosto, há perucas de todos os comprimentos, estilos e cores. Vejo que cada uma tem um rótulo: Pam, Marguerite, Vikki, Patricia.

A mulher toca meu cabelo como se fosse propriedade pública.

— Lindo. Você parece uma atriz.

— Qual?

— Várias.

Antes do câncer, minhas amigas e eu reclamávamos de pontas duplas e do preço dos produtos e cortes de cabelo a cada oito semanas. O dano causado pelos alisadores. O cabelo em si era algo que para nós era garantido.

Agora, cinco meses depois da quimio, meu cabelo cresceu saudável novamente. Parece estar mais claro que antes.

— Castanho-avelã — disse a cabeleireira ontem, passando os dedos por ele. — Lindo. Quer só acertar?

Eu assenti. Tinha esquecido o que dizer.

— Alguns centímetros apenas? Ou você quer que ele cresça?

— Acho que vou deixar crescer.

— Você quer camadas atrás? Para dar volume?

Eu gaguejei. Posso ter bufado.

— Tanto faz. — Eu não esperava que me dessem opções.

— E um pouco também ao redor do rosto, para dar forma?

A cabeleireira não tinha ideia de por que eu estava rindo. Depois chorando. Mas ela cortou meu cabelo com perfeição enquanto eu enxugava as lágrimas. Eu queria ver tudo. O cabelo castanho caindo no chão.

E, hoje, pareço uma atriz, pelo jeito. Tenho camadas junto das maçãs do rosto, com um pouco de ondas no pescoço. Meu cabelo voltou, apesar de tudo o que aconteceu. Minhas sobrancelhas e cílios parecem normais. Minha menstruação continua vindo, de novo e de novo, e eu fico estranhamente contente quando acontece. Até o chocolate agora tem o gosto que devia ter.

Uma garota indiana, com uns dez anos de idade, entra pela porta numa cadeira de rodas, com um lenço cor-de-rosa preso na cabeça. Ela vem seguida pela mãe. No colo da menina está o livro *James e o Pêssego Gigante.*

Ela teve câncer já faz algum tempo. Apesar das sombras sob os olhos, a pele da menina é luminosa.

— Olá, Shani, como você está hoje?

— Bem.

— Então... quem você quer ser esta semana?

A menina tira o lenço e eu me viro, deixando que elas continuem com a brincadeira de se fantasiar.

Passo pelos panfletos sobre basquete em cadeira de rodas, conselheiros, sessões de arteterapia, maquiagem, prêmios Make-A-Wish, grupos de amputados e serviços de apoio ao luto. Vou até o ponto de ônibus onde dois homens idosos e uma mulher estão sentados, esperando.

Então... quem eu quero ser esta semana?

Uma mulher passa em uma Vespa. Ela está usando um capacete azul brilhante e um lenço de bolinhas esvoaçante. Ela usa as mãos para dirigir e frear. Os pés, reparo, não precisam fazer nada.

Quero ser ela, penso. Quero estar em movimento de novo.

Quatro dias depois e nenhuma resposta. Talvez eu tenha escrito o endereço dele errado no cartão-postal. Talvez ele esteja ocupado demais com os exames. Talvez o correio não tenha enviado.

Olho o celular, mas não há nada. É só no Facebook que encontro uma mensagem ainda não lida.

Mas não é do Zac.

> Miiiia. Fui numas festas mas elas não são legais sem você :-(Como está Sydney? Está terminando o curso de beleza? Eu saí da escola, sabia? Estou trabalhando em um banco agora, perto da casa da sua mãe. O uniforme é uma droga mas pelo menos me pagam ;-) Muita saudade, Shay XX

E percebo que sinto saudade dela também.

Dois dias e a caixa de correio continua vazia. Isso me incomoda, então continuo andando. Sem as muletas, dou a volta no quarteirão. Estou de volta depressa demais, por isso dou outra volta, e dessa vez vou mais longe, passando pelo correio e pelas lojas.

Paro diante do banco e olho lá dentro. Shay está parada atrás de um balcão. Ela fica bem de uniforme, com o cabelo preso para trás. Parece diferente da amiga mais louca que tive na escola.

Ela não me reconhece, nem quando diz "próximo" e eu estou bem diante dela. O sorriso fica congelado no rosto dela por três segundos inteiros.

— Caramba. Mia? É sério?

— Oi, Shay.

— O que você anda fazendo?

— Quero fazer um empréstimo.

— De verdade? Você não está em Sydney? Espere, está quase na hora do meu almoço. Vem almoçar comigo?

Quase consigo andar no mesmo passo que ela até o café, onde pegamos uma mesa e um sujeito anota nossos pedidos. É difícil acompanhar o monólogo sobre o trabalho dela, mas tento fazer as caras certas nos momentos que parecem adequados.

— Seu cabelo está lindo. É a cor natural?

Assinto.

— Castanho-avelã.

— Muito específico. Ainda bem que você passou daquela fase loira. Era exagerado demais, sabe? *Intenso.* Daí você foi embora... ei, eu ainda estou com o Brandon.

— Mesmo?

— Eu amo ele. Mas não se preocupe, Mia, sei que você não é... a maior fã dele.

— Eu não disse isso. — Ou disse?

— Eu percebi.

Não me lembro de não gostar do Brandon, ou de demonstrar que não gostava dele. Ele era inofensivo o bastante, quando não ficava se intrometendo a cada cinco minutos.

— Ele tentava muito impressionar você.

— Eu? — Dou risada. — Por quê?

Shay esfrega um sachê de açúcar entre o polegar e os dedos.

— Porque você era minha melhor amiga, e você era difícil de impressionar. Você era *Mia Phillips.* — Ela diz meu nome como se fosse especial. — Todo mundo queria impressionar você. Você sabe disso.

Balanço a cabeça fazendo que não. Eu não sei. Não sabia. Se Shay soubesse a merda toda pela qual passei desde então. Atualmente fico mais impressionada com coisas simples: acordar sem dor, encontrar coisas bonitas em brechós ou descobrir que ainda tenho algum amigo.

— Eu sou apenas Mia. Eu sou apenas... normal. — Na escola, eu odiava essa palavra. Agora, ela parece uma espécie de prêmio. Não um primeiro prêmio, certo, mas já é alguma coisa.

— Normal? Normal coisa nenhuma, Mia. Mas por que você foi para Sydney? Só pode ter algum cara nisso.

Tomo meu milk-shake de baunilha. O que está entre meu jeans e as botas até o joelho pode permanecer em segredo por enquanto. E Zac também. Deus, sinto falta dele. Mas não posso mandar uma mensagem ainda. É a vez dele.

— Então, sobre esse empréstimo.

— Vou falar com o pessoal. Para que você quer?

Eu sorrio.

— Uma Vespa amarelo-canário.

— Rá, eu disse! Normal. Até. Parece.

32
MIA

São setecentos tons de tinta fosca na loja. Oitenta e dois deles são azuis. Fico olhando para o *Azul Opulência*. É um azul de começo de manhã. Um azul para o qual os galos cantam. Um azul de vista da janela do Zac.

No meu décimo oitavo aniversário, pinto meu quarto de *Azul Opulência.* Mamãe se oferece para ajudar e mostro a ela como cobrir as beiradas e a janela com fita, da mesma forma que vi Bec fazer. *Uma nova pintura para uma nova alma,* Bec disse quando pintou de verde-oliva o quarto do bebê.

— Quero pintar o teto também.

Mamãe faz essa parte para mim. Ela sobe na minha cama, que cobri com folhas de jornal. Ela é mais baixa que eu, porém mais firme. Gotas azuis caem no cabelo e no rosto dela. Quando se vira para mim — para ver se está fazendo tudo certo —, digo que ela parece um personagem de *Avatar.*

— Do quê?

— Devíamos assistir esse filme esta noite.

— É o seu aniversário — diz, como se eu tivesse me esquecido.

Eu tinha me esquecido.

— Então pegue *duas* caixas de Maltesers[20].

Um bolo feito em casa está em cima da mesa da cozinha. Mamãe escreveu *Feliz Aniversário Mia* com Smarties[21], da mesma forma que faz todos os anos.

Quando fiz oito anos, o bolo me deixou envergonhada. Vi a forma como minhas colegas da escola, acostumadas com bolos de princesas e borboletas, trocaram olhares críticos.

— O que está escrito aí? — perguntou uma delas. As duas últimas letras do meu nome eram menores que as outras, apertadas, como se minha mãe não tivesse calculado direito. Na mesa coberta com uma toalha plástica havia tigelas com queijo e castanhas com sal, mas as meninas queriam pão de fadas e pirulitos e Fanta cor-de-rosa. Naquele dia percebi como a vila onde moramos é pequena. Notei pela primeira vez as marcas no carpete, os cinzeiros à vista e a ferrugem na pia do banheiro. Fiquei envergonhada por causa do sabão gosmento no lavabo, diferente dos frascos de sabonete líquido que as mães das outras meninas tinham, ao lado de toalhas bem fofas para as mãos. Minha mãe era jovem demais. Ela devia estar saindo com amigos, bebendo coquetéis e flertando com homens nos bares, não estar cercada por crianças de oito anos agressivas e exigentes. Mamãe parecia perdida. Foi então que percebi que eu havia crescido e a superado.

No ano passado, o bolo ficou intocado enquanto eu celebrava meu aniversário no Freo com uma dúzia de amigos e uma mistura de identidades reais e falsificadas. Ficamos bêbados e dancei em uma mesa até sermos postos para fora. Estava usando um vestido preto com cinto dourado. Eu gostava dos olhares que recebia dos homens nos cafés, nas ruas. Eu era boa com saltos. Gostava dos gritos dos carros passando e da inveja das mulheres de mais de trinta anos que saíam do cinema vestindo jeans e cardigãs. Gostava das vodcas de graça que ganhava dos barmen nos bares *Porque é meu aniversário!* e do modo como Rhys pagou o motorista do táxi para nos deixar no parque onde

20. Doce de uma massa aerada de leite maltado coberta por chocolate com leite. (N.T.)

21. Esferas de chocolate similares a M&M's. (N.T.)

corremos, rindo, e namoramos perto do balanço das crianças. Meu tornozelo estava dolorido naquela época — e eu achava que era por dançar com meus novos sapatos de salto alto. Ignorei a dor por mais quatro meses. Era apenas um tornozelo incomodando em um mundo quase perfeito.

Shay me liga, mas não consegue me convencer a sair. Não quero me arriscar a encontrar velhos amigos depois de seis meses os evitando. Não quero me preocupar com maquiagem ou decidir o que vestir.

Tudo o que eu quero é ficar parada assistindo a *Avatar*, mas até isso não é fácil. Mamãe fica agitada durante o filme, e não é porque comeu metade do bolo e a maior parte dos doces. Eu tinha me esquecido de que o personagem principal tinha pernas que não funcionavam. Na Terra, ele é um paraplégico, mas, em Pandora, ele pode correr. Ele se apaixona por uma linda alienígena azul e não quer mais ir embora.

Mamãe está ansiosa porque parei de tomar os antidepressivos faz duas semanas e não fui pegar mais. Ela fica me olhando, preocupada que o filme desencadeie alguma espécie de crise e eu fuja novamente. Mas isso não acontece.

Três meses no mesmo lugar me ensinaram que não estou em um filme de Hollywood. Este Planeta Terra é o único que tenho e é aqui que estou, com minha mãe imperfeita e uma perna de fibra de vidro. Sei que sempre vou andar de forma estranha, que vou ter de ficar me equilibrando o tempo todo. Fugir não vai mudar isso. A costa leste da Austrália não fica inclinada em outro ângulo.

Mais tarde, entro no Facebook. Passo os olhos pela minha página, surpresa com o número de mensagens de parabéns. Mas nenhuma é do Zac.

Posso inventar uma desculpa para a ausência de um cartão, mas não há como explicar isso. Ele sabe que é meu aniversário — no Facebook *todo mundo* sabe. A única razão para que ele não diga nada é muito óbvia: ele me esqueceu.

Talvez leve apenas três meses para que *isto* — para os braços generosos, as risadas debaixo das cobertas, a afeição tímida dele —

desapareça aos poucos até sumir de vez. Talvez o tempo vá engolindo todos os relacionamentos.

Talvez em alguns meses nós nos tornemos estranhos um para o outro.

Apago a luz. Zac quer seguir adiante com a vida dele. Ele quer que eu o deixe em paz.

Apesar de tudo, porém, aquela maldita estrela continua brilhando.

33
MIA

Encontro um buquê de rosas vermelhas na entrada, mas o cartão tem o nome da minha mãe. Ela leva a mão ao rosto quando o lê.

— Quem é ele?

— É só um cara...

— Da internet?

Ela dá de ombros, virando-se.

— Como ele é?

— Ele é legal. Nada de especial.

Antes de eu ficar doente, mamãe tinha encontros com qualquer um que a convidasse. Ela mantinha os homens em segredo, ou achava que mantinha. Para eles, ela era uma enigmática namorada em potencial, e em sua vida particular ela era uma mãe solteira ansiosa que não conseguia controlar a filha. Foi com ela que aprendi a fingir e a me comportar de acordo com o tipo de pessoa com quem interajo.

Dividir uma casa pequena nunca foi fácil. Se eu chegasse em casa feliz, ela me punha para baixo, fosse por inveja, fosse por despeito. E vice-versa. Havia uma montanha-russa constante de emoções e uma de nós estava sempre no limite. Sei que ela se ressentia de mim por eu foder com a vida dela, e eu a odiava por ser uma pessoa toda fodida. Em público, ela me envergonhava, então aprendi a me manter distante. Em casa, ela estava sempre no meu pé. Eu não fazia nada direito.

Na cozinha, mamãe inspira o perfume das rosas. Como é que pode ser tão fácil para um homem fazer minha mãe sorrir? Por que nunca pude ser capaz de fazer isso?

Existe um homem que vê algo de bom na minha mãe: uma mulher de 34 anos que está fazendo tudo o que pode. Um homem gosta dela o suficiente para comprar uma dúzia de rosas vermelhas, escrever uma mensagem e entregar pessoalmente o buquê em nossa porta. Isso requer coragem.

Coloco água em um vaso e ajeito as rosas. Quero que minha mãe fique feliz, apesar de eu estar sozinha. Quero que minha mãe seja amada, apesar de eu não ser.

Então ela me abraça e eu penso que, talvez, eu seja amada.

Quando vou olhar a caixa de correio quatro dias depois, tem um caminhão bloqueando a passagem.

Um homem coloca a rampa atrás, sobe no caminhão e desce com um carrinho onde há uma árvore. Amarrada na árvore, tem uma pá. O que será isso?

— Onde você quer que eu coloque?

— Aqui não. Para quem é?

Ele consulta a prancheta.

— Mia Phillips. É você?

Eu assinto. A árvore é mais alta que eu, com galhos grossos ondulados e folhas de um verde prateado.

Ele mostra meu nome no caderno de entregas como prova.

— O que eu vou fazer com isso?

— Sei lá, eu sou só o entregador.

Quando assino o formulário, percebo que o caminhão está cheio de caixas da *The Good Olive!*

— Essas caixas estão cheias de azeite?

— Eu sou só o entregador. — Ele se oferece para levar a árvore para dentro da vila e eu aceito. Depois ele faz uma manobra complicada para sair da nossa rua, que é sem saída.

— Mia? — Mamãe tem de se contorcer para passar pela porta da frente. — O que é isso?

— Parece uma Leccino. Ou talvez uma Manzanillo. É difícil de dizer nesse estágio.

— Uma o quê?

— Uma oliveira. Temos de plantá-la.

— Por quê?

— Porque é o que se faz com as árvores.

Ela tira os sapatos e inspeciona a trilha de terra sobre o carpete.

— Mas por que alguém nos daria uma *árvore?*

Eu sorrio. Ela ainda não sabe sobre Zac, como era ou ele, ou nada.

Mamãe encontra um cartão no vaso e o entrega a mim. Na frente há uma foto de uma flor laranja brilhante. Dentro, a grafia não é familiar.

Feliz aniversário atrasado, Mia. Espero que tenha se divertido. Tivemos de mudar algumas cercas e remover algumas árvores. Pensei que você poderia encontrar um lar para esse bebê. Espero que esteja bem. Beijos. Wendy e família.

Eu teria preferido um cartão do Zac, mas pelo menos já é alguma coisa. Olho mais uma vez para a árvore da mãe dele. As folhas macias são oferecidas em uma trégua.

— Como se cuida de uma oliveira? Mia?

— Não se preocupe, elas são fortes. — Lembrei-me do que Zac tinha dito embaixo do cobertor. — Mesmo se forem negligenciadas por milhares de anos, elas vão dar frutos...

— Azeitonas são frutas?

Eu dou risada.

— Podemos pesquisar no Google se você quiser. Ela só precisa de terra, água e sol. Talvez um pouco de fertilizante.

— Você sabe disso?

Eu dou de ombros.

— Pequena maçã, pequeno ovo.

Juntas arrastamos a árvore no vaso pela vila até o quintal. Mamãe tem um encontro com o sujeito das rosas e eu digo a ela para ir. Fico no quintal com o presente mais estranho que já ganhei. É o bastante para me fazer pegar o celular e escrever uma mensagem.

Ei, Zac, agradeça sua mãe por mim. Vc disse p ela q era meu aniversário? Muito gentis vcs todos. Alguma dica sobre como plantar?? :-) Mia

Tem tantas outras coisas que estou desesperada para dizer: que minhas paredes e teto são azuis. Que meu cabelo está chegando ao ombro. Que penso nele o tempo todo.

Mas fico na minha e apenas aperto "Enviar".

Mantenho o celular por perto, esperando que pisque e vibre a qualquer momento. Os minutos passam. Olho de novo e de novo, mas a porcaria permanece muda. Por tempo demais.

Antes Zac era a batida em resposta à minha batida, mas agora ele é o cara que me deixa agoniada e à espera de uma mensagem. Ele costumava me fazer esquecer a dor, e agora é ele que a está causando. O silêncio é uma agonia. Dá nós em mim, fazendo com que duvide de mim mesma e de tudo o que ele disse. Uma hora e nada de resposta. Estou doente por não saber.

Eu não devia, eu sei, mas digito outra mensagem. Não censuro nada.

Zac, lamento ter ignorado vc. Eu estava no meu limite. Estava triste. Estou melhorando, mas cada vez que vc me ignora, eu fico mal de novo. Vc me odeia? Eu perdi vc? Eu n keria perder vc. N esteja perdido. Desculpe. N me odeie.

Aperto "Enviar" e a mensagem some. Coragem e estupidez, misturadas.

E ainda assim não recebo uma resposta. Uma hora. Duas. Três. O celular é um tijolo no meu bolso. Sem a proteção dos antidepressivos, não há nada que me impeça de escorregar pela encosta do ódio por mim mesma novamente. Sinto o empurrão do *feia* e do *impossível de amar* e do *sua garota fodida de merda, como é que você foi pensar que ele te queria?* Sinto tudo isso junto, piedade e raiva. E continuo escorregando para baixo.

Merda, eu preciso *fazer* alguma coisa. Começo a cavar um buraco. Sigo o conselho na etiqueta da árvore e continuo cavando, mesmo depois de o sol se pôr.

Chego a cinquenta centímetros e cavo mais. Sinto cãibras nos joelhos e nos quadris, porém vou mais fundo e removo as pedras. *Mantenha-se ocupado,* é o que recomenda o folheto sobre câncer. Puxo a árvore para mais perto e a derrubo, tirando-a do vaso, então fico de joelhos e coloco a árvore de pé outra vez, dentro do buraco. Aí preencho o espaço vazio com terra.

Meu corpo está dolorido quando finalmente me levanto. Minha pele está coberta de terra. Perdi a noção das horas: está tão tarde que já poderia ser amanhã. Está tudo doendo, mas estou feliz. Plantei esta árvore. Fiz algo pra valer.

Agora a árvore está da minha altura. Lá embaixo, as raízes dela vão procurar coisas às quais se agarrar. Mas aqui, na altura dos olhos, os galhos estão parados. *Respire, Mia,* digo a mim mesma.

Quando tomo banho, a água que escorre ao redor do meu pé está marrom. Preciso de toda a minha força para não me odiar. Decido apagar o número do Zac do meu celular. Preciso fazer isso. Não sou capaz de aguentar outra rejeição.

E amanhã vou procurar a Shay. Posso até mandar um e-mail para a Tamara, minha amiga do primário. Quando ela foi para uma escola só de garotas, nós nos separamos, apesar de provavelmente ter sido minha culpa. Eu gostaria de vê-la novamente. Podemos falar sobre o

12º ano, e sobre rapazes, e sobre o que for de interesse dela. Tudo para sair de casa e me afastar da minha decepção com Zac.

Exausta, apago a luz e me enfio no meio das cobertas. Arranco da parede a estrela que brilha no escuro e a deixo cair no chão.

É aí que meu celular emite um bipe do meu lado. Três da manhã.

> Eu n odeio vc Mia. N fique triste. Desculpe, ando ocupado.
> Tenho novidades...

34
MIA

O trem avança e eu vou para o meio, me apoiando enquanto vou passando por eles. Um garoto nota que manco um pouquinho e olha para mim com ar inquisitivo.

— Minha perna dormiu — digo, e ele volta a olhar pela janela.

Na Estação Showgrounds, as portas se abrem para a combinação de um rock tocando em um volume baixo, alto-falantes e geradores. Mesmo daqui, vejo as caixas de metal girar e cair e minúsculos braços e pernas balançando em ondas. Ao meu lado, crianças gritam e pulam na plataforma da estação, e são seguidas por pais e mães com carrinhos de bebê.

Desço a rampa atrás deles, passo pelo túnel e pela entrada do parque. Filas se estendem como taturanas ondulando na direção das bilheterias. Entro na fila, a única pessoa sozinha aqui, a única pessoa mais nervosa que animada. E se eu encontrar alguém da escola?

A fila avança e só há um único motivo para eu ir com ela.

Está no meu bolso de trás.

Oi, Mia.

Bom dia de Los Angeles, a terra de Baywatch, bronzeado artificial e gente de patins.

Papai e Evan estão ficando malucos aqui.

Só para você saber, o 12º ano é mais complicado da segunda vez. Além disso está na hora de fazer a poda, Anton voltou e Bec teve o pequeno Stu. A certa altura eu tive que ficar nesse negócio de Make-A-Wish, então, no dia seguinte aos simulados, eu estava em um avião indo para os Estados Unidos. Los Angeles, Nova York e depois a Disneylândia. A família toda veio junto.

Ontem fizemos um tour de ônibus pelas casas dos famosos. O motorista viu alguém que se chama Jane Fonda andando com um cachorro. Evan jura que viu Arnold Schwarzenegger.

Meu telefone não tem roaming, mas vou mandar outro cartão--postal logo.

Espero que você esteja bem,

Zac

PS: Você pode nos fazer um favor? Os Webster inscreveram a Sheba no Perth Show e Bec quer uma foto. A competição vai ser no primeiro domingo do mês, às duas da tarde. Eu pago pra você o preço da entrada... ou desconto da sua conta de cafés gelados ;-)

PPS: Nossa vizinha Miriam está batendo um recorde — a torta de frutas dela venceu por dez anos seguidos (usando nosso azeite cítrico, é claro).

PPPS: Eu mencionei que as Freddo Showbags[22] *são minhas favoritas...?*

Li esse cartão-postal uma centena de vezes. É maravilhoso ter notícias de Zac apesar de ele estar do outro lado do mundo. Mais que tudo, estou animada porque ele não se esqueceu de mim.

Entrego a nota de vinte dólares para pagar a entrada e passo pela catraca e penetro no ar com aroma de canela e cachorros-quentes. Nuvens de poeira de terra se elevam, chutadas por milhares de sa-

22. As Freddo Showbags são sacolas vendidas no Royal Easter Show, evento agrícola que ocorre anualmente em Sydney, e dentro delas há doces da marca Freddo, cujo logotipo é um sapo. (N.T.)

patos. Tem um fedor de feno no ar também, de animais e cocô. Não me lembro de o show ter tantos cheiros, mas também nunca fui a um deles sozinha.

Dois anos atrás, viemos em vinte numa quarta-feira e chegamos tarde. Passamos a maior parte do tempo nas filas das atrações, precedidas por minutos perfeitos em que voamos pelo ar em todos os ângulos, tentando desesperadamente não sermos arremessados para longe nem fazer xixi. Passamos por vielas de terra, às vezes tentando a sorte nas barracas. Antes do fechamento houve um frenesi de compras de showbags — do Bob Esponja, do Angry Birds, do Freddo e de itens que brilham no escuro. Enquanto esperávamos pelo trem, brincamos e nos enfeitamos com os acessórios de plástico, na época em que as showbags tinham mais e melhores itens do que agora.

Quando estava na escola primária, vim com a Tamara e a irmã mais velha dela. Nós nos desafiamos a ir à montanha-russa e depois nos tranquilizamos rindo por horas, engasgando com batatinhas quentes. A irmã da Tamara ganhou para ela um cachorro verde de prêmio em um jogo de habilidade, o que me deixou impressionada. Eu achava que ninguém nunca conseguia escolher algo da prateleira no alto. Eu queria algo para mim também, é claro — um cachorrão verde e uma irmã mais velha. Ela só conseguiu ganhar um pinguim pequeno para mim, e eu dormia com ele até que se dissolveu.

Quando era ainda mais nova, meu brinquedo favorito era a roda-gigante. Eu sempre sentava entre a vovó e o vovô. Adorava o frio no estômago que me dava quando a cadeira balançava ao subir, desafiando a gravidade. O parque ia ficando menor aos poucos.

— Olha lá, Mia! — diziam meus avós, apontando lá do alto, e batia uma brisa suave no meu rosto e em meu cabelo. Daí descíamos e voltávamos a sentir o aroma de óleo e açúcar, distinguindo algumas vozes no burburinho. Lembro-me da roda-gigante como uma onda interminável de subidas e descidas, nos afastando e nos aproximando.

— Vamos de novo? — eu pedia toda vez que a roda parava. E nós íamos outra vez. O que meus avós não fariam por mim? Eles passavam dias inteiros só fazendo o que eu pedia, daí paravam o carro na garagem de casa e me davam um beijo de despedida.

— Seja uma boa menina, Mia — vovó costumava dizer. Eu ficava olhando o carro se afastar até o som sumir da nossa vila. Só então minha mãe abria a porta.

Eu acreditava que era normal que as mulheres odiassem seus pais: guardar rancor e manter a porta fechada para eles. Então não fiquei surpresa quando descobri que eu também odiava minha mãe nem por perceber que ela também me odiava. Cada palavra era uma crítica. Era mais fácil ignorá-la do que permitir que aquela voz terrível fosse ouvida.

Bonecas Kewpie[23] me encaram de uma barraca. Elas não mudaram nada, embora meus avós tenham morrido e eu não seja mais uma menininha.

Respiro fundo e acompanho a multidão, sem pensar, apenas acompanho. Vou parar em pavilhões cheios de vapor com amostras de comidas, e saio do outro lado para ser cumprimentada pelo pessoal das barracas que tenta me atrair. *Todo mundo ganha!* Sou levada pelas pessoas, entre carrinhos de bate-bate e trens fantasmas.

Todos ao redor estão animados, e fico meio que feliz porque Royal Show está acontecendo da forma como sempre acontece, com gente gastando dinheiro em passeios rápidos, comendo comidas das quais vão se arrepender depois. É bom estar rodeada por cores e barulho, apesar da ameaça do câncer e da tristeza pelo que foi tirado de mim. Talvez outros tenham perdido algo também. Ou, pior, perderam alguém. Ou ainda *vão* perder alguém. Desses milhares de pessoas, uma em cada duas vai ter câncer. Uma em cada cinco vai morrer disso. E de alguma forma todos ainda conseguem bater com os carrinhos uns nos outros e rir de si mesmos nos espelhos mágicos.

É onde eu o vejo.

Rhys está fazendo caretas diante de um espelho mágico. Tem uma menina bonita ao lado dele, com um macaco roxo nos ombros.

---

23. São bonecas concebidas originalmente como personagens de quadrinhos por Rosie O'Neill, em 1909. (N.T.)

Fico congelada no lugar. Não penso nele faz semanas. Quero vomitar.

Os dois ficam fazendo poses e rindo. Ele está usando um chapéu que não conheço. A garota é familiar — acho que ela estava um ano atrás de mim na escola.

Então ele a leva embora dali, ainda fazendo caretas para ela rir, e ela ri. Eu os sigo a distância, vendo a forma como ele coloca o dedo no bolso de trás do short jeans dela, da mesma forma como fazia comigo. Ele paga pelas entradas do Wipeout, apesar de eu saber que ele tem medo de altura. Enquanto esperam na fila, eu o vejo usando o velho esquema, inclinando a cabeça quando escuta, fazendo-a acreditar que ela é tudo para ele. O chapéu é a única coisa nova nele. A garota sorri e se move, linda no short curto e no top de crochê. Ela fica brincando com a metade de um coração dourado que tem pendurado em uma corrente. Quando ele a beija, eu viro o rosto.

Metade de um coração não basta, Rhys. Ela vai perceber isso também, quando se livrar desse short, do macaco e de você.

Caminho por onde palhaços risonhos balançam a cabeça para mim de ambos os lados. *Não chore,* eles dizem. *Não ouse chorar.*

E, se não fosse pelo cartão-postal do Zac no meu bolso, eu provavelmente choraria.

Tem centenas de cercados no Pavilhão das Alpacas, e por fim acabo encontrando Sheba. Ela olha para mim com aqueles olhos grandes como se dissesse: *Ah, é você. Me tire daqui, por favor?*

É ela que se comporta pior na hora da avaliação, resistindo quando o juiz verifica os dentes e a lã. Ela precisa do cheiro familiar da Bec para se acalmar. Fico olhando nervosa, rodeada por espectadores jovens e velhos que vieram para esta cerimônia estranha. O velho juiz se curva e se ergue, ajoelha e examina. Ele é rápido ao escapar do coice de Sheba. O público comemora.

Tiro fotos com meu celular quando Sheba é escoltada, tiram sua faixa e ela volta a seu lugar.

Eu não sabia que existiam tantas fazendas de alpacas assim nem quantos tipos de ovelhas eles mantêm no Pavilhão da Lã e Tosagem. Fazendeiros em camisas de flanela e jeans debatem os preços de mercado. Alguns dos mais jovens me fazem lembrar o Zac — o jeito como ele se encostaria em uma cerca como se ela só estivesse ali para ajudá-lo a pensar.

Deus, eu queria que ele estivesse aqui, mas sei que tem de aproveitar esse passeio tão especial. Compro uma Showbag do sapo Freddo para ele. No trem para casa, leio novamente o cartão-postal, só para ouvir a voz dele.

Engraçado. Nunca pensei que ele fosse do tipo Disneylândia.

35

MIA

Seis dias depois chega um envelope dos Estados Unidos. Dentro há duas coisas: um cartão-postal do Zac e uma receita com a grafia toda arredondada da Wendy.

Bom dia, Mia.

Estamos em São Francisco, lar do biscoito chinês da sorte, do jeans, do café irlandês e de mais gente estranha do que em qualquer outro lugar.

Como foi com a Sheba? Miriam ganhou os prêmios com a torta? Mamãe está enviando a receita se você prometer que vai cuidar bem dela!! Boa sorte, ha ha.

Amanhã vamos para a Disneylândia. Quer alguma lembrança? Ou eu devo adivinhar qual é seu personagem favorito? Branca de Neve? Papai tem essa coisa de imitar o Mickey: calças altas, barriga grande, voz esganiçada. Evan tem uma paixão eterna pela Pocahontas que é melhor ele manter sob controle.

Mamãe está ansiosa pelo Starbucks que ela bebe às duas da tarde.

Me deseje sorte.

Zac.

Imaginar Zac em São Francisco não é fácil. Lá não tem galos para acordá-lo. Nem botas e longas luvas cor-de-rosa.

Releio a carta no ônibus, a caminho da clínica de amputados, onde minha perna vai ser ajustada. Leio a carta de novo, contando as referências feitas a "sorte". É típico dele usar essa palavra de forma tão casual.

E Zac não é o único. Durante a quimio, os médicos a usavam muito com minha mãe, já que sabiam que não era uma boa ideia fazer isso comigo. *Foi uma sorte termos detectado neste estágio. Que sorte que está isolado.* E então, depois da cirurgia, ouvi as enfermeiras falando no corredor. *Ela não sabe a sorte que tem.*

Na sala de espera da clínica, tem uma garota um pouco mais nova que eu. O cotoco dela, envolto por bandagens, fica no meio da coxa. Vejo-a encarando o meu com inveja. *Abaixo do joelho,* sei que ela está pensando. *Sortuda.* Ela está usando uma peruca e eu me lembro de como a minha me irritava.

Tenho de desviar os olhos. Será que ela acha mesmo que tenho *sorte*?

Para começar, foi muito azar ter câncer, não foi? Um azar que me fez passar por um inferno. Então como é que de repente pode ser *boa sorte* sobreviver assim? Eu sou sortuda por caminhar mancando só um pouco?

É impossível, essa coisa de sorte. Eu queria que a sorte desse o fora e me deixasse cometer meus próprios erros. Quero ter o controle sobre a minha vida novamente.

Quero assar uma torta de frutas.

E depois? Quero fazer alguma outra coisa, como arrumar um emprego ou viajar. Não posso pagar por uma passagem de avião para os Estados Unidos, mas posso ir a cidades para onde nunca fui, onde as pessoas não me conhecem. Quero ver um lugar com um novo olhar, do jeito que Zac faz.

Em casa, relaxo na pequena piscina no quintal e admiro a oliveira. Quando Zac voltar, vou convidá-lo para vir até Perth e poderemos nos espremer juntos na piscina. Poderemos comer torta de frutas e beber café gelado, e ele vai me contar sobre a Disneylândia.

— Ariel — digo em voz alta, lembrando a minha personagem preferida. Quando era criança, eu era obcecada pela Ariel, de *A Pequena Sereia,* com seu lindo cabelo ruivo e aquela cauda que ondulava.

Ainda tenho o DVD, então vou para dentro de casa e assisto a ele. Sei todas as músicas de cor.

O filme, contudo, não é mais o que era. Dez anos atrás, eu achava que Ariel era incrivelmente romântica, sacrificando a cauda em troca de duas pernas para ficar com o humano que ela amava. Eu tinha me esquecido de que a bruxa roubou a voz de Ariel e de como a sereia sofreu em silêncio para andar.

Que troca mais idiota, penso. *Fique com a cauda,* eu diria agora para Ariel.

Fique com a cauda e cante.

Olá, Mia

Start spreading the neeewwws...[24]

Por que é que chamam NY de Big Apple? Os nova-iorquinos só comem pretzels, espetinhos e tomam café preto. Mamãe descobriu um tal de "Brownies de Chocolate Sem Gordura" e está experimentando para ver se é verdade.

Fico esperando Jerry e Elaine saírem de alguma lanchonete. Vamos fazer um tour do Seinfeld *amanhã, então tudo é possível. Mamãe até me comprou um jogo de trivia do* Seinfeld, *que de tão brega é hilário. É bom você se preparar, porque, quando eu voltar, vou detonar você. (Eu gosto do George.)*

Preciso ir.

Zac

PS: Também ouvi falar que a Emma Watson está na cidade... Estou só comentando.

---

24. "Comece a espalhar a novidade." Primeiro verso da música *New York, New York.* (N.T.)

As cartas do Zac têm chegado com uma frequência legal. Adoro os comentários e os desafios aleatórios que ele me faz a cada vez. Sei que ele só está tentando me manter ocupada. E dá certo.

Sempre que o telefone toca, ainda fico esperando que seja ele. Talvez sejam três da manhã e ele esteja solitário na cidade que nunca dorme.

Esta manhã, mamãe atende o telefone de casa mais depressa que eu. Ela responde a algumas perguntas, confusa, então cobre o fone.

— É uma pessoa da clínica de amputados. Eles querem que você vá até lá.

— Por quê? — Faz apenas duas semanas que estive lá para fazer alguns ajustes.

— Um ajuste, é o que estão dizendo. Para sua perna nova.

— Mas estou com ela — declaro, batendo na fibra de vidro. Esta aqui deve durar alguns anos. — Deve ser para a outra garota — presumo, lembrando-me de como ela olhou para mim.

Mamãe desliga o telefone.

— Estranho. Eles disseram que é de fibra de carbono. Para você.

É na loja de DVD que reparo. Uma estranha sensação no peito.

A princípio pareceu o friozinho na barriga que eu sentia na roda-gigante. Mas estou com meus pés no chão, portanto não há motivo para eu sentir isso.

Examino as séries de televisão alinhadas em ordem alfabética nas prateleiras. Muitas delas se passam em Nova York. Viro as caixas, olhando a frente e o verso delas. As ruas de Nova York se tornaram familiares para mim por causa de séries de comédia e de drama como essa — os táxis amarelos, as calçadas largas, os prédios estreitos de apartamentos. Até a linha do horizonte da cidade de Nova York é reconhecível.

As ideias surgem assim: uma convergência de duas coisas não relacionadas. A primeira: a caixa de DVDs de *Friends*. A segunda: a lembrança de um cartão-postal. As duas imagens se reúnem como estranhos diante de uma porta. Eles brincam, se desculpam e dão passagem um ao outro, mas, ainda assim... algo acontece.

De volta a casa, assisto a episódios de *Seinfeld* como se estivesse procurando por Zac. Por que de repente é tão difícil imaginá-lo lá?

Leio de novo os cartões e a carta dele. Não tenho dúvida de que é a letra do Zac. E é também o estilo do Zac. O modo descompromissado como ele fala das celebridades. Do tempo. Da obsessão da mãe por Starbucks.

E, agora que penso a respeito, isso parece estranho também. Nas poucas vezes em que falei com Wendy, ela sempre me ofereceu chá.

Passo os dedos pelo canto direito de um envelope. Tem uma etiqueta que diz Via Aérea e um selo azul de US$ 2,20 com o horizonte de Nova York completo, incluindo as Torres Gêmeas.

Faz mais de uma década que o World Trade Center desabou. Isso me faz imaginar por que os prédios ainda aparecem nos selos quando até as capas dos velhos DVDs de *Friends* foram alteradas para remover as torres da silhueta da cidade. Por que um país abriria velhas feridas?

O que sinto não é pavor. Pavor é perder o cabelo, sair da escola, acordar sem uma perna e desejar estar morta. O pavor é pesado e puxa você para baixo.

O que estou sentindo é mais elevado, no meu peito. É mais como a agitação do medo e eu não sei por quê. Já passei por tanta coisa. O que é que ainda poderia me assustar?

Verifico o outro cartão-postal e o envelope de Zac, com selos de Los Angeles e de São Francisco.

É estranho que nenhum deles tenha data? É coincidência que os círculos dos carimbos terminem junto do selo? Que os cantos sejam fáceis demais de soltar, como se já tivessem sido soltos antes?

Não tenho motivos para acreditar que Zac esteja em qualquer outro lugar que não seja Nova York, e que esteja fazendo as coisas que disse que estava fazendo.

Mas asas gigantes batem no meu coração e eu sei.

Eu sei.

Eu sei que estou sendo enganada.

36
MIA

Ligo para o telefone informado no site.

— The Good Olive, azeite e fazenda de filhotes.

— Bec?

— Sim.

— Você está aí.

— Sim... quem é?

— Você voltou?

— Voltei de onde?

Eu desligo.

Tento ligar no celular do Zac, porém toca até cair. Sinto que ele está observando; deixando tocar. Ele sabe que eu sei?

As asas se tornam um pássaro apavorado no meu peito. Nada ajuda: o ar no quintal, a árvore com cinco azeitonas verdes. As folhas gentis, calmas. Tantas mensagens confusas.

— The Good Oli...

— Bec.

— Quem está falando?

— Zac está aí?

Silêncio.

— Mia.

— Ele está?

Uma cabra bale a distância. As galinhas cacarejam.

— Ele está em casa.

— Mas ele me disse...

— Eu sei.

Minha voz falha.

— Por que ele disse isso?

Que pessoa terrível eu devo ser para ele chegar a tanto, cartas falsas, selos antigos, todos esses clichês norte-americanos só para me evitar. A família toda dele deve estar participando da piada, rindo de como me deixei enganar. Da minha feiura.

— Mia — diz Bec —. Mia, ele não...

— Ele não precisava *mentir.* Se ele me odeia tanto assim...

— Ele não odeia você.

Como fui estúpida por acreditar que Zac poderia gostar de mim, quando toda a gentileza dele foi planejada para me fazer *ir embora,* para sair de uma vez por todas da vida dele.

— Mia, eu disse para ele não...

— É por causa da minha perna?

— Não é por causa da sua perna. Não é nada...

— Eu não vou mais incomodá-lo.

— Mia, ele está doente.

Tudo para, menos essa palavra. Ela salta no ar. Desvencilha-se das outras palavras, enviando ondas pelo quintal, sacudindo cada folha da árvore. Cinco azeitonas balançam suas cabecinhas.

No mundo normal, "doente" quer dizer uma gripe. Uma dor de cabeça. Uma dor de garganta. Uma reclamação: *estou de saco cheio disso. Ela me deixa doente.*

Mas em nosso mundo é outra coisa.

Eu tinha presumido que Zac continuava bem. Imaginei que ele tinha passado pelo problema e sobreviveu ileso, para viver como as pessoas comuns fazem com suas medulas ósseas comuns. Ele é quem devia me apoiar. Ficar me distraindo, me lembrando de como *eu* tenho sorte.

Não é justo. Fui eu quem tive sorte o tempo todo — os noventa e oito por cento — e nunca mereci isso.

Zac?

E o pássaro se solta, voando por cima da cerca, a caminho do sul.

Meu próprio câncer foi uma pedra no meu sapato que se recusava a sair. Eu pensava que todos os cânceres fossem assim, agarravam-se ao osso com força até ser cortado fora e eliminado. Mas não são. O do Zac não era.

Eu devia ter desconfiado. Ele parou de postar no Facebook do mesmo jeito que eu tinha parado. Ele se isolou em um lugar escuro onde não é preciso ser forte nem engraçado. Eu devia ter imaginado que ele estava se escondendo, porque eu tinha me escondido no mesmo lugar antes.

Um site leva a outro enquanto avanço entre sites de ajuda, fóruns, blogs e diários on-line. Não tinha ideia de que eram tantos. Quando estava doente, pensava que eu fosse a única.

Quem iria imaginar que dá para tirar todo o sangue e a medula óssea de uma pessoa e trocar tudo só para ver o câncer reaparecer alguns meses depois.

Ao contrário do meu câncer, o de Zac não tem algo que possa ser cortado fora. A leucemia entra no sangue e nos pulmões, no coração e no estômago. É tudo o que faz com que ele seja quem ele é, aquele rapaz que ousou bater na parede, que preferiu contar mentiras a me levar para baixo com sua tristeza. Mesmo agora, ele quer me manter em segurança.

Mamãe me encontra no meu quarto às escuras com o iPod no repetir. Não sei qual é a música. Não importa, desde que seja alta.

Ela para na porta.

— Você está com dor? — quer saber ela, mas balanço a cabeça e me viro para o outro lado. Por que tem sempre que ser alguma coisa com minha perna? Existem coisas piores.

Ela deveria me evitar quando estou assim. Minha música é o sinal para que ela saia.

Hoje, porém, a música a atrai. Lembro-me de algo que a Bec disse uma vez: *Quando um animal está chutando e lutando ao máximo, é nessa hora que você tem de puxá-lo para mais perto.*

Mamãe me puxa para perto e eu sou só uma criança apavorada. Ela acaricia meu cabelo enquanto conto tudo sobre o garoto do Quarto 1. O lindo rapaz que colocou meus pedaços de volta no lugar.

— Ele não devia ter mentido.

— Ele achou que era o melhor.

— Ele devia ter me contado.

— Todos estão fazendo o que podem, Mia.

— O que eu faço agora?

— Durma um pouco. Amanhã faremos alguma coisa.

Ela me ajuda a deitar e aperta minhas mãos. Quando sai, desliga a música e a luz.

Não dá para dormir. Na escuridão, leio na internet homenagens a crianças que morreram. Crianças que ainda acreditavam em Papai Noel. Vejo os vídeos de adolescentes carecas, aborrecidos com o isolamento do mesmo jeito que Zac deve ter ficado. Leio os blogs de pacientes que lutaram pela primeira vez, lutaram de novo na recaída e perderam a força na terceira ou na quarta vez. Quantas vezes até eles cederem? Quantas vezes eles podem passar por isso?

Quantas vezes mais o Zac vai passar por isso?

Eu me esforço para ignorar os sites com estatísticas, focando nas histórias dos sobreviventes. Espero que ele também as leia.

Leio sobre pacientes que passaram por quatro tratamentos. Há casos de sucesso mesmo depois disso, e até após o quinto tratamento. Uma mulher passou por seis transplantes de medula em dez anos e está viva, com o sangue de pessoas desconhecidas colorindo suas bochechas. Doze anos em remissão, vivendo de uma dieta vegana. E também há outros que lutaram bastante e venceram, gratos pela acupuntura, spirulina, gordura de trigo, vitamina B, ioga e orações.

Espero que ele não tenha desistido de lutar.

São três da manhã e minha cabeça está quente. Vejo o Facebook, querendo que ele esteja lá, o ponto verde pulsando como uma estrela distante.

Mas é claro que ele não está. Deixo uma mensagem assim mesmo.

Zac, você não pode mais mentir. Sei que está em casa. Bec me contou.

As palavras parecem uma acusação. Lembro-me de como ele foi paciente comigo no hospital.

Começo de novo, lentamente. Deixo as lágrimas caírem.

Oi, Zac.

Como está Nova York? Está frio? Tem mesmo vapor subindo dos bueiros? Parece um set enorme de um filme?

Não vou incomodar você com minhas novidades. Sua vida é muito mais excitante que a minha.

Quando vai voltar para casa? Não tenho mais peras e adoraria um sanduíche grelhado de queijo. Não consigo fazer direito. Qual é o segredo?

Me ocorreu que ainda não agradeci. Então... obrigada.

Você sempre soube o que dizer, ou não dizer. Obrigada por me deixar ficar na fazenda, apesar de isso te colocar numa situação complicada.

Obrigada por se preocupar, e por não me delatar. Você não ligou para minha perna ou meu cabelo (talvez tenha ligado um pouco por causa do meu cabelo...). Você me viu pelo que eu era, e não pelo que não era. Você me fez acreditar que a vida poderia seguir em frente. Que eu queria seguir em frente.

Se ler esta mensagem (se eu não der pra trás e apagar tudo antes), você pode responder? Sei que está ocupado em Nova York correndo atrás da Emma Watson, mas se uma hora você estiver em um café com internet e ler este e-mail, por favor, responda. Eu quero ler seus erros de digitação de novo ;-)

Com amor

Mia

PS: Você sempre disse que eu tenho sorte e estou começando a pensar que talvez você esteja certo. Nunca pensei que teria a sorte de ter um amigo como você. Você é a pessoa mais legal que já bateu na minha parede.

Digitar isso me consumiu. Estou exausta.

Antes, tudo o que escrevia era a meu respeito — *sempre* foi a meu respeito.

Preciso que esta mensagem seja sobre ele.

37
MIA

Mamãe me encontra de manhã dormindo em cima do laptop, os dedos ainda no teclado.

— Mia.

— Por que ele não me contou?

— Vamos, Mia. Venha lavar o rosto.

Fico no banheiro enquanto mamãe liga para a fazenda. Escuto partes da conversa, porém não consigo entender.

— Bec disse que somos bem-vindas lá para uma visita — explica ela depois. — Mas ela não quer que nós... desperdicemos nosso tempo.

— O que o Zac quer?

Mamãe balançou a cabeça, sem entender.

— Bec disse que ele não fala.

— Nunca?

— Ele vai para a escola, mas, em casa... não. Não sobre a recaída. Você quer ir, Mia?

— Não posso simplesmente aparecer por lá.

— Você quer ir?

— Mãe, ele não me *quer* lá.

— Não tente adivinhar o que se passa na cabeça dele, Mia. Pense no que está na sua cabeça. — Ela me segura pelos ombros. — O que você quer fazer?

Eu? É muito simples. Meu corpo inteiro sente o chamado dele.

Mamãe liga para o trabalho.

— Desculpe, Donna, mas surgiu um imprevisto... não, Mia está bem. Ela está bem. — Mamãe sorri e vejo o alívio nela por poder dizer isso. — Ela está boa. O cabelo está nos ombros agora. Não, é outra coisa. Preciso de alguns dias, tudo bem?

Ela cancela o encontro com o homem das rosas — Ross é o nome dele — falando depressa com o mesmo tipo de frases curtas.

— Não, ela está bem. Minha filha está bem.

Não sei por que pessoas que não conheço ficam tirando essas conclusões. Quais medos minha mãe andou dividindo com elas que não dividiu comigo?

Eu a sigo até a garagem, onde ela completa a água e o óleo do carro e verifica o estepe. Ela nunca parece estar com medo. Não para mim. Irritada, sim. Exigente e controladora, com certeza. Mas nunca imaginei que ela sentisse medo de me perder.

E eu estava tão certa de estar perdida.

Ela pega uma mala. Colocamos algumas roupas dentro, pegamos todas as garrafas de água e os lanches que encontramos. Ela joga toalhas e cobertores no banco de trás. Mamãe é eficiente nessa coisa de fugir. Muito mais do que eu.

Ela abre o portão da garagem e liga o carro.

— Mia?

Não consigo me mover.

— Mia, entre no carro.

Zac não me quer lá. Ele só quer sumir e eu não posso culpá-lo por isso. Se fosse eu, ia querer fugir para Gold Coast e sumir em grande estilo: festas, drogas, desconhecidos em quartos de hotel. Foda-se o mundo e toda a má sorte. Fodam-se os médicos e as agulhas e a dor. Foda-se o Google e todas as estatísticas, porque elas não significam nada quando é a *sua* vida que está em jogo.

— Você não vem?

— Não podemos resolver o problema dele, você sabe.

— Eu sei.

— Não podemos apenas ir lá e resolver o problema dele.

— Então só vamos até lá. Entre.

Ela me entrega um velho guia de viagem. Isso me dá algo em que me concentrar enquanto encontro o melhor trajeto passando pelo nosso bairro e o próximo, fazendo um zigue-zague para chegar até a saída para a Albany Highway. Aqui, o carro começa a sofrer quando a estrada vai ascendendo conforme seguimos adiante. A cidade encolhe no retrovisor.

— Eu não quero ir.

— Eu sei.

Coloco o guia de lado. Não vamos sair dessa estrada por mais quatro horas.

— Então voltou? A leucemia dele?

Mamãe assente.

— Quando ele vem para o hospital? — É egoísta de minha parte, mas, se Zac vier para Perth para se tratar, eu poderei visitá-lo sempre que quiser, não é?

Mamãe mantém os olhos na estrada.

— Não sei se ele vem.

A estrada mergulha e faz curvas velozes. Subúrbios dão lugar ao mato baixo. O mato baixo dá lugar a pastos tão verdes que parece que foram colocados carpetes para os cordeiros. Perto e longe, campos de canola formam quadrados amarelos brilhantes. O mundo parece doce como mel aqui, as árvores pálidas e gentis.

De vez em quando noto pequenas sombras lançadas por pássaros e sei que há muito do que ter medo.

Perto de uma cidade, diminuímos de 110 para 90 e para 60. Passamos por algumas casas com barracas vendendo frutas, por uma corretora de imóveis e por restaurantes de frango para viagem. O lugar parece familiar, no entanto é só quando paramos no posto que me lembro. Foi onde eu disse para o sujeito que fui atacada por um tubarão. Onde Zac comprou os Chiko Rolls e nós os comemos no sol.

Mamãe enche o tanque do carro.

— Você sabe o que é um Chiko Roll? — pergunto a ela.

— Claro. Eu trabalhei aqui.

— *Aqui?*

Olho ao redor. Não há nada além do posto e de quatro bombas de gasolina. Ao lado há uma fábrica de tijolos e, do outro lado da estrada, um pomar.

— Naquela época não era self-service. Nós tínhamos que encher o tanque dos carros.

— E quando foi que você trabalhou num posto de gasolina?

— Quando meus pais eram os donos dele.

— Este posto?

— Eu cresci aqui. Nossa casa era nos fundos.

— Por que você nunca me contou isso?

— Eu contei.

Mesmo que ela tenha contado, eu não ia me lembrar. Eu sempre fui mal em história e geografia.

A bomba começa a funcionar e mamãe fica olhando para os números que vão girando. Fico me perguntando quantas vezes ela se encostou nos carros, vendo os números girarem.

— Foi aqui que conheci seu pai.

Eu me afasto do carro para examinar a bomba de combustível com toda a sua importância suja e malcheirosa. *Este* é o ponto de partida da minha vida? Na bomba número dois, sem chumbo?

— Eu disse que eu o *conheci* aqui — esclarece mamãe. — Você foi concebida a uns vinte quilômetros para lá. Semanas depois. Ao lado de um rio.

— Que nojo.

— Você perguntou.

— Não, não perguntei. Quem era ele?

— Eu já contei.

— Conte de novo.

— Chris. Um vendedor de Perth. Coloquei vinte dólares de gasolina no carro dele, um Magna. O vidro estava abaixado e estava tocando Silverchair. Ele percebeu que eu estava cantando enquanto limpava o vidro do carro. Ele até me deu um dólar de gorjeta.

— Qual era a cor do carro?

— Vermelho.

— Ele era alto?

— Por que isso importaria?

— Porque eu sou mais alta que você. Ele era?

— Não muito. Não, na verdade não.

— Ele pediu seu telefone?

— Não existia celular, Mia. Ele voltou na semana seguinte para encher o tanque, ali. — Mamãe aponta para a bomba número três. — Daquela vez estava tocando Powderfinger.

— E aí?

— Ele ficou voltando.

— Você gostava dele?

Mamãe solta o gatilho e os números param de girar. Ela pendura a mangueira, coloca a tampa do tanque de gasolina e pisca lentamente para a bomba como se fosse ele, dezoito anos atrás.

— Achei que ele ia ser a minha passagem para sair daqui.

— E ele foi?

— Foi você, Mia.

Saímos do posto e seguimos pela rua principal da cidade. Passamos por uma lanchonete, um supermercado, um açougue, a banca de jornais e um parque. Tem uma placa indicando uma escola e um hospital. Há fileiras de casas atrás da estrada. É uma comunidade, eu acho, mas não é uma onde eu ia querer viver.

Tento imaginar minha mãe como uma estudante rindo com as amigas no parque, contando sobre o cara do Magna que era tão mais sofisticado que os rapazes da escola. Eu a imagino em um uniforme curto, bebendo Coca-Cola de canudinho, saboreando a palavra *sofisticado*.

Em cada canto vejo fantasmas dela. Mamãe dirige devagar, como se os visse também.

Ela diminui ainda mais e estaciona diante de uma padaria. Faço como ela e desço do carro, passando pelas fitas de plástico que formam uma espécie de porta. O lugar cheira a fermento.

— Isto mudou. — Mamãe franze a testa, desapontada. — Tinha muitas bandejas de donuts de geleia aqui. — Os donuts nas prateleiras são pequenos e cheios de cobertura. Eu não me importaria de comer um, mas mamãe pede outra coisa.

— A gente sentava na mesa do canto e comia bolo todos os dias depois da aula.

— E vocês não eram gordas?

— Bonnie era muito magra e Clare era... voluptuosa... e tudo nos lugares certos.

Levo as fatias de bolo e os cafés gelados para uma mesa, então tiro as migalhas de cima da toalha.

— Você não quer ir comer no carro?

Faço que não com a cabeça. Não há pressa. Qualquer que seja a hora que chegarmos à casa do Zac, o resultado será o mesmo. Para ser sincera, eu realmente não quero ir.

Mamãe come o bolo.

— Não é mais a mesma coisa.

— E você? Como você era?

— Eu era... normal.

— Normal, sei. — Dou risada enquanto as palavras de Shay me vêm à mente. — Você gostava da escola?

— Era melhor que trabalhar no posto.

— Matéria preferida?

— Biologia.

— Estranho. O que você usou no baile? — Por algum motivo imagino minha mãe em veludo azul, com uma grande flor no cabelo.

— Eu não fui, Mia. Eu tinha ido embora para ter você.

Então não teve vestido de veludo azul, mas uma adolescente grávida em um carro com os pais. Os três indo para Perth, onde ninguém saberia da vergonha da minha mãe. Os três iam recomeçar. Nós quatro.

— O que aconteceu com o cara do Magna?

— Mia, eu já contei isso.

— Não, não contou. Conte agora.

Ela está examinando o bolo com um garfo. Não tira os olhos dele.

— Ele disse que me levaria com ele, mas não levou. Ele nunca voltou.

Imagino um fantasma da mamãe ainda no posto de gasolina. Esperando. Ficando barriguda do seu segredo. Com o coração partido, sem opções. Olhando a estrada. Despedaçando-se.

— Onde estavam Bonnie e Clare?

— Elas não sabiam. Não contei para elas nem quando fomos embora.

— Por que não?

— Eu estava envergonhada.

— Por causa de mim?

— Porque contei sobre essa vida de fantasia com esse homem de fantasia e isso nunca aconteceu.

Vejo minha mãe assim: um acúmulo de bolo e Coca-Cola, decorando letras de músicas e sonhando com uma vida melhor, em algum lugar bem longe daqui. Eu a vejo como uma adolescente que só queria ser amada, e que, como eu, preferia se esconder a deixar que as pessoas vissem como realmente era: imperfeita e envergonhada. Não vencendo, perdendo. Com medo. Fugindo.

Por que corremos?

— Você não sente falta das suas amigas?

— É uma história muito antiga.

— Você se arrepende de ter me dado à luz?

— Não, Mia. Eu já disse que não.

Se ela disse, eu não prestei atenção. Desde que me obrigou a usar aparelho dental na escola primária, eu bloqueei a maior parte de tudo o que ela me disse. *É para você não ficar com os dentes tortos como os meus!* Seis meses de discussão e eu perdi. Venho lutando contra as orientações dela desde então. *Passe suas roupas. Faça sua lição de casa. Endireite os ombros. Fique na escola. Não saia com esse rapaz.*

Eu bloqueei tudo. E depois: *ampute essa perna. Salve minha menina.*

Eu não sabia que ela estava dizendo que me amava.

— Diga de novo.

A cidade está bem para trás quando mamãe subitamente solta um palavrão.

— Eu paguei a gasolina?

Penso no posto: mamãe encostada no carro, mamãe falando com a bomba de gasolina.

Dou risada.

— Não.

— Merda.

Ela morde o lábio e olha para mim, mas não faz a volta.

— Podemos parar lá de novo quando voltarmos...

Nós duas sabemos que isso não vai acontecer. Nenhuma de nós quer voltar lá.

Uma lembrança me faz inspirar com força.

— O Chiko Roll — digo. — Eu que desafiei o Zac a comer aquilo. Pode ter sido o que o deixou doente.

— Não, Mia.

— Ele tinha uma grande lista de coisas que não podia comer. Nós não sabíamos o que *estava* nela. Ele não devia...

Mamãe coloca a mão na minha coxa.

— Mia, o Chiko Roll não o deixou doente.

Minhas lágrimas caem no dorso da mão dela.

— Mas e se foi isso?

— Não foi.

— E se fui eu?

— Não foi.

— Ele é meu amigo — digo. Meu melhor amigo.

— Então não o deixe ir embora.

38
MIA

As ovelhas olham em nossa direção, em seguida baixam a cabeça e voltam a pastar. O lusco-fusco dilui o céu. Mamãe desliga o motor.

The Good Olive! Olive Oil and Petting Farm. Uma seta indica o caminho para a entrada. Depois disso, outra seta indica a loja, as ovelhas e as alpacas. Daí vem a placa Não Entre — Residência. E, mais adiante, uma casa. Dentro dela, um quarto com cortinas cor de laranja.

Mas eu não vou a lugar nenhum. Estou completamente exausta. Meus membros não se moveriam nem se eu quisesse.

— Mia.

— Vá sem mim.

Eu queria estar em um ônibus, deixando isso para trás. Ou em um avião, lá no alto, bem longe, acima de tudo isso, onde a vida é simples.

Mamãe liga o rádio. *Shhhh,* ele diz, procurando uma frequência. *Shhhh.* A música que encontra é calma e acústica, o tipo que Bec cantarolava quando pintava. O tipo de música que me faz chorar, independentemente da letra.

Não tenho coragem o suficiente. Que bem posso fazer para o Zac se desmonto com uma música idiota?

Mamãe passa a mão em minhas costas outra vez. Ela também chora. Ela também não tem coragem o suficiente.

A última luz do dia se dissipa. Nas sombras granulosas, vejo um sujeito entrar em um cercado. Ele joga comida no chão e as cabras se amontoam ao redor dele.

Ele é mais velho que Zac, eu acho, com cabelo mais claro. Evan? Eu só o vi uma vez.

Ele afasta uma cabra e enxuga lágrimas com a manga. *Ah, Deus,* penso. *Ele também não tem coragem o suficiente.*

Quem nos recebe é Bec, o cabelo loiro mais longo que antes. Parte do cabelo está sendo segurada pelo bebê. Ela me beija no rosto e diz que estou bonita.

— Este é o Stu — diz ela, movendo os bracinhos do bebê. Eu pego a mãozinha dele. Ele tem os olhos do Zac, apesar de serem mais azuis que cinza.

— Ele é fofo.

— Eu fiz um fofinho, hein?

Ela leva mamãe até o quarto em que fiquei antes, onde colocam a mala.

— Você quer segurá-lo?

Ouço mamãe fazendo ruídos para o bebê, da forma como se supõe que uma mãe deve fazer. Ela pergunta a idade dele, o tamanho, se dorme bem, o que faz com as mãos. Ela o carrega enquanto vão até o quarto do Stu.

Eu permaneço na sala: é o fogo na lareira que me atrai. Ele chicoteia e golpeia, devorando tudo o que alcança. Faz força contra o vidro, bravo por estar sendo contido.

No quarto do bebê, Bec baixa a voz, mas não o suficiente.

— Da primeira vez, ele foi forte... da segunda, ainda mais forte... — Não era para eu escutar os sussurros da Bec. — Mas, desta vez... ele desistiu.

— Como assim? — Mamãe não entende a forma como a doença nos encurrala. Como ela esmaga se a gente deixar.

— Ele está abatido.

Se essas chamas pudessem, quebrariam o vidro e atingiriam as tábuas do chão, comendo os móveis e as paredes e eu.

— Você deve ser a Mia.

A voz me assusta. Levanto-me, contudo não consigo ver o homem. As chamas ainda ofuscam minha visão.

— Então foi você quem causou toda aquela dor...

— O quê? — Balanço a cabeça, tentando enxergar melhor.

— Bec ainda reclama daquela depilação com cera. Ela disse que foi pior que o parto. Mas você fez um bom trabalho nos olhos dela.

Vejo a silhueta de Anton, mas não consigo enxergar o rosto.

— Eu exagerei com o fogo?

— Talvez.

— Elas estão colocando o bebê para dormir. Você quer beber algo?

— Não, obrigada.

— Chá?

— Não, estou bem.

— Quanto tempo vocês vão ficar aqui?

Eu pisco, desejando que as imagens das chamas flutuando desapareçam logo da minha vista.

— Eu não sei... acho que não vamos ficar.

— Foi bom vocês terem vindo — declara ele, mas balanço a cabeça novamente, sem acreditar. — Bec está contente por você estar aqui. E a Wendy também. — Ele se encosta na parede. O cabelo dele é loiro, reparo. A pele, bronzeada. Anton tem um rosto gentil. — Você *é* a Mia, não é?

— Sim.

— A Mia de verdade? A que inspirou Zac a batizar de Mia o filhote de alpaca?

Eu o analiso para ver se está sendo sincero e ele assente — não há motivo para ele mentir.

Fecho os olhos outra vez, a madeira crepitando em minha mente, estrelas detonando nos olhos.

*

Na casa principal, a mãe de Zac me abraça depressa e nos leva pelo corredor, onde as fotos da família sorriem para nós de todos os ângulos. Ela admira meu cabelo e se apresenta para minha mãe.

— Eu sou Wendy.

Ficamos meio sem jeito perto da mesa que está arrumada para cinco pessoas. Faço a soma e Wendy percebe.

— Ele não vai jantar conosco.

Ela nos leva até a cozinha e avisa que os homens logo vão voltar. O balcão está uma confusão de tábuas e facas.

— Vocês não comeram, não é? — Ela olha para o relógio.

— Não.

— Sei que está tarde, mas... eu fiquei arrumando caixas. Evan está dando a comida e Greg está na barragem, eu acho. Eles vão voltar logo. — Ela olha o relógio novamente. — Vocês gostam de cordeiro?

A chaleira berra e Wendy corre até ela.

Mamãe a ajuda com o chá. *English Breakfast* ou *Earl Grey? Leite?* Eu não dou bola. Wendy procura nos armários pires e xícaras do mesmo conjunto.

Do lado de fora da janela da cozinha, Bec está parada no escuro, pendurando fraldas no varal. Posso ver Evan ao lado do galpão, com uma lanterna e um balde. Mais adiante, vejo faróis se movendo por baixo da cerca, vindo nessa direção. Eles não são uma família, são fragmentos. Wendy coloca uma xícara ao meu lado.

— Chá? Vocês devem estar cansadas depois da viagem.

Logo a sala de jantar vai estar repleta de comida e conversa superficial e barulho, e todos vão evitar o buraco do tamanho do Zac aberto entre eles.

— Aqui está, Mia. Açúcar?

Estou cansada de fingir. Um buraco do tamanho do Zac não pode ser preenchido por nada exceto o Zac.

O corredor é longo e silencioso. Leva a quatro quartos. As portas estão fechadas. Passo por uma, duas. Caminho sobre o carpete macio. Sinto-o me chamando. Três. O mundo desaparece atrás de mim.

Encosto a palma da mão na última porta. Uma porta é tudo o que está entre nós. *Zac?* Não consigo falar.

Tap.

É tudo o que consigo fazer. Eu me encosto na porta, onde a tristeza é um feitiço prendendo-o lá dentro.

Tap.

Acho que ele sabe que sou eu. Encosto uma orelha na porta, para o caso de haver um *toc.*

Não sei como deve ser ver seu corpo traí-lo de novo e de novo. Passar meses combatendo a morte, para vencer ou perder, vencer ou perder, então ter de colocar a armadura e ir lutar outra vez. Calcular as chances. Recalcular. *Esqueça a matemática,* eu quero dizer para ele.

— Zac — chamo.

— Shhh.

— Zac?

— Estou escrevendo um cartão-postal para você.

— De onde?

— Boston.

— E como é Boston?

— Está nevando.

— Mesmo? — Deslizo até o chão para ficar mais perto da voz. — O que mais?

— Você sabia que a Torre Old Hancock pisca com luz vermelha quando um jogo do Red Sox é cancelado?

— Eu não sabia disso. — Não me importo se ele está copiando da Wikipédia. Esse faz de conta dele é algo ruim? — Viu mais alguma celebridade?

— Ainda não.

— Posso ler?

— Quando eu terminar.

— Vou esperar — digo. E espero, sentada e encostada na porta que separa o mundo dele deste aqui fora. Eu o imagino em Boston, se perdendo na cidade com a família. Procurando restaurantes agradáveis. Ele e Bec estão fazendo bonecos na neve. Ele está correndo das bolas de neve que Evan arremessa, rindo e se esquivando como um bom atacante de futebol tem que saber fazer.

Então sou erguida pelos braços por um homem e carregada pelo corredor, passando por uma porta e indo para fora, para a casa da Bec. Quando foi que ficou tão frio?

Agora estou no quarto de hóspedes da Bec novamente, sendo colocada na cama macia. Mamãe está acima de mim. Assim como Wendy, Bec e Anton.

— Você está com fome? — pergunta mamãe.

— Não.

Mamãe ergue meu jeans e tira a prótese. Os dedos dela não sabem direito o que fazer. Evan fica perto da porta, observando.

Mamãe diz que está tudo bem. Que devo voltar a dormir.

— Desculpe — digo para Wendy. — Ele está em Boston.

Eu não sou a resposta que eles estavam esperando.

39
MIA

Do lado de fora da janela há estrelas demais no céu.

Leva um tempo para eu me lembrar de onde estou: na fazenda do Zac, na cama do quarto de hóspedes da Bec, minha perna de fibra de vidro junto da parede. Pela primeira vez, fico feliz de vê-la. Posso ir até lá, colocar a perna, sair pela janela e descer do lado de fora sem fazer barulho.

Três da manhã.

A grama úmida é amassada pelos meus pés. Avanço lentamente até a casa principal e vou até a janela de Zac. Ela está meio aberta, as cortinas laranja balançam e me convidam a ir para dentro. Quero entrar lá e me deitar na cama dele e ele vai se afastar para me dar espaço. O luar vai polir a pele pálida de Zac, gentil com a cicatriz roxa embaixo da clavícula. Ele vai compartilhar o travesseiro e puxar a coberta por cima de nós. Ele vai dizer que agora sou um dez, que sou boa demais para um seis como ele. Talvez eu diga o que ele é de verdade. Talvez não.

— Zac?

Contudo, o quarto dele está vazio e uma brisa faz os fios de cabelo da minha nuca se agitarem.

Eu o encontro onde o encontrei da primeira vez, naquele dia quando segui Bec e o grupo de turistas. Daquela vez ele estava de costas para nós, sentado no portão mais distante. Lembro como meu ferimento pulsava por causa da dor e como eu queria acusá-lo por isso, por mentir para mim. Ele tinha prometido que eu ficaria bem, e eu não estava.

Mesmo naquele tempo, ele estava em algum outro lugar. Eu vi que era vulnerável. Foi aí que percebi que podia confiar nele.

Agora, ele é um fantasma com camisa de flanela ao luar. Está sentado na cerca, os pés descalços enganchados em um dos fios que passam embaixo.

— Pare. — Zac estende um braço e eu congelo.

— O que foi?

— Você vai assustar ela.

Ela? Não tem nada aqui além de nós, uma cerca e a floresta escura. Zac sempre foi o racional da história, mas quem sabe o que o câncer pode fazer com uma pessoa? O que estaria fazendo com ele agora?

Tento manter a voz firme.

— Zac. Não tem nin...

— Shhhh.

Meu peito dói. Não posso chorar agora.

Vejo dois olhos cor de âmbar brilharem na escuridão.

Zac alerta.

— Fique parada.

— É uma raposa?

— Shhh.

Ela é linda e sabe disso. Sinto a confiança e o equilíbrio dela. Acho que está me avaliando.

Os olhos se movem, sumindo entre os galhos, e eu a vislumbro rapidamente — uma orelha pontuda, pelo, uma pata — enquanto ela se move furtivamente entre as árvores. Sinto inveja da atração que ela exerce sobre Zac, o suficiente para fazê-lo sair da cama quente para sentar-se na cerca durante a noite.

A criatura para, lambe a pata e volta a olhar para Zac. Vejo que eles se conhecem. Sinto que estou me intrometendo.

Mas percorri todo esse caminho por um motivo.

Dou dois passos adiante, apesar de Zac chacoalhar a mão para mim. Dou mais três passos para chegar até ele, apesar de dizer para eu não fazer isso. Os olhos ovais observam quando coloco a mão na perna de Zac e passo a outra em torno do braço dele, segurando-o.

— Está frio, Zac. Venha de volta para dentro.

Ele tenta se soltar, no entanto eu o seguro com força. Em algum ponto por baixo do pijama de flanela, entre pele e músculos e ossos, células brancas anormais demais estão se reproduzindo. Estão se multiplicando, tentando suplantar as normais. Não posso culpá-lo por isso.

— Conte de novo sobre cair em um tanque de Emma Watsons quando você estiver com 100 anos.

Ele tenta me afastar com o cotovelo, porém me aproximo mais.

— Pelo menos em um tanque de cerveja quando estiver com 90 anos.

Zac se contorce e se solta, por isso subo na cerca para ficar com ele. Agarro a madeira do alto para me segurar, sem confiar no meu equilíbrio. Ele não se afasta de mim.

Quando olho para o céu, minha respiração solta nuvens. Elas voam um pouco e se dissolvem.

— Você viu aquilo? — Aponto. — Um meteorito queimando. — É uma mentira, mas é o melhor em que posso pensar. — Temos que fazer um pedido.

— Eu já fiz.

— Não estou falando da Disneylândia. Vamos, faça um pedido de verdade.

— Desejo que você saia da minha cerca.

Eu dou risada. Mesmo quando é mau ele consegue ser engraçado.

— Eu gosto da sua cerca. Gosto da sua fazenda.

— Eles pediram para você vir?

— Eu quis vir.

— Eu não queria que você viesse.

— Você é meu amigo, Zac.

Ele se encolhe e eu não o condeno. Ele não quer uma amiga. Ele quer que eu desapareça, que caia da beirada do mundo para que possa cair da outra beirada.

— Vai para casa, Mia.

— Mas eu acabei de chegar.

— Vai andando.

— Desculpe, mas não dá.

— Dá, sim, você me disse. É só se levantar e...

— Você ainda não viu, não é? — Ergo o jeans até o joelho. — O encaixe é laminado e poroso. Não é a melhor que existe, mas é bem melhor que a temporária, e, sim, como você diz, eu posso andar. Eu acho até que posso correr, se precisar de verdade. Se algo estiver me perseguindo.

Tento me equilibrar na cerca e aproximo meu joelho dele.

— É óbvio que eu tenho que ser perseguida por alguma coisa *lenta*. Os atletas paraolímpicos usam lâminas especiais para velocidade. Mas é leve. Veja.

Zac me ignora, então baixo o tecido, solto a prótese e a puxo.

— Vai, toque... Quantas vezes uma garota já disse para você tocar a perna dela?

Ele inspira e pronuncia meu nome enquanto expira.

— Mia...

— Desculpe, foi péssimo. Aliás, eu posso dizer isso agora?

O corpo de Zac fica tenso, preparando-se para saltar da cerca e sair dali. Desesperada, uso a única arma que tenho: curvo o braço para trás tão alto e com toda a força que consigo reunir. A coisa voa girando, arrancando folhas que não vemos antes de bater em uma árvore lá atrás. Em algum lugar, a raposa foge.

Zac me olha feio.

— Isso foi a coisa mais *idiota*.

A coisa mais idiota? Isso me faz rir alto. O que faço em seguida — deslizar da cerca e sair pulando no escuro — é muito mais idiota. A barra do meu jeans é bem comprida, e vai prendendo nas plantas. Deve ter cobras por aqui. Raízes de árvores em que tropeçar e todo tipo de buraco nos quais cair. É um campo minado para uma garota com uma perna só.

— O que você está fazendo?

— Estou procurando minha perna.

— Você não vai achar.

— Ela veio para cá? Eu não vi...

— Pare! Puta que pariu, apenas *pare.*

Eu dou um pulo onde estou para tentar manter o equilíbrio. Quando o vejo de frente, meu sorriso desaparece. Ele não é o mesmo Zac. A lua ilumina seu rosto pálido e vejo que ele está mais vulnerável do que nunca. Sinto falta dele.

— Me deixe em paz.

— Não dá.

— Vá para casa.

— Eu literalmente não posso ir *agora.*

— Merda. Eu não preciso disso.

— Não estou aqui para incomodar você.

— Então por que está aqui?

Sem a raposa, toda a atenção dele está focada em mim. É aterrorizante.

— Eu não conseguia dormir.

— Por que você *veio*? Quem chamou você?

— Ninguém. Eu queria tomar banho de banheira. E uma pera.

— A raposa consegue sentir o cheiro.

— Das peras?

— Da morte — diz ele. — Você consegue?

— Zac...

— Eu sinto o cheiro.

— Não sente nada.

— Eu devia estar morto.

— Não, não devia.

— Se eu fosse um coelho ou frango, já estaria morto. Se fosse uma ovelha, me dariam um tiro.

— Você não é uma ovelha, Zac.

— Se fosse uma criança na África, já estaria morto faz tempo.

— Não estaria — afirmo, apesar de achar que ele pode estar certo.

— Eu devia estar morto muitas vezes.

— Você não está na África — lembro suavemente. — Você é Zac Meier, que vive na Austrália. Sua medula óssea é uma droga, mas dá para arrumar isso.

— Agora você virou especialista?

Perco o equilíbrio um pouco, então pulo até o galho mais próximo e me seguro a ele.

— Não, mas sei que você pode fazer mais quimio ou outro transplante de medula. Tantos quantos precisar. Ou você pode tentar o tratamento de células-tronco do cordão umbilical. Os resultados são promissores.

— É mesmo?

— E tem novas drogas sendo testadas o tempo todo. Novas descobertas na Europa e nos Estados Unidos. São muitas opções que...

— Não são opções, Mia, são apenas formas de ganhar tempo.

— Então *ganhe o tempo!* — Minha voz rasga a escuridão. Estou tão brava com ele. Estou tão brava *por* ele. Subitamente estou completamente tomada pela raiva que poderia ir até ele e derrubá-lo da cerca. — Ganhe tempo até eles *arrumarem* você!

— Todo mundo morre, Mia.

— Mas nem todo mundo tem *escolha.* Aquela mulher que caiu no tanque de molho de tomate não teve escolha. Ela caiu, e aposto que, mesmo nos últimos segundos, ela lutou.

— Ela teria morrido de qualquer modo.

— Cam teria lutado se tivesse escolha. — Zac se encolhe quando falo o nome, por isso continuo: — Se alguém oferecesse ao Cam duas opções, ter um ataque cardíaco no carro ou mais uma rodada de tratamento, ele teria escolhido o tratamento, porque sabia que poderia dar certo e assim teria mais quarenta anos para surfar e jogar sinuca e...

— Cam tinha apenas dez por cento.

— Merda, se eu tivesse uma chance de dez por cento de ganhar na loteria, eu apostaria tudo nisso. Você não faria o mesmo?

— Não sou jogador.

Eu já sabia disso. Se fosse, não estaríamos tendo essa conversa. Zac olhou as cartas que tinha na mão e as jogou fora. Não dá para argumentar. As decisões do Zac são formuladas pela lógica e pela matemática, enquanto as minhas são estimuladas somente por emoção e impulso e *eu quero, eu quero.*

Sei que sinto demais. Sei que me deixo levar. Mas *eu quero, eu quero* que o Zac continue vivo. Que ele queira viver. Eu *preciso* que ele viva porque não quero ficar neste mundo sem ele.

A emoção ganha e, droga, começo a chorar. Fecho os olhos e seguro o galho com força enquanto minha tristeza se derrama.

— Ah, mas que merda!

Escuto meus soluços. Escuto a reclamação dele.

— Um cara não pode se sentar em uma cerca sem ter que ouvir um sermão? Isso não é sobre *você,* Mia.

— Eu sei.

— Todos nós vamos morrer cedo ou tarde.

— Então que seja tarde, escolha tarde! Se o Cam tivesse escolha...

— Ele não teve! Ele está...

— O quê? No céu? Jogando sinuca com o Elvis?

Fecho os olhos e aperto o galho como se fosse tudo o que me resta. Começo a sentir cãibra nas mãos e meus braços tremem, e percebo agora o que é a coragem. Coragem é ficar parada, apesar de querer correr. Coragem é se plantar no lugar e encarar coisas que assustam, quer seja sua perna, ou seus amigos, ou o cara que pode partir seu coração de novo. É abrir os olhos e encarar o medo até ele recuar.

Eu abro os olhos. A noite não está tão escura quanto antes.

— Ele está aqui — digo. — Cam está aqui.

Vejo a casca lisa e o brilho das árvores. Vejo aqueles pontos pontudos brilhantes acima da cabeça do Zac, o que me faz lembrar da estrela que brilha no escuro que ficou cuidando de mim.

— Ele está em todo lugar — acrescento. E sei que é verdade.

— Cam morreu em um domingo. Você sabe quantas outras pessoas morreram no mesmo dia?

Faço que não com a cabeça.

— Trinta e nove só na área da Austrália Ocidental. Quatrocentos e três no país inteiro.

— Como você sabe disso?

— Em todo o mundo, cerca de cento e sessenta mil pessoas morreram naquele dia. Cento e onze por minuto.

— Você não...

— Na história do mundo, quantas pessoas você acha que morreram?

— Eu não sei.

— Chute.

— Não!

— Eu também não sei, mas foi um monte de enterros e cremações e corpos flutuantes descendo o Ganges. Portanto, se cada uma das pessoas da história está agora flutuando no ar ao nosso redor, como é que conseguimos respirar?

Não é fácil, penso, forçando-me a inspirar, e cada respiração me faz lembrar de que não estou sozinha. Cam está aqui. Minha avó e meu avô estão aqui. Os fantasmas de todo mundo que importa para mim estão comigo, e em mim. Nas minhas mãos, o galho treme com infinitos passados.

— E se você e o Cam pudessem trocar de lugar por um dia? Se amanhã você pudesse ser as cinzas, e o Cam fosse você, um cara de 18 anos com uma medula ruim? Eu sei que não é científico — digo, chegando lá primeiro —, e não estamos na Disneylândia, mas apenas fique quieto e me deixe falar. E se o Cam pudesse acordar amanhã e ter o dia inteiro?

— Sendo eu?

— Sendo você, Zac Meier. O que o Cam faria?

Zac engancha o pé no arame. Ele não responde de imediato.

— Vinte e quatro horas no seu corpo. O que você acha?

Os olhos do Zac vão subindo pela casca da árvore. Subindo e subindo, indo até o galho mais alto, depois acima disso. Eu não sei se ele está escutando ou não, mas continuo.

— Ele não ia ficar perdendo tempo com uma merda de uma calculadora, pode acreditar. Ele ia pegar esse dia, e ele faria tudo que pudesse. Ele ia pescar e surfar e comer espetinhos de carne e legumes com queijo cheddar. Ele ia rir e plantar bananeira, e provavelmente até me beijaria. Ele faria tudo que sentisse vontade de fazer porque você só tem uma vida, Zac. Uma chance. E todo mundo que desiste fácil demais...

— Não é fácil...

— Está desistindo, e desistir é uma forma *estúpida* de morrer. Mais estúpida do que cair em um tanque ou regar uma árvore de Natal de plástico com as luzes dela acesas.

— Mia, cale a boca. — Zac está vindo na minha direção.

— E Cam *nunca* ia escolher um modo estúpido de morrer. Ele ia preferir morrer tentando em vez de...

Zac me beija. Eu o odeio. Eu o amo.

Então ele coloca a mão em cima da minha boca.

— Cale a boca e faça um pedido.

— Humm?

— Estrela cadente. Se não estivesse falando tanta merda, você teria visto a estrela. Faça um pedido.

Com a boca fechada, as lágrimas me inundam. Um pedido? Está brincando? É fácil demais. E não tem nada a ver com a minha perna.

Eu digo na minha cabeça, mas acho que Zac escuta, porque ele tira a mão. Assim, de perto, vejo o medo nele. Se desse para trocarmos de lugar, eu trocaria.

Ele diz:

— Eu não quero ficar preso naquele quarto de novo...

— Eu sei.

— Não posso dar esperanças para a minha mãe de novo.

— Ela é forte...

— E se não der certo? E aí?

— Aí você tenta de novo.

— Quantas vezes? Quantas viagens?

— Não sei.

— Eu só queria ser normal.

— Você é. Você continua sendo o Zac. Doente ou não. Você é um nove de dez.

— Um nove?

— Sim. Eu te daria um dez, mas você está fedido. Quanto tempo faz que está usando esse pijama?

— Não tenho medo de morrer — afirma ele.

Aperto suas mãos.

— Eu sei. E, se tivesse, estaria tudo bem também.

— Não estou com medo. Eu estou mais é... puto da vida. A gente devia fazer alguma coisa no mundo, como ter filhos ou plantar uma floresta. Eu não fiz nada disso. Qual é o sentido em ser eu além de deixar para trás uma família toda fodida?

— Eles querem que você tente de novo.

— Eles não são fortes o bastante.

— São, sim.

— Você é?

Caramba, ele me pegou. Enxugo as lágrimas depressa, daí mostro para ele um bíceps flexionado, que ficou forte por causa de meses usando as muletas.

— O que você acha?

— Parece bem forte.

Eu me equilibro apoiada nos ombros do Zac. Vejo como ele está cansado. Vejo como seria fácil se deixar levar. No entanto, não vou deixá-lo fazer isso, não depois do que ele fez por mim. Talvez eu esteja apenas sendo egoísta por querê-lo por perto. Mas isso é assim tão errado?

— Eu sou como o Hulk — digo a ele.

— Você fica verde?

— Eu sou forte — garanto. — Você tem força o suficiente para me levar nas costas até a casa da Bec?

— Por quê?

— Você não acha que eu vou pulando até lá, não é?

Zac solta um palavrão e balança a cabeça. Os olhos dele estão cinzentos. Ele está cansado de mim — está cansado de tudo —, mas eu o agarro com força.

Ele diz:

— Eu tenho escolha?

Eu faço que não com a cabeça.

Zac se vira e se abaixa. Passo os braços pelo pescoço dele e faço outro pedido.

epílogo
ZAC

Deste lado da parede, escuto um novato chegar. Nina dá as instruções com sua voz alegre de aeromoça, como se o voo fosse tranquilo.

Não vai ser.

Vai haver turbulência. Paradas inesperadas. Comida ruim. Perda de oxigênio em momentos de puro pânico.

Se o novato tiver sorte, ele não vai ter de passar por isso sozinho.

Parece ser um homem de uns 50 anos. Escuto as perguntas dele. Mais tarde, ouço o barulho de produtos de higiene pessoal na gaveta do criado-mudo. Ele toma banho. Zapeia os canais da televisão.

Quero dizer para ele não pedir o frango schnitzel na terça. Que *Seinfeld* é o único programa que dá para assistir com náuseas.

Mamãe está na poltrona rosa ao meu lado, com uma revista.

— Uma palavra de oito letras para “pedra preciosa”?

— Turquesa — grita Mia, como se fosse uma competição. E meio que é.

Elas deviam estar se alternando, as duas, assim como trabalhadores mudando de turno. Mamãe fica aqui por uma semana, depois é a vez da Mia. Elas não precisam fazer isso — eu tenho 18 anos, pelo amor de Deus.

Mas às vezes as visitas delas se sobrepõem. Mia chega mais cedo e mamãe ainda não está pronta para ir.

— Vá dar um oi para o novato — digo para minha mãe, e ela baixa a caneta.

— Agora?

— É.

— Eu posso ir tomar um chá...

Quando Nina vem verificar os tubos intravenosos, ela termina olhando por cima do ombro da Mia, lendo seja qual for o capítulo em que ela estiver. Nas horas em que estou dormindo, Mia faz anotações em seu livro *Introdução à Enfermagem*. Depois de entrar na universidade com um convite especial, ela sabe que o caminho não vai ser fácil. Nina a ajuda às vezes, esquecendo-se completamente de mim.

Amanhã eu vou ficar novo. Não sei quem eu vou ser dessa vez. Um bebê nascido em Bundaberg? Bélgica? Brasil? E Também não sei se a medula óssea vai se enxertar direito e crescer. Vou ter de tomar todas as vacinas novamente. Ao redor do mundo, mais de 400 mil bebês vão nascer amanhã. Mais ou menos cinco por segundo. Vai haver todo tipo de bebês começando a viver, e eu também vou.

De noite, assistimos ao pouso da Curiosity. Saindo da nave da Nasa, um robô do tamanho de uma SUV compacta está finalmente percorrendo a superfície de Marte. Em toda a Terra, os cientistas estão comemorando. Já estão analisando os dados e registrando os números das moléculas, gases, umidade, minerais. Eles estão examinando, raspando, procurando vida.

Isso me dá esperança, de certa forma. Se um robô pode viajar 560 milhões de quilômetros através do nosso Sistema Solar, então os cientistas podem encontrar a cura de algo tão sem graça quanto minhas células brancas do sangue. Eles estão chegando lá.

Não ligo o iPad à noite porque Mia está ao meu lado, dormindo na poltrona cor-de-rosa. Cada vez que sinto que estou caindo da beirada da Terra, ela me segura. Ela tem boas mãos. A perna dela também é boa, melhor ainda que aquela de fibra de vidro que ela me mostrou naquela noite. A nova tem um pé flexível e revestimento de silicone que parece pele de verdade. Agora ela consegue correr, se quiser. Saltar e dançar, se quiser. Ela também pode dirigir.

Por que eu iria gastar um prêmio Make-A-Wish em uma viagem à Disneylândia? Tem desejos que o dinheiro pode comprar, e também tem isto: Mia sem dores, caminhando sem mancar com uma perna perfeita da mais alta tecnologia que existe.

O que eu não faria para manter o sorriso no rosto dela? Ouvir aquela risada, tê-la lutando ao meu lado, não contra mim. Quando estamos juntos, ninguém cai, desaba ou desiste. Sei que não há garantias, mas agora tenho a Mia, dez de dez, mais linda e surpreendente do que nunca.

E eu sou o cara mais sortudo de todos.

agradecimentos

Gostaria de agradecer aos alunos com os quais tive o privilégio de trabalhar na enfermaria 3B nos últimos oito anos. Este livro é de ficção, mas é inspirado em vocês: seu humor, coragem, amor e beleza. Um agradecimento especial para Tayla Hancock, que acreditou nesta história e esteve comigo desde o princípio, e ajudou a fazer com que chegássemos ao fim. Agradeço a mãe dela, Ros, por me encorajar a perseverar.

Sou grata aos amigos que generosamente leram os primeiros rascunhos: Ryan O'Neill (mestre dos contos e de metáforas), Ruth Morgan (autoridade em juventude, romance e razão), Meg McKinley (autora para crianças e defensora do ritmo e melodia) e minha mãe (torcedora incansável). Suzanne Momber ajudou com muito entusiasmo e conhecimento médico, e gentilmente me autorizou a usar de "licença criativa" quando precisei.

Gostaria de agradecer a Wendy Binks e sua família por me receberem em sua casa e me deixarem livre na fazenda de filhotes deles, a Pentland Animal Farm, na Dinamarca. A experiência foi maravilhosa e usei-a neste livro. Além disso, obrigada aos meus vizinhos adolescentes, Jean e Will Morgan, por entrarem em debates apaixonados sobre cantores, video games e vocabulário. Vocês são hilários e muito divertidos. Obrigada a Ross e Wendy Morgan, que testemunharam os altos e baixos de escrever um livro. Como sempre, vocês foram um rochedo.

Parte deste livro foi escrita em Adelaide em 2011, durante um May Gibbs Creative Residential Fellowship. Apreciei a oportunidade e o caloroso apoio oferecidos pelo May Gibbs Literature Trust e pelos membros da comunidade de escritores de Adelaide.

E, claro, este livro não existiria sem a incomparável Text. Sou imensamente grata pela dedicação e paixão de todo o pessoal da Text. Agradecimentos especiais a Emily Booth, Chong, Imogen Stubbs e a meus talentosos editores, Ali Arnold e Davina Bell. Obrigado por acreditarem neste livro, e em mim.